BIBLIOTHÈQUE CONTEMPORAINE

TRADUCTION DE

X. MARMIER

DE L'ACADÉMIE FRANÇAISE

CONTES RUSSES

UN HÉROS DE NOTRE TEMPS

LE MANTEAU

LA PHARMACIENNE

PARIS

CALMANN LÉVY, ÉDITEUR

RUE AUBER, 3, ET BOULEVARD DES ITALIENS, 15

A LA LIBRAIRIE NOUVELLE

1889

CONTES RUSSES

CALMANN LÉVY, ÉDITEUR

ÉMILE COLIN — IMPRIMERIE DE LAGNY

CONTES RUSSES

TRADUITS PAR

X. MARMIER
DE L'ACADÉMIE FRANÇAISE

UN HÉROS DE NOTRE TEMPS

LE MANTEAU

LA PHARMACIENNE

PARIS
CALMANN LÉVY, ÉDITEUR
ANCIENNE MAISON MICHEL LÉVY FRÈRES
3, RUE AUBER, 3

1889

LERMONTOF

La vie de l'écrivain dont nous publions une des œuvres
principales a été courte : né en 1811, il succombait dans un
duel en 1841. Il était officier dans la garde impériale, quand
le poëte Pouschkin, qu'il chérissait comme un ami, qu'il vé-
nérait comme un maître, mourut d'une mort fatale en défen-
dant l'honneur de sa femme.

Dans la douleur que lui causa cet événement, Lermontof
adressa à l'empereur Nicolas, en une vingtaine de strophes

ardentes, un cri de colère, un cri de vengeance contre l'adversaire du malheureux Pouschkin, et fut exilé dans le Caucase. En lisant ces vers, où il n'entre pas la moindre idée révolutionnaire, on se demande comment ils ont pu être condamnés si sévèrement par le gouvernement du czar. Mais il est probable qu'ils ne furent que la dernière raison d'une sentence provoquée par d'autres manifestations de Lermontof, par plusieurs acerbes épigrammes qu'il répandait un peu trop facilement autour de lui.

Quoi qu'il en soit, la condamnation qui le frappait eut sur son esprit et sur son caractère une profonde influence. L'aspect des nouvelles régions où il était appelé à vivre, les grandes scènes du Caucase, les mœurs, la physionomie de ces peuplades à demi barbares, firent éclater en lui cette poésie énergique, chaudement colorée, impétueuse, quelquefois sauvage, qui nous frappe si vivement dans son *Ismaël Bey*, dans son *Enfant du Tscherkesse*, et dans la plupart de ses chants lyriques.

En même temps, le douloureux froissement qu'il ressentait de son exil acheva de développer en lui les germes funestes d'une nature sombre, misanthropique, froidement railleuse.

Ses œuvres sont la fidèle expression de l'amertume presque continuelle de sa pensée. Ces quelques vers que nous traduisons littéralement peuvent donner une idée de son âpre raillerie et de son morbide découragement.

Je te rends grâces, ô Seigneur!
Du tableau varié d'un monde plein de charmes,
Du feu des passions et du vide du cœur,
Du poison des baisers , de l'âcreté des larmes,
De la haine qui tue et de l'amour qui ment,
De nos rêves trompeurs perdus dans les espaces,
De tout enfin, mon Dieu! Puissé-je seulement
Ne pas longtemps te rendre grâces !

Comme l'a dit un écrivain russe, M. A. Herz, qui l'a connu à Pétersbourg, Lermontof traînait après lui le plus triste des fardeaux, « le boulet du scepticisme. »

Le roman que nous publions nous présente un homme jeune encore et déjà desséché par cette maladie morale. De telles images peuvent être un utile enseignement. Elles peuvent arrêter dans la voie de l'incrédulité et de l'égoïsme ceux qui descendraient vers cet Averne où la pente est glissante et d'où l'on remonte difficilement.

Sur les rocs du Caucase, Prométhée expiait l'audace qu'il avait eue de ravir le feu du ciel. Au pied du Caucase, l'écrivain russe nous montre un fils de la civilisation moderne éteignant dans son glacial ennui la dernière étincelle de son cœur.

Lermontof n'avait pas trente ans lorsqu'il composa cette œuvre. On y trouve, avec la fougue de la jeunesse, les qualités d'un talent qu'on dirait mûri par l'âge. Il y a là des traits d'observation d'une finesse remarquable, des physionomies

habilement saisies et nettement peintes, des épisodes très-dra-
matiques et des descriptions d'une véritable beauté.

Ce qui donne un attrait de plus à ce roman, c'est la nou-
veauté des scènes qu'il nous retrace, des lieux où il nous trans-
porte, et l'originalité de plusieurs de ses personnages. Il a eu
en Russie un très-grand succès. Nous le traduisons d'après la
troisième édition qui en a été faite à Saint-Pétersbourg en
1852.

UN HÉROS

DE NOTRE TEMPS

I

BELA

Je venais de Tiflis dans un de ces rustiques chariots de poste que nous appelons une téléga. Tout mon bagage se composait d'une valise à moitié pleine de notes de voyage sur la Géorgie. Heureusement pour vous, cher lecteur, la plus grande partie de ces manuscrits est perdue, et, fort heureusement pour moi, les autres objets que renfermait mon portemanteau me sont restés.

Le soleil commençait à se pencher derrière les cimes couvertes de neige quand j'entrai dans la vallée du Koischaour. Un Ossette, qui me servait de postillon, ne cessait d'aiguillonner ses chevaux pour pouvoir arriver avant la nuit sur la montagne de Koischaour, et, chemin faisant, chantait à gorge déployée. Quel magnifique spectacle que celui de cette vallée! De tous côtés des crêtes inaccessibles, des rocs d'une couleur rouge parsemés de longs rameaux de lierres verts et couronnés de massifs d'érables; çà et là, les traces jaunes de plusieurs rapides inondations; sur les cimes aériennes, les franges de neige dorées par le soleil, puis l'aspect de l'Aragua, qui, se joignant à un ruisseau sans nom, s'échappait d'un défilé vaporeux, profond, se déroulait comme un ruban d'argent et étincelait comme les écailles d'un serpent.

Au pied de la montagne, nous nous arrêtâmes dans une de ces stations que l'on nomme en Perse: Doukhan. Là se trouvaient une vingtaine de Géorgiens et de montagnards avec une caravane de chameaux. On me dit que je devais prendre des bœufs pour gravir cette montagne maudite, qui n'a pas moins de deux werstes de longueur. Nous étions en automne et le temps était froid.

Que faire? Je pris six bœufs et quelques Ossettes. L'un d'eux mit ma vanse sur ses epaules; les autres accompagnaient l'attelage avec de grands cris.

Derrière ma voiture s'avançait une autre téléga. Je remarquai avec surprise que, quoiqu'elle fût très-lourdement chargée, quatre bœufs la traînaient aisément. Le maître de cet équipage marchait à pied, fumant une petite pipe de Kabardie, garnie d'ornements en argent. Il portait une redingote d'officier sans épaulettes et un bonnet de fourrure circassien. C'était un homme d'environ cinquante ans. A sa figure bronzée, on pouvait voir qu'il avait longtemps vécu dans les chaudes régions du Caucase, et sa moustache grise s'accordait parfaitement avec sa ferme démarche et sa mâle physionomie. Je m'avançai vers lui et le saluai. Il répondit silencieusement à mon salut par un signe de tête, en lançant dans les airs une énorme bouffée de fumée.

— Nous voilà, lui dis-je, compagnons de voyage?

Il s'inclina de nouveau sans prononcer un mot.

— Vous allez sans doute à Stavropol?

— Oui, avec un chargement appartenant à la couronne.

— Dites-moi, s'il vous plaît, comment se fait-il que votre voiture, qui me semble si lourde, et qui n'a qu'un attelage de quatre bœufs, marche plus légèrement que la mienne avec ses six bœufs et une escorte d'Ossettes?

Il me regarda en souriant d'un air fin, puis me dit :

— Il n'y a probablement pas longtemps que vous êtes dans le Caucase?

— Voilà un an.

Il sourit de nouveau.

— Pourquoi cette question?

— Ah! reprit-il, ces Asiatiques, ce sont d'abominables coquins. Vous pensez qu'en criant ainsi ils accélèrent le pas de leurs quadrupèdes? Mais le diable seul pourrait dire pourquoi ils crient. Cependant leurs bœufs les comprennent. Vous auriez beau atteler à votre voiture vingt de ces animaux, ils ne s'émouvront pas tant qu'ils n'entendront point leurs maîtres crier. Oui, je vous le dis, ces Ossettes sont de rusés coquins.

Mais comment leur échapper? Ils ne cherchent qu'à ex-
torquer l'argent des voyageurs, et on les a gâtés! Vous
verrez qu'ils viendront encore vous demander un pour-
boire. Quant à moi, je ne suis plus leur dupe.

— Il y a longtemps que vous êtes au service?

— Oui, j'ai déjà servi sous Alexis Petrovitch (Jer-
molof). Lorsqu'il entra dans la ligne, j'étais lieutenant
en second sous ses ordres. J'ai gagné deux grades dans
les expéditions contre les montagnards.

— Et à présent, vous...

— A présent, j'appartiens au troisième bataillon de
la ligne. Et vous, oserais-je vous demander...

Je lui dis ma situation, et notre entretien se termina
là. Nous montâmes l'un à côté de l'autre en silence
jusqu'au sommet de la montagne, qui était couvert de
neige. Le soleil se couchait, et la nuit succédait immédiatement au jour. C'est ainsi que cela arrive dans les
contrées de l'Orient. Grâce pourtant au reflet de la
neige, nous pouvions distinguer encore notre chemin,
montueux encore, mais moins escarpé que celui que
nous venions de suivre. Je fis lier ma valise sur ma téléga, je remplaçai les bœufs par des chevaux, et je
m'arrêtai pour jeter un dernier regard sur la vallée.
Par malheur, un brouillard qui s'élevait comme une
ondée ténébreuse du fond des ravins la voilait tout entière, et pas un son n'arrivait de là à notre oreille. Les
Ossettes se pressaient autour de moi, demandant impétueusement de l'eau-de-vie. A la rude voix du capitaine,
ils se dispersèrent.

— Quelles gens! me dit-il. Pas un d'eux ne connaît
le mot de *xlièba* (pain), mais tous savent parfaitement

crier : « Mon officier, donnez-moi de l'eau-de-vie. » J'aime mieux les Tartares, qui, du moins, ne sont pas des ivrognes.

Nous étions encore à une werste de la station. Autour de nous régnait un tel silence, qu'on eût pu entendre dans son vol le bruissement d'une mouche. A gauche, nous distinguions de noires, profondes crevasses. Devant nous s'élançaient, jusqu'à la voûte du ciel, des montagnes nuageuses, traversées par des ravins, et couvertes de masses de neige, sur lesquelles brillait encore une dernière lueur de pourpre. A travers le ciel nébuleux, les étoiles commençaient à scintiller, et, chose singulière, il me semblait qu'elles étaient plus élevées que dans le Nord. De chaque côté du chemin on voyait d'énormes blocs de pierre nue. De distance en distance apparaissait un frêle arbuste; mais tout était immobile, pas une feuille ne vibrait au vent, et sur ce sol inanimé, dans ce silence sépulcral, c'était un plaisir d'entendre le bruit des roues de la troïka[1] et le son irrégulier de la clochette de nos chevaux.

— Demain, dis-je, nous aurons un temps superbe.

Le capitaine me montra du doigt une crête escarpée qui s'élevait en face de nous.

— Qu'est-ce que cela? lui demandai-je.

— C'est la Gout-gora. Voyez-vous comme elle fume?

En effet, la montagne fumait. Sur ses flancs ondulaient de légers nuages, et à sa sommité flottait une vapeur si épaisse, qu'elle s'étendait comme une tache sur le ciel obscur.

---

[1] Voiture à trois chevaux.

Bientôt enfin nous aperçûmes les toits des cabanes qui entourent la station de poste, et devant nous brillait une lueur réjouissante, la lueur de plusieurs foyers. L'ouragan mugissait dans les ravins, un vent froid pénétrait avec une pluie fine dans nos vêtements. A peine avais-je revêtu ma bourka[1] que la neige commença à tomber. Je regardai respectueusement le capitaine.

— Il faut, dit-il d'un air chagrin, que nous nous décidions à passer ici la nuit. Par une telle tempête on ne peut traverser la montagne. Puis, se tournant vers le postillon : Est-il déjà, lui demanda-t-il, tombé des avalanches?

— Non, répondit l'Ossette; mais il y en a beaucoup en mouvement.

A la station de poste, il n'y avait point de chambres pour les voyageurs. On nous conduisit dans une hutte enfumée, où j'invitai mon compagnon de voyage à prendre une tasse de thé avec moi, car j'emportais partout avec moi ma théière en fer, et plus d'une fois, dans le Caucase; elle avait été mon unique consolation. La cabane dans laquelle nous devions passer la nuit s'appuyait d'un côté sur un rocher. On y arrivait par trois marches humides et glissantes. Je m'avance le premier à tâtons et tombe sur une vache. Dans ces pays, l'étable sert de chambre aux domestiques. Je ne savais où aller. Ici, j'entendais bêler des brebis; là, des chiens aboyer. Grâce, enfin, à un faible rayon de lumière, j'aperçus une autre ouverture qui ressemblait quelque

---

[1] Manteau de feutre en usage surtout parmi les Cosaques des frontières du Caucase.

peu à une porte, et j'entrai dans une grande salle qui offrait une scène assez curieuse. Cette salle, dont le toit reposait sur deux poutres noircies par la fumée, était remplie de gens d'un aspect singulier. Au milieu, était le feu allumé sur le sol. Il s'en élevait des tourbillons de fumée qui devaient s'échapper par une ouverture pratiquée dans le toit, mais qui, étant repoussés par le vent, se répandaient autour de nous en nuages si sombres, que, pendant quelques instants, il me fut impossible d'y rien discerner. Près du feu, étaient deux vieilles femmes, une quantité d'enfants et un Géorgien, tous en haillons. Il fallait nous contenter de notre gîte. Nous nous glissâmes à côté du foyer, nous allumâmes nos pipes, et bientôt la bouilloire sifflait gaiement.

— Misérable race! dis-je au capitaine en lui montrant nos hôtes, qui nous observaient en silence dans une sorte de stupéfaction.

— Ajoutez, me répondit mon compagnon, que c'est une race stupide, sans culture et sans facultés. Nos Kabardes et nos Tchetchenses [1] sont au moins, dans leur brigandage, des gaillards résolus, tandis que ces gens ci n'ont pas le moindre goût pour les armes. Vous ne trouveriez pas même parmi eux un poignard un peu convenable.

— Vous avez été longtemps dans le pays des Tchetchenses?

— Je suis resté dix ans avec ma compagnie au fort de Kamennoibrod. Le connaissez-vous?

---

[1] Deux peuplades du Caucase, en partie subjuguées par la Russie, en partie toujours très-hostiles.

— J'en ai entendu parler.

— Ah! ces ferrailleurs nous donnaient de la besogne! A présent, Dieu soit loué! c'est plus calme. Mais
autrefois, si vous vous écartiez seulement de cent pas
des remparts, il y avait là un diable d'homme qui vous
guettait; à peine le temps de bâiller, et il vous arrivait
un lacet autour du col, ou une balle dans la tête.

— Vous avez dû avoir là de nombreuses aventures?
m'écriai-je avec un mouvement de curiosité.

— Sans doute, j'en ai eu.

En prononçant ces mots, il pinçait sa grosse moustache; puis il baissa la tête et resta absorbé dans sa rêverie. J'avais un ardent désir de lui faire raconter
quelque histoire, désir de voyageur et d'écrivain. Cependant notre thé était prêt. Je tirai de mon portemanteau deux tasses, je les remplis et j'en plaçai une
devant le capitaine. Il savoura la chaude boisson en
répétant à voix basse : « Oui, j'en ai eu. » Ces paroles
me donnèrent un nouvel espoir. Je sais que les vieux
soldats du Caucase aiment à parler et à conter. Ils en
ont rarement l'occasion. Pendant cinq ans entiers ils
restent avec leur compagnie dans un misérable poste,
et, pendant ces cinq ans, ils ne pourront peut-être pas
échanger une parole avec un de leurs égaux. Que
d'émotions pourtant ils doivent éprouver! Autour
d'eux une race originale, sauvage, chaque jour quelque danger et des incidents extraordinaires. Il est
à regretter que sur de telles scènes on ait si peu
écrit.

— Ne prenez-vous pas du rhum? dis-je à mon compagnon. J'ai du rhum blanc de Tiflis, et il fait froid.

— Non, je vous remercie. Je ne bois pas de spiritueux.

— Comment donc?

— Oui. C'est un serment que je me suis fait à moi-
même. Quand j'étais sous-lieutenant, il m'arriva de
faire une débauche avec mes camarades, et la nuit il y
eut une alerte. Nous prîmes place dans nos compa-
gnies, la tête troublée par les fumées du vin. Ah! Dieu!
dans quelle colère était Alexis Petrovitch! Peu s'en fal-
lut qu'il ne nous livrât à un conseil de guerre. D'autres
fois, il peut vous arriver de passer une année entière
sans voir âme qui vive; mais, si vous vous mettez à prendre de l'eau-de-vie de trop, vous êtes un homme perdu.
Voyez, par exemple, les Circassiens : chaque fois qu'à
une noce ou à des funérailles ils boivent cette liqueur
de blé fermenté qu'ils appellent leur *bousa*, ils en
viennent aussitôt à une bataille. J'ai été une fois entraîné, pour ainsi dire de force, à une de ces réunions
chez un prince ami de la Russie.

— Et que s'est-il passé?

— Voici, me répondit-il en remplissant de tabac sa
pipe et en l'allumant.

Il faut vous dire, d'abord, que j'étais, il y a environ
cinq ans, avec ma compagnie, dans un poste[1] du Terek.
Un jour d'automne, il arrive un convoi de vivres avec
un officier, d'une vingtaine d'années, qui vient me rendre visite en grand uniforme, et m'annonce qu'il lui est

[1] Kriéposte, une de ces redoutes défendues par un rempart en
terre et une palissade, que les Russes ont élevées sur la ligne du
Caucase.

ordonné de rester avec moi dans le fort. A voir sa peau si blanche, son air si délicat et son uniforme si brillant, il était aisé de reconnaître qu'il n'était pas depuis longtemps dans le Caucase.

« Vous êtes probablement, lui dis-je, envoyé ici comme en exil. — Précisément, monsieur le capitaine! — Charmé de vous voir! ajoutai-je en lui tendant la main. Vous vous ennuierez dans ce pays : mais j'espère que vous et moi nous vivrons en bons amis. Pour commencer, appelez-moi, je vous prie, tout simplement Maxime Maximitch ; délivrez-vous de cet embarrassant uniforme, et venez chez moi en casquette. » On lui indiqua un logement, et il s'installa dans le fort.

— Comment donc s'appelait-il?

— Grégoire Alexandrovitch Petchorin.

C'était un grand garçon, mais très-bizarre. Par exemple, par les temps de pluie ou de froid, il lui arrivait de passer des jours entiers à la chasse. Tout autre serait revenu d'une telle expédition transi ou accablé de fatigue. Pour lui, il n'en résultait nul inconvénient. Puis, ensuite, il se retirait dans sa chambre, et, au moindre souffle d'air, il croyait qu'il allait se refroidir, et au mouvement d'un volet il frissonnait et pâlissait. Je l'ai vu pourtant attaquer seul un sanglier. Quelquefois, il passait avec moi de longues heures sans prononcer un mot. Puis, tout à coup, il s'engageait dans des récits qui nous faisaient éclater de rire. Oui, c'était vraiment un singulier jeune homme et, de plus, riche, à en juger par tous les objets précieux qu'il avait apportés avec lui.

—Et vous avez longtemps vécu ensemble?

— Environ une année. Je m'en souviendrai de cette
année ! Que de soucis il m'a causés ! Il y a des gens,
voyez-vous, qui, dès leur naissance, sont destinés à des
aventures extraordinaires.

— Extraordinaires ! m'écriai-je avec une nouvelle
curiosité et en versant au capitaine une nouvelle tasse
de thé.

— Je vais vous en donner une idée. A six werstes de
notre fort demeurait un prince rallié à notre gouvernement. Son fils, qui avait une quinzaine d'années, venait
presque chaque jour tantôt chez moi, tantôt chez Petchorin, et nous le gâtions à qui mieux mieux. Si jeune
qu'il fût, c'était déjà un habile garçon, ramassant par
terre un bonnet au grand galop de son cheval et tirant
à merveille un coup de fusil. Il avait seulement un
grave défaut, un goût désordonné pour l'argent. Un
jour, en riant, Petchorin lui promit un ducat s'il pouvait dérober le plus beau bouc du troupeau de son père,
et la nuit suivante le petit scélérat nous amenait l'animal par les cornes. Si quelquefois nous l'agacions un
peu trop vivement, aussitôt son regard s'enflammait et
sa main se portait à son poignard. « Allons, Azamat,
lui disais-je quelquefois, pas tant de promptitude ! ta
violence te sera funeste. »

Un jour, son père vint lui-même nous inviter au mariage de sa fille aînée. Nous devions être ses koniaks,
ses hôtes, et, quoique ce fût un Tartare, il ne nous était
pas possible de refuser. Donc nous partons. A l'entrée
de l'aoule, [1] une troupe de chiens s'élance à notre ren-

---

[1] Nom des villages du Caucase.

contre en aboyant. Les femmes se cachent à notre approche, et celles que nous pouvons entrevoir ne sont
nullement jolies.

« Je m'étais fait une autre idée des Circassiennes,
me dit Petchorin.

— Patience! lui répondis-je en riant. J'avais mon idée.

Dans la demeure du prince se trouvaient rassemblés
une quantité d'individus. L'usage des Asiatiques est
d'inviter à une noce tous les voisins de la maison et
tous les passants. Nous fûmes reçus avec des témoignages de distinction particuliers et conduits dans la salle
d'honneur. Moi, qui connaissais le pays, je n'oubliai
pas de noter l'endroit où l'on plaçait nos chevaux, pour
pouvoir immédiatement les reprendre en cas d'accident.

— Comment donc, demandai-je au capitaine, célè-
bre-t-on là un mariage?

— C'est assez simple. D'abord le prêtre, le moullah,
lit quelques passages du Coran, puis on offre des présents aux jeunes mariés et à leurs parents. Ensuite on
se met à manger et à boire la bousa, après quoi commence la djigitovka, la danse locale, où un drôle dégue-
nillé et monté sur une mauvaise rosse amuse les spectateurs par ses bouffonneries. Vers le soir, on en vient à
une espèce de bal aux sons qu'un pauvre vieux tire d'un
instrument à trois cordes qui ressemble à notre bala-
laika Les filles et les garçons se rangent sur deux
lignes en frappant des mains et en chantant. Une jeune
fille et un jeune homme s'avancent au milieu du cercle,
et se mettent à réciter alternativement des vers de fantaisie que les autres répètent en chœur. Petchorin et
moi nous étions assis à la place d'honneur, et, tandis

que nous observions ce spectacle, voilà que la fille ca-
dette de notre hôte, une fille de dix-sept ans, s'avance
vers mon compagnon, et lui module un compliment.

. — Que lui dit-elle donc ? vous en souvenez-vous ?

— Oui, à peu près. « Ils sont beaux à voir, nos jeunes
danseurs, avec leurs cafetans brodés en argent. Plus
beau est le jeune officier russe, et ses galons sont en or.
Il s'élève parmi nous comme un peuplier ; mais il n'est
point né, et il n'a point grandi dans notre enclos. »

A cette harangue, Petchorin se leva, s'inclina en
mettant la main sur son front, puis sur son cœur, et
me pria de répondre à la Circassienne, ce que je fis dans
la langue du pays.

— Eh bien, dis je à voix basse à mon jeune ami
lorsqu'elle se fut éloignée, comment la trouvez-vous ?

— Charmante ! charmante ! Quel est donc son nom ?

— Bela.

Elle était en effet très-jolie, d'une taille fine, élan-
cée, des yeux noirs comme ceux d'un chamois, des yeux
dont l'éclair pénétrait jusqu'au fond de l'âme. Petchorin fixait sur elle des regards rêveurs ; elle tournait
souvent aussi vers lui sa vive prunelle à la dérobée.
Mais mon sensible compagnon n'était pas le seul à contempler Bela. Vers elle se dirigeaient, d'une des profon-
deurs de la salle, deux autres yeux avides, ardents. C'é-
taient ceux d'un homme de ma connaissance, nommé
Kasbitch. Ce Kasbitch était, à notre égard, dans une
situation assez équivoque : ni ami ni ennemi déclaré. Sa
conduite avait paru plus d'une fois très-suspecte, mais
on ne l'avait vu pourtant dans aucun combat. Il amenait de temps à autre, au fort, des moutons qu'il ven-

dait à un taux très-modéré. Seulement, avec lui il ne
fallait pas marchander. Une fois qu'il avait dit son prix,
il se serait fait égorger plutôt que d'en rien rabattre.
On disait qu'il aimait à s'adjoindre aux expéditions
entreprises par des Abreques, de l'autre côté du Kouban. Le fait est qu'avec sa petite taille sèche et ses larges épaules, il avait bien l'air d'un brigand. De plus,
il possédait une finesse diabolique. Son bechmet[1] était
toujours éraillé ou déchiré, mais sur ses armes écla-
taient des ornements en argent, et son cheval était re-
nommé dans toute la Kabardie. Vraiment il n'était
pas possible de trouver un meilleur coursier. Chacun le
lui enviait, et plus d'une fois on essaya de le lui dérober.
Je le vois encore, ce magnifique cheval, avec sa peau
noire comme la poix, ses jambes comme de l'acier, et
quelle force ! Il faisait ses cinquante werstes au galop
sans s'arrêter; en même temps, il était si doux et si bien
dressé, qu'il accourait à la voix de son maître comme
un lévrier. Souvent Kasbitch ne se donnait pas la peine
de l'attacher. C'était là le type d'un cheval de brigand.

A cette soirée chez le prince, Kasbitch était plus
sombre que de coutume, et je remarquai que sous son
bechmet il portait une cotte de mailles... — Ce n'est
pas sans raison, me dis-je, qu'il a pris cette précaution.
Il a ses projets... La chaleur de la salle où tant de gens
étaient réunis m'obligea à sortir pour respirer l'air.
La nuit s'étendait déjà sur les montagnes, et les brouillards flottaient dans les ravins.

L'idée me vint d'entrer dans le hangar où l'on

---

[1] Espèce de redingote des Tartares.

avait mis nos chevaux, afin de voir s'ils étaient suffi-
samment pourvus de fourrage. En toute occasion, il est
bon d'être prudent. J'avais alors un très-bon cheval
que plus d'un Kabardien n'avait pu regarder sans un
cri d'admiration.

En approchant du hangar, j'entendis le son de deux
voix : l'une brève et lente, l'autre pour moi facile à
reconnaître; c'était celle d'Azamat, le fils de notre hôte.

— De quoi parle-t-on là? me dis-je, serait-ce de nos
chevaux?... Je m'avance à la dérobée, j'écoute et m'ef-
force de recueillir chaque mot de cet entretien, ce qui
n'était pas chose aisée dans le retentissement des chants
et des danses de la salle voisine.

— Comme j'admire ton cheval! disait Azamat. Si
j'étais le maître de cette maison et si j'avais trois cents
juments, je t'en donnerais, Kasbitch, la moitié pour
ton Karagos.

— Ah! c'est Kasbitch, me dis-je; et je songeai à sa
cotte de mailles.

— Oui, répondit le fier Tartare après un instant de
silence. Dans toute la Kabardie, il n'y a pas un animal
pareil. Une fois, j'avais entrepris de l'autre côté du
Terek une expédition avec quelques Abreques pour enlever des chevaux russes. Nous échouâmes dans notre
projet, et nous prîmes la fuite, qui d'un côté, qui de
l'autre. Quatre Cosaques me poursuivaient; déjà j'entendais les cris de ces giaours, et devant moi était une
épaisse forêt. Je me couche sur ma selle, me confiant
à la protection d'Allah, et, pour la première fois, j'offense mon cheval par un coup de fouet. Le généreux
animal se précipite avec la légèreté d'un oiseau à tra-

vers les ronces et les épines qui déchirent mes vêtements ou me frappent au visage. Il bondit à travers les
tiges d'arbres, brisant avec son poitrail les rameaux
enlacés. J'aurais mieux fait de l'abandonner à lui-
même et de me cacher dans les broussailles. Mais je ne
pouvais me résigner à me séparer de lui, et le prophète
m'a assisté. Déjà quelques balles sifflaient près de ma
tête, et les Cosaques redoublaient d'efforts pour m'atteindre. Tout à coup je me trouve au bord d'un profond
ravin. Mon cheval s'arrête, puis s'élance. Ses pieds de
derrière glissent sur l'autre rive, il y reste suspendu
par ses pieds de devant. Je lâche les rênes, je me jette
dans la fondrière; Karagos se relève, et il est sauvé.
Les Cosaques, témoins de cette scène, n'essayèrent pas
de me chercher. Probablement ils supposèrent que je
m'étais tué dans ma chute, et ils ne songèrent plus qu'à
s'emparer de mon cheval. Tremblant de le perdre, je
me traîne dans de hautes touffes d'herbes, le long du
ravin, je regarde, je suis à l'extrémité de la forêt, Karagos galope dans les plaines; les Cosaques courent
après lui. Longtemps, longtemps ils le poursuivent;
l'un d'eux parvient à s'en approcher et lui lance son
lacet. J'ai peur, je ferme les yeux, j'invoque le secours
du prophète. Un instant après, je regarde de nouveau,
et mon brave Karagos bondit dans l'espace, la crinière
flottante, rapide comme le vent, et les giaours, dis-
persés de côté et d'autre, se retirent à travers le steppe
avec leurs montures fatiguées. Par Allah! ce que je te
raconte est vrai, parfaitement vrai. Je restai caché dans
le ravin jusqu'au milieu de la nuit. Soudain, imagine-
toi ma surprise, j'entends un cheval qui accourt, hen-

nit et frappe du pied le sol près de moi. C'était mon
Karagos, mon fidèle compagnon. Dès ce jour, nous ne
pouvons plus nous quitter.

En parlant ainsi, Kasbitch frappait d'une main caressante le col de son cheval, et lui prodiguait des noms
affectueux.

— Si j'avais, reprit Azamat, un haras de mille juments, je te le donnerais pour ton Karagos.

— Et moi, répondit froidement Kasbitch, je n'accep-
terais pas l'échange.

— Écoute, Kasbitch, dit d'une voix suppliante le
jeune prince, tu es un brave garçon et un vaillant
guerrier; mon père craint les Russes et ne me permet
pas de me joindre aux gens des montagnes. Donne-moi
ton cheval, et je ferai tout ce que tu voudras. Pour toi,
si tu le désires, j'enlèverai à mon père sa meilleure carabine, sa schaschka, qui est une lame de première
qualité. Qu'on pose seulement le doigt sur son tranchant, elle en fait jaillir le sang. Je te donnerai encore
la cotte de mailles de mon père, qui est, comme la
tienne, d'une valeur inappréciable.

Kasbitch ne répondait pas.

— Du jour où ton cheval, reprit Azamat, m'est apparu pour la première fois, où j'ai vu comme il cara-
colait sous toi, les naseaux ardents, et comme il faisait
éclater les cailloux sous son pied; de ce jour-là, j'ai
éprouvé une émotion inexplicable, et tout le reste m'est
devenu indifférent. Je regarde avec mépris les meilleurs
coursiers de mon père; c'est un ennui pour moi de les
monter. Je suis triste. Dans ma tristesse, je passe des
jours entiers seul, sur la pointe d'un roc, et alors ma

pensée se reporte vers ton cheval noir, et je le contemple dans sa noble allure avec sa croupe luisante et droite comme une flèche. Il me semble qu'il me regarde comme s'il voulait me parler. Enfin, ajouta d'une voix tremblante l'ardent Azamat, enfin je meurs si tu refuses de me le céder.

En prononçant ces mots, il pleurait, et peut-être n'avait-il jamais pleuré, pas même quand il était jeune.

A sa douleur Kasbitch répondit par une sorte de rire ironique.

— Écoute, reprit encore Azamat, je suis résolu à tout. Si tu le veux, j'enlèverai pour toi ma sœur. Tu sais comme elle danse, comme elle chante et comme elle fait de fines broderies d'or. Non, il n'y a pas une femme pareille dans le harem du padischah. Le veux-tu? Attends-moi, demain soir, près du ravin où tombe le torrent, je la conduirai à l'aoule voisine, et elle est à toi. Bela ne vaut-elle pas ton Karagos?

Longtemps, longtemps, Kasbitch garda le silence; puis enfin il répondit à Azamat en chantant cette strophe d'un vieux chant populaire :

« Il y a de nombreuses beautés dans les aoules. Leurs yeux brillent comme les étoiles. Il est doux de les aimer, mais plus douce encore est la mâle liberté. Avec de l'or, on peut acheter quatre femmes. Mais un brave cheval, qui pourrait en donner le prix? Comme le tourbillon, il vole dans les steppes. Il ne change pas et ne trompe pas. »

En vain Azamat pria, sanglota, s'emporta.

— Assez, jeune imprudent! s'écria Kasbitch avec impatience. Tu veux posséder mon cheval, mais tu

n'aurais pas fait trois pas sur sa croupe qu'il te jette-
rait par terre et que tu te briserais la tête sur un roc.

— Moi! s'écria le jeune homme en fureur; et au
même instant j'entendis son poignard résonner sur la
cuirasse du montagnard.

D'une main vigoureuse, Kasbitch lança son antagoniste contre la palissade si rudement, qu'elle en fut
ébranlée.

— Nous allons avoir, me dis-je, un beau vacarme;
et je me hâtai de prendre mon cheval, ainsi que celui
de mon compagnon, et de le faire sortir par une porte
de derrière.

Quelques instants après, toute la maison du prince
était en rumeur. Azamat s'était précipité dans la salle
avec son bechmet déchiré, disant que Kasbitch avait
voulu l'assassiner. Aussitôt chaque convive avait pris
ses armes, et la lutte commençait, et les cris tumultueux résonnaient avec les coups de fusil. Mais déjà
Kasbitch était à cheval. La schaschka à la main, il s'ouvrit un passage au milieu de la foule et disparut.

— Venez, dis-je à Petchorin en le prenant par la
main; il est dangereux de se laisser aller à l'ivresse
chez des étrangers, mieux vaut nous éloigner au plus
vite.

— Attendez, me répondit-il, je serais curieux de voir
comment cela finira.

— Cela finira mal. Je connais les habitudes de ces
gens-là. D'abord les libations de bousa, puis les ba-
tailles.

Nous montâmes à cheval et nous partîmes.

— Et que devint Kasbitch? demandai-je au capitaine.

— On ne s'empare pas aisément d'un homme de cette trempe, me répondit-il en vidant sa tasse de thé. Il s'évada.

— Sans être blessé?

— Dieu sait. Ah! ces brigands ont la vie dure. J'en ai vu qui étaient criblés de coups de baïonnette et qui brandissaient encore leur schaschka.

A ces mots, le capitaine se tut; puis, après un instant de silence, me dit en frappant la terre du pied :

— Il est une chose que je ne me pardonnerai jamais. A notre retour au fort, je ne sais quel démon me poussa à raconter à Petchorin l'entretien que j'avais entendu dans l'écurie. Il sourit d'un air malin; il combinait son projet.

— Quel projet? Je vous en prie, continuez votre récit.

— Oui. Que faire? puisque j'ai commencé, autant vaut finir. Quatre jours après cette orageuse soirée, Azamat vient au fort, et, comme de coutume, entre chez Petchorin, qui avait toujours quelques friandises à lui offrir. J'étais là. On se met à parler de chevaux. Petchorin fait un éloge enthousiaste de celui de Kasbitch. Quelle beauté de formes! dit-il, quelle agilité de chamois! Non, dans le monde entier, il n'y a pas un cheval pareil.

Les yeux du jeune Tartare s'enflamment, Petchorin continue, comme s'il ne remarquait pas cette émotion. J'essaye de donner une autre direction à l'entretien; mais le rusé Petchorin en revenait toujours à cet animal merveilleux. La même scène se renouvelait à chaque visite d'Azamat. Au bout de trois semaines, je remarquai que le pauvre jeune homme devenait pâle et maigre, comme un de ces amoureux désespérés qu'on nous représente dans les romans. J'ai su depuis ce qui s'était passé. Petchorin lui avait complétement bouleversé la raison. Un jour il lui dit: — Je vois bien, Azamat, que tu ne penses qu'à ce cheval, et il n'est pas en ton pouvoir de le conquérir. Eh bien, parle, que donnerais-tu à celui qui te le remettrait?

— Tout ce qu'on voudrait.

— Moi, je puis te le procurer; mais à une condition. Veux-tu jurer de la remplir?

— Je le jure. Et toi jures-tu aussi?

— Oui, je jure de te mettre en possession du cheval de Kasbitch, si tu veux me donner ta sœur. Karagos sera mon présent de noce. J'espère que cette proposition te plaît.

Azamat garda le silence.

— Tu ne veux pas? soit! Je croyais que tu étais un homme, et tu es un enfant trop jeune encore pour monter un tel cheval.

— Mais mon père! s'écria Azamat avec impétuosité.

— Ton père! Est-ce qu'il ne s'absente jamais?

— Oui.

— Ainsi, c'est convenu?

— Convenu! murmura l'insensé, pâle comme la mort. Quel jour?

— La première fois que Kasbitch viendra au fort. Il a promis de nous amener une dizaine de moutons. Laisse-moi faire, et toi, songe à ta promesse.

Ainsi fut conclu ce malheureux pacte. Quand je l'appris, je fis des reproches à Petchorin; il me répondit

2

qu'une sauvage fille de Circassie devait être heureuse d'appartenir à un homme tel que lui, puisque, selon les mœurs de la contrée, il serait comme son mari; que, de plus, Kasbitch le brigand méritait une punition.

Dites-moi, que pouvais-je objecter à de tels arguments? Mais j'ignorais encore le complot organisé entre l'amoureux Petchorin et Azamat, lorsqu'un matin Kasbitch vint me demander si nous voulions acheter des moutons et de la farine. Je lui dis de m'amener ses provisions le lendemain. Azamat était là.

— Demain, lui dit Petchorin, Karagos est à toi, si tu me livres ce soir Bela; sinon, tu ne posséderas jamais le plus admirable des chevaux.

— Bien! répondit Azamat; et il retourna dans son aoule. Le soir, Petchorin prit ses armes et sortit du fort. Ce qui se passa entre lui et le jeune prince, je ne sais. Mais, la nuit, il rentrait dans les remparts avec son complice, et le factionnaire remarqua que sur la selle d'Azamat était une femme, les pieds et les mains liés et la tête couverte d'un voile.

— Et le cheval? m'écriai-je.

— Attendez; m'y voici. Le lendemain au matin, Kasbitch arrive avec ses moutons, attache son cheval à la palissade, puis entre chez moi. Je lui fais servir du thé; car, tout brigand qu'il était, c'était mon *koniak*, mon hôte.

Nous nous entretenions tranquillement ensemble de différentes choses, quand soudain je le vois qui se lève; sa physionomie est bouleversée, il court à la fenêtre, qui, par malheur, donnait sur la cour.

— Qu'as-tu donc? lui dis-je.

— Mon cheval! mon cheval! s'écrie-t-il en frissonnant.

En effet, je venais d'entendre le pas sonore d'un cheval.

— C'est probablement, lui dis-je, quelque Cosaque qui arrive.

— Non. Trahison! trahison! s'écria-t-il en s'élançant hors de ma chambre, comme une panthère.

En deux bonds, il était dans la cour et se précipitait vers la porte du fort. Le factionnaire mit son fusil en travers, pour lui barrer le passage. Kasbitch sauta par-dessus cette arme et poursuivit sa course impétueuse. Au loin volait un tourbillon de poussière. Kasbitch prend sa carabine, tire, et reste immobile jusqu'à ce qu'il soit convaincu qu'il a manqué son coup. Alors il jette son arme trompeuse sur les rochers, la brise en morceaux, puis lui-même se roule par terre, pleurant et sanglotant comme un enfant. Les habitants du fort s'approchent de lui, et pas un d'eux n'attire son attention; ils l'entourent, ils l'interrogent, puis enfin se retirent. Je donne l'ordre de déposer devant lui l'argent qu'on lui devait pour ses moutons. Il n'y touche même pas. Il reste couché sur le sol, impassible et comme anéanti; la nuit vient, et il est encore à la même place. Le lendemain matin seulement il se releva, s'approcha du fort et pria les soldats de lui révéler le nom de celui qui avait enlevé son cheval. Quand il apprit par un des factionnaires que c'était Azamat, on vit ses yeux flamboyer, et il se dirigea en toute hâte vers l'aoule où demeurait le père du jeune homme.

— Et qu'arriva-t-il au père?

Kasbitch ne le rencontra pas. Il était absent pour plusieurs jours. C'était précisément cette absence accidentelle qui avait aidé au complot d'Azamat. Quand il rentra dans sa demeure, il n'y trouva ni fille ni fils, car Azamat avait bien compris qu'il ne devait espérer aucune grâce s'il tombait sous la griffe de Kasbitch, et il disparut. Probablement il s'associa à quelque bande d'Abreques et se retira de l'autre côté du Terek ou du Kouban.

Cependant j'avais dans cette affaire un devoir à remplir. Dès que j'appris que la Circassienne était dans l'habitation de Petchorin, je revêtis mon uniforme et me rendis chez lui.

Il était dans l'antichambre de son appartement, étendu nonchalamment sur un lit, une main posée sur sa tête, l'autre tenant une longue pipe. Je remarquai que la seconde chambre était fermée à clef, et que la clef n'était pas à la serrure. En entrant je toussai et frottai mes pieds sur le plancher. Petchorin resta immobile, comme s'il ne m'entendait pas.

— Monsieur le lieutenant, lui dis-je en prenant un ton aussi sévère que possible, ne voyez-vous pas que je suis là?

— Ah! bonjour, Maxime Maximitch, me répondit-il sans changer d'attitude, voulez-vous fumer une pipe?

— Écoutez! Je ne suis plus pour vous Maxime Maximitch. Je suis votre chef.

— C'est la même chose. Voulez-vous prendre une tasse de thé? Si vous saviez comme je suis tourmenté!

— Je sais tout, répliquai-je en m'avançant vers le lit.

— Tant mieux! cela me dispensera d'entreprendre un récit que je ne suis guère en état de faire.

— Monsieur, vous avez commis une faute dont la responsabilité peut tomber sur moi.

— Allons! ne voilà-t-il pas un grand malheur! Il y a longtemps que tout est commun entre nous.

— Quelle plaisanterie! Vous allez, je vous prie, me remettre votre épée.

— Mitka, mon épée!

Mitka obéit.

Quand j'eus ainsi satisfait aux lois de la discipline, je m'assis près de Petchorin et lui dis :

— Avouez que vous avez mal agi.

— En quoi donc?

— En enlevant Bela..... ce misérable Azamat!..... Voyons, avouez.

— Mais puisqu'elle me plaisait!

Que dire après une telle réponse? Je restai stupéfait. Cependant, après un instant de silence, je déclarai au lieutenant que, si le prince réclamait sa fille, il faudrait bien la lui rendre.

— Cela n'est point nécessaire.

— Mais s'il apprend qu'elle est ici?

— Et comment l'apprendrait-il?

J'étais de nouveau démonté.

— Écoutez, Maxime Maximitch, me dit Petchorin en se soulevant un peu sur sa couche, vous êtes bon, et, je vous le demande, qu'arrivera-t-il à cette jeune fille si nous la rendons à ce sauvage? Il la tuera ou la vendra. A présent l'affaire est faite, prenons garde de

2.

l'empirer. Gardez chez vous mon épée, et laissez ici Bela.

— Soit. Mais ne puis-je la voir?

— Elle est dans cette chambre, et moi-même j'ai vainement essayé d'approcher d'elle. Elle se tient là, enveloppée dans son voile, immobile, silencieuse, effarouchée comme un chamois. J'ai fait venir notre vivandière, qui parle la langue tartare. Elle s'est chargée fde servir cette sauvage Circassienne et de l'habituer peu à peu à l'idée qu'elle doit être à moi, uniquement à moi.

Voilà où j'en suis, ajouta l'aventureux lieutenant en frappant du poing sur la table.

Je finis par accepter ses résolutions. Il y a des gens de par le monde auxquels il faut toujours céder.

— Eh bien, dis-je au capitaine, Bela a-t-elle fini par s'apprivoiser, ou a-t-elle succombé dans sa captivité à la douleur d'être séparée de sa maison natale?

— Pourquoi se serait-elle abandonnée à une telle douleur? Des fenêtres de sa chambre, elle pouvait voir ses montagnes comme du milieu de son aoule. Pour ces sauvages, cela suffit. De plus, Petchorin lui adressait sans cesse quelques présents. Les deux premiers jours, elle refusa avec un dédaigneux silence ces offrandes, qui furent remises à la vivandière et donnèrent un nouvel essor à son éloquence. Ah! les présents! Qui pourrait dire l'influence d'une étoffe bariolée sur l'esprit d'une femme? Mais je ne veux pas entrer dans cette question. La lutte de Petchorin pour vaincre la résistance de Bela fut longue. Cependant il s'appliqua à apprendre l'idiome tartare, et elle, de son côté, apprenait le russe. Peu à peu elle s'accoutuma à le voir; elle le regardait timidement, à la dérobée; elle chantait tristement, à voix basse, les chants de son aoule, si tristement, que mon cœur était ému de l'entendre. Un jour je fus témoin d'une scène que je ne puis oublier. J'étais dans la chambre de Bela, debout, près de la fenêtre. La jeune fille était assise sur un escabeau, la tête penchée sur sa poitrine, et Petchorin avait pris place à côté d'elle.

— Écoute, ma péri, lui disait-il; tu sais que tôt ou tard tu dois m'appartenir, pourquoi donc me torturer ainsi? Est-ce que tu aimerais un Tchetchense? En ce cas, je te rendrais immédiatement la liberté.

Elle tressaillit et secoua la tête.

— Est-ce que tu me haïrais?

Elle soupira.

— Ou serait-ce ta religion qui te défend de m'aimer?

Elle pâlit et garda le silence.

— Mais, vois-tu, reprit-il, il n'y a qu'un Dieu pour tous les humains, et, si ce Dieu permet que je t'aime si ardemment, pourquoi t'interdirait-il de m'accorder le même sentiment?

Elle le regarda en face comme si elle était frappée de cette idée, et, à voir l'expression de ses yeux, il semblait qu'elle luttât entre le doute et le désir d'être convaincue. Quels yeux! Ils étincelaient comme des charbons ardents.

— Je t'en prie, ma douce, ma tendre Bela, continua Petchorin, tu vois combien je t'aime. Je suis prêt à faire tout ce que tu voudras pour te rendre la gaieté. Je veux que tu sois heureuse, et, si je te vois languir encore

dans ta tristesse, j'en mourrai. Dis-moi donc que tu vas
te raviver.

Elle continua à le regarder, rêveuse, sans lui répondre ; mais un sourire errant sur ses lèvres et un
signe de tête indiquaient son consentement. Alors il lui
prit la main ; il demanda à l'embrasser. Elle se défen-
dit faiblement en disant :

— Non, non, cela n'est pas nécessaire.

Et, comme il insistait, elle s'écria en sanglotant :

— Je suis ta captive, ton esclave ; tu peux me soumettre par la contrainte!

Et de nouveau elle pleurait.

Petchorin se frappa le front et s'enfuit dans une autre
chambre. J'allai le rejoindre et le trouvai se promenant
à grands pas de long en large, les bras croisés sur la
poitrine, dans une violente agitation.

— Eh bien, lui dis-je, que signifie un tel empor-
tement?

— Ce n'est pas une femme, me répondit-il, c'est
un diable. Mais je vous donne ma parole que je la sub-
juguerai.

Je secouai la tête.

— Oui, reprit-il, avant huit jours. Voulez-vous en
faire le pari, voulez-vous?

Je lui tendis la main et m'éloignai.

Le lendemain il envoya à Kisslar un messager qui en
rapporta une quantité d'objets précieux.

— Qu'en pensez-vous, Maxime Maximitch? me dit
l'opiniâtre lieutenant en étalant devant moi cette élégante cargaison ; croyez-vous qu'une beauté asiatique
résiste à une telle batterie?

— Vous ne connaissez pas, lui répondis-je, les Circassiennes. Elle ne sont pas de la même trempe que les Géorgiennes et les Tartares du Caucase. Non, elles ont de tout autres principes et une autre éducation.

Petchorin se mit à rire en sifflant une marche.

Mes prévisions furent justifiées. Les présents offerts à Bela ne produisirent sur elle qu'une faible impression. Elle se montra seulement un peu plus confiante et plus affectueuse.

Petchorin résolut d'employer le dernier moyen. Un matin, il ordonne de seller son cheval. Il revêt un habit circassien, prend ses armes et s'avance vers la jeune fille.

— Bela, dit-il, tu sais comme je t'aime. Je t'ai fait enlever dans l'espoir que, si tu me connaissais mieux, tu m'aimerais. Je me suis trompé. Adieu. Tout ce qui est ici, je te l'abandonne, et tu pourras, quand tu le voudras, retourner chez ton père. Tu es libre. J'ai été coupable envers toi, je dois m'en punir. Je vais je ne sais où. Peut-être avant peu aurai-je la chance de tomber sous une balle ou sous le tranchant d'une schaschka. Alors pense à moi, et pardonne-moi.

En disant ces mots, il lui tendait la main. Elle ne prit pas cette main et garda le silence. Je l'observais à travers la porte entr'ouverte, et je souffrais de voir la mortelle pâleur de son visage.

Ne recevant pas de réponse, Petchorin s'éloigna de quelques pas, puis s'arrêta, et vous le dirai-je ? en vérité, je crois qu'en ce moment il était en état d'accomplir la résolution qu'il avait imaginée comme un expédient. C'était un singulier homme. Mais à peine avait-il touché

la porte qu'elle s'élança vers lui et se jeta dans ses bras
en sanglotant. J'assistais à cette scène sans qu'on me
vît, et, faut-il vous l'avouer? je me mis à fondre en larmes. Oui, je pleurais de songer que jamais je n'avais
inspiré à une femme un tel amour.

— Et leur bonheur, capitaine, fut-il de longue durée?

— Bela nous avoua que, depuis le jour où Petchorin
lui était apparu, elle avait souvent rêvé à lui, et que
nul autre homme n'avait fait sur elle une pareille impression. Oui, ils furent heureux.

— Quelle chute! m'écriai-je. Je comptais sur un dénoûment tragique, me voilà trompé dans mon attente. Mais le père n'en vint-il pas à savoir que sa fille
était dans le fort?

—Il paraît qu'il en eut quelques soupçons. Mais il
n'eut pas le temps de s'assurer du fait. Il fut tué; voici
comment...

A ces mots, ma curiosité se ranima.

—J'imagine que Kasbitch croyait que le vieux prince
avait consenti au vol de Karagos. Un jour il alla se pos-
ter à trois werstes de distance de l'aoule où il voulait
exercer sa vengeance. Le vieillard s'en revenait tristement d'une des expéditions infructueuses qu'il avait
entreprises pour retrouver sa fille. C'était le soir. Ses
gens étaient à quelque distance. Soudain Kasbitch s'é-
lance comme un chat du milieu des broussailles où il
était embusqué, saute en selle derrière le prince, le
frappe d'un coup de poignard, le jette par terre, donne
un coup d'éperon à son cheval et s'enfuit. On courut
après lui, mais sans pouvoir l'atteindre.

— Il se vengea ainsi de l'enlèvement de son cheval?

dis-je au capitaine pour l'engager à continuer son récit.

— Oui, il se vengea à sa façon, et il était dans son droit.

Cette réponse de Maxime m'amena à réfléchir à l'une des facultés distinctives des Russes, la faculté de s'accommoder si vite aux mœurs des nations avec lesquelles ils entrent en relations. Je ne sais si cette aptitude doit être louée ou blâmée, mais ne dénote-t-elle pas une remarquable flexibilité de caractère, et une juste, clairvoyante pensée dans cette façon d'excuser le mal là où il ne peut être ni évité ni anéanti ?

Cependant nous avions fini de prendre notre thé. Nos chevaux, attelés depuis longtemps, frissonnaient dans la neige. La lune pâlissait à l'occident, et semblait près de disparaître dans les nuages noirs flottant sur les cimes lointaines, comme les lambeaux d'un rideau déchiré. Nous sortîmes de notre hutte. Malgré les prédictions du capitaine, le ciel s'éclaircissait, et nous promettait une matinée paisible. Les étoiles brillant à l'horizon, en différents groupes, s'éteignaient l'une après l'autre, à mesure que, du côté de l'orient, une pâle lumière se répandait sur la voûte du ciel, et peu à peu éclairait la neige virginale des montagnes. A notre droite et à notre gauche s'ouvraient de noirs abîmes, et les nuages, roulés comme des serpents, se dévidaient et se traînaient sur le bord des rocs, comme s'ils reconnaissaient et redoutaient l'approche du jour.

Sur la terre et dans les airs régnait un profond silence, comme dans le cœur de l'homme au moment de la prière du matin. Seulement, de temps à autre, soufflait un vent d'est qui hérissait la crinière de nos chevaux roidie par le givre. Cinq misérables animaux traînaient avec peine nos bagages sur le chemin de la Gout-Gora. Nous suivions notre voiture à pied, et nous mettions des pierres sous les roues chaque fois que nos chevaux fatigués s'arrêtaient pour reprendre haleine. Il me semblait que notre chemin montait tout droit vers le ciel, car nous ne voyions devant nous qu'une crête escarpée, au-dessus de laquelle, depuis la veille, un nuage planait comme un vautour qui attend sa proie. La neige craquait sous nos pieds. L'air était si raréfié, que j'avais peine à respirer et que le sang affluait à mon cerveau. Cependant j'éprouvais je ne sais quelle indicible sensation de bien-être, et je me réjouissais de me sentir si haut dans l'espace.... Joie puérile, il est vrai ; mais, lorsque nous nous éloignons des contraintes de la vie sociale pour nous rapprocher de la nature, nous redevenons enfants. L'âme se dégage de ses préoccupations factices et se renouvelle, et redevient ce qu'elle a été, ce qu'elle doit être un jour. Celui-là qui, comme moi, aura connu le bonheur d'errer dans la solitude des montagnes, de contempler longtemps leur merveilleux aspect, d'aspirer l'air vivifiant de leurs profonds défilés, celui-là comprendra le désir de raconter ces émotions, de décrire ces grandes images.

Nous nous arrêtâmes enfin à la cime de la Gout-Gora. Sur la montagne était suspendu un nuage gris et froid qui présageait une tempête. Mais, au levant, l'horizon était si clair et si beau, que le capitaine et moi nous ne pouvions penser à l'orage. Oui, le capitaine admirait la magie de ce tableau. Les cœurs simples ont un sen-

timent bien plus vif et bien plus puissant des scènes
grandioses de la nature que nous, qui nous enthousias-
mons par les livres et par les paroles.

— Vous devez être, dis-je à mon compagnon, habitué à ces magnifiques spectacles.

— Oui, me répondit-il ; on s'habitue aussi à entendre le sifflement de la balle, c'est-à-dire à dissimuler
une émotion involontaire.

— Je croyais, au contraire, que pour les vieux soldats le son des balles était une musique agréable.

— Agréable, si vous voulez, en ce sens qu'alors on
a un battement de cœur plus vif... Mais regardez donc
à l'orient. Quel pays !

En effet, je ne sais où je pourrais retrouver un tel
panorama. A nos pieds se déroulait la vallée de Koï-
chaour traversée par l'Aragne et un autre ruisseau
pareils à deux fils d'argent. Sur cette vallée flottait un
brouillard bleu qui se fondait à la chaleur des rayons
du matin et fuyait dans une gorge voisine. A droite et
à gauche s'élevaient en amphithéâtre de hautes montagnes couvertes de neige et d'arbustes. Plus loin, encore des montagnes et pas deux rochers de même forme.
Sur ces cimes aériennes, sur ces masses de neige brillait une lueur de pourpre si pure et si attrayante, qu'on
souriait à l'idée de vivre là éternellement. Le soleil
commençait à poindre derrière les montagnes azurées,
qu'un œil exercé pouvait seul distinguer des nuages.
Mais au-dessus du soleil se dessinait une ligne rouge
qui fixa l'attention du capitaine.

— Je vous l'ai annoncé, dit-il, nous aurons aujour-
d'hui un ouragan. Il faut nous hâter, si nous ne vou-

3

lons pas qu'il nous surprenne sur le Krestovoï. Allons, cria-t-il aux conducteurs, en marche! en marche !

Les roues furent enrayées, non pas avec des sabots, mais avec des chaînes, nos cochers prirent les chevaux par la bride, et nous commençâmes à descendre. D'un côté, la route était bordée par des rochers; de l'autre, s'ouvrait un immense ravin au fond duquel les cabanes d'un village d'Ossettes apparaissaient à peine comme des nids d'hirondelles. Je frissonnais en songeant que, sur ce chemin où deux voitures ne peuvent passer de front, chaque année des courriers voyagent par les nuits les plus sombres sans descendre de leur kibitka.

Un de nos postillons était un paysan russe de Jaroslav ; l'autre était un Ossette. Celui-ci ayant dételé les chevaux de devant, conduisit par la bride celui du timon avec la plus grande précaution ; notre insoucieux Russe, au contraire, n'avait pas même quitté son siége. Quand je lui représentai qu'il devrait au moins faire attention à mon portemanteau, après lequel je n'avais nulle envie de courir dans le précipice:

— Ne vous inquiétez pas, monsieur, me répondit-il, avec la grâce de Dieu nous arriverons ; d'autres avant nous ont déjà fait ce trajet. Il avait raison. Nous aurions bien pu, il est vrai, ne pas sortir de cet endroit périlleux, mais nous en sortîmes; et, si les hommes voulaient y réfléchir, ils reconnaîtraient que la vie ne vaut pas la peine que pour la conserver on se donne tant de soucis.

Mais peut-être désirez-vous savoir la fin de l'histoire de Bela. Je vous ferai observer que je n'écris point une **nouvelle, mais des impressions de voyage, et que je ne**

puis continuer le récit du capitaine avant qu'il lui plaise
de le continuer lui-même. Attendez donc un peu, ou,
si vous le voulez, sautez quelques pages de ce livre.
Cependant je ne vous le conseille pas, car le passage
du Krestovoï, ou du mont Saint-Christophe, comme
l'appelle le savant Gamba, mérite votre attention.

De la Gout-Gora, nous sommes descendus dans le Val
du Diable. Quel nom romantique ! A ce nom, ne vous
représentez-vous pas aussitôt une retraite satanique,
dans des rocs effroyables ? Non, ce serait une erreur.
Le nom de Tchernovaia Dolina (Val du Diable) ne vient
pas de *Tchert* (Diable), mais de *Tcherta* (ligne), car
ici était la ligne de démarcation de la Géorgie.

Cette vallée pleine de neige me rappelait ce qu'on
voit à Saratoff, Tamboff et autres agréables districts de
mon pays.

— Voilà le Krestovoï, me dit le capitaine en me
montrant une colline sur laquelle s'élevait une croix en
pierre. Le long de cette colline serpente un chemin
étroit, auquel on a recours quand la route ordinaire
est encombrée de neige. Nos cochers nous déclarèrent
qu'il n'était point encore tombé d'avalanche, et, pour
ménager les chevaux, nous conduisirent par la route
dont plusieurs circuits adoucissent la pente. A quelque
distance, nous rencontrâmes cinq Ossettes qui nous
offrirent leurs services, et qui, se collant aux roues de
notre téléga, tantôt la poussaient en avant, et tantôt la
soutenaient. Le chemin était vraiment difficile et dangereux. D'un côté, sur notre tête, étaient suspendues
des masses de neige qui semblaient près de s'écrouler
au moindre coup de vent, et nous marchions, ici péni-

blement dans une neige molle où nous nous enfoncions
jusqu'aux genoux; là, sur une neige durcie par les gelées
de la nuit. Nos chevaux trébuchaient à tout instant. D'un
autre côté s'ouvrait une profonde crevasse d'où tombait un torrent qui tantôt se cachait sous une couche de
glace, et tantôt bondissait sur des pierres noires. En
deux heures enfin nous avions contourné le Krestovoï.
En deux heures, nous avions fait deux werstes. Cependant les nuages s'abaissaient de plus en plus, versant
sur nous la neige et la grêle, et dans le ravin le vent
mugissait comme le sifflet de ce brigand russe qui,
selon les légendes populaires, résonnait d'une extrémité
de l'empire à l'autre.

Bientôt la croix de pierre du Krestovoï fut voilée par
des nuages qui arrivaient de l'orient comme des flots
ténébreux. Une tradition rapporte que ce fut Pierre le
Grand qui, en se rendant au Caucase, érigea cette croix.
Mais Pierre Ier n'a pas été au delà du Daghestan, et
une inscription en gros caractères indique que ce mo-
nument religieux fut élevé par Iermoloff en 1824. La
tradition, cependant, est tellement enracinée dans l'esprit du peuple, que l'on ne sait plus à quels témoignages il faut se rendre, d'autant que les inscriptions ne
sont pas toujours très-sûres.

Pour arriver à la station de Kobi, nous devions encore descendre sur un espace de cinq werstes, à travers la neige et les rochers glissants. Nos chevaux étaient
harassés de fatigue, et nous transis de froid. La violence de l'ouragan ne faisait que s'accroître. On eût dit
une tempête de nos régions boréales. Mais son mugis-
sement était encore plus triste et plus plaintif.

— Pauvre vent exilé! disais-je, tu regrettes tes vastes et lointaines steppes. Là tu peux déployer en liberté tes froides ailes, et ici tu te trouves resserré, comprimé, et tu gémis comme un aigle captif qui, de son bec irrité, frappe les barreaux de fer de sa cage.

— Cela va mal! s'écria le capitaine. Autour de nous on ne voit plus que les nuages et la neige, et nous sommes exposés ou à tomber dans les abîmes ou à rester en place; de plus le Baïdar a tellement débordé, que nous ne pouvons le franchir. Ah! cette contrée d'Asie, je la connais. Tels hommes, tels fleuves! On ne peut se fier ni aux uns ni aux autres.

Nos cochers cependant excitaient par leurs cris et leurs juremenets les chevaux, qui regimbaient, s'arrêtaient et résistaient encore à l'argument du fouet.

— Voyez, monsieur, dit enfin un de ces malheureux conducteurs, nous ne pouvons arriver aujourd'hui à Kobi. Voulez-vous que nous tournions un peu à gauche? On entrevoit là-bas sur le coteau un point noir, probablement des cabanes où les voyageurs se réfugient dans la tempête. Les Ossettes promettent de nous y mener, si nous leur donnons de l'eau-de-vie.

— Je connais cela, mon garçon, répondit le capitaine; ces animaux se feraient déchirer en pièces pour gagner de quoi boire.

— Avouez pourtant, dis-je, que leurs services nous ont été d'un grand secours.

— C'est bon! c'est bon! murmura-t-il. Je les connais, ces auxiliaires. Ils savent flairer l'occasion de faire un bénéfice. Comme si l'on ne pouvait trouver sans eux son chemin!

Après cette exclamation humoristique, nous tournâmes à gauche et nous arrivâmes, non sans peine, à un misérable gîte composé de deux huttes grossièrement construites avec des cailloux, et entourées d'une muraille de même nature. Les habitants déguenillés de ces cabanes nous accueillirent avec empressement. J'ai su depuis que le gouvernement leur donnait des vivres et de l'argent pour héberger les voyageurs que la tempête obligeait à venir là chercher un refuge.

— Tout est pour le mieux, m'écriai-je en m'asseyant près du feu. A présent, vous achèverez de raconter votre histoire de Bela, car je suis sûr qu'elle n'est pas finie.

— Et pourquoi, me répondit le capitaine, pensez-vous qu'elle n'est pas finie?

— Parce qu'il n'est pas dans l'ordre des choses de ce monde que ce qui commence d'une façon si extraordinaire se termine si aisément.

— Vous avez raison.

— J'en suis charmé.

— Libre à vous de vous réjouir. Mais moi, je ne puis sans tristesse me reporter à ces souvenirs. Cette Bela, c'était une charmante fille. J'en vins bientôt à la chérir comme si elle eût été ma fille, et elle aussi conçut de l'affection pour moi. Il faut vous dire que je n'ai point de famille. Depuis douze ans, je n'ai plus aucune nouvelle de mon père ni de ma mère; je n'ai pas songé assez tôt à gagner le cœur d'une femme. A présent, je ne puis plus penser au mariage, voilà pourquoi il m'était si doux de complaire à cette jeune fille! Je me plaisais à l'entendre chanter et à la voir danser. Ah! comme elle dansait! J'ai vu les élégantes de nos provinces; j'ai assisté à des bals de la noblesse à Moscou, il y a vingt ans. Quelle différence!

Petchorin ajustait, parait et dorlotait Bela comme une poupée, et elle devenait de plus en plus jolie. La teinte bronzée de son visage, de ses mains, s'effaçait; un pur incarnat colorait ses joues, et elle était si gaie! et elle s'amusait si follement de moi! Que Dieu lui soit propice!

— Mais qu'arriva-t-il quand elle apprit la mort de son père?

— Nous lui en fîmes d'abord un secret pour lui donner le temps de s'accoutumer à sa nouvelle situation; puis, lorsque nous la lui révélâmes, elle pleura deux jours, et ensuite oublia.

Environ quatre mois s'écoulèrent d'une façon ravissante. Je vous ai dit, je crois, que Petchorin était passionné pour la chasse. Autrefois, il ne pouvait résister au désir de poursuivre le sanglier et le chevreuil dans les forêts; maintenant il ne sortait plus de l'enceinte du fort. Mais bientôt je m'aperçus qu'il redevenait rêveur et triste, qu'il se promenait en silence de long en large dans sa chambre; puis un jour, sans rien dire à personne, il retourna dans le bois et y passa toute la matinée. Il y retourna encore, et ses absences devinrent plus longues et plus fréquentes. Cela va mal, me dis-je; un nuage noir s'est élevé entre eux.

Un matin, je me rendis dans leur demeure. Il me semble que j'y suis encore. Bela était assise sur son lit, vêtue de son bechmet en soie noire, la figure si pâle et si triste, que j'en fus effrayé.

— Où est Petchorin? lui demandai-je.

— A la chasse.

— Il est parti aujourd'hui?

Elle garda un instant le silence, comme si c'était pour elle un trop grand chagrin de s'expliquer.

— Non, me répondit-elle enfin avec un profond soupir, il est parti depuis hier.

— Ne lui serait-il pas arrivé quelque accident?

— Hier, tout le jour, reprit-elle en pleurant, je n'ai pu éloigner de moi les idées les plus sinistres. Tantôt je le voyais déchiré par un sanglier, tantôt entraîné captif dans les montagnes par un Tschetchense... et aujourd'hui il me semble qu'il ne m'aime plus.

— En vérité, ma chère enfant, tu ne peux rien imaginer de pire.

Elle pleura de nouveau; puis, tout à coup, essuyant ses larmes et relevant fièrement la tête :

— S'il ne m'aime plus, dit-elle, qui l'empêche de me renvoyer dans mon aoule? Je ne veux point le gêner. S'il ne change point de conduite, je m'en irai. Je ne suis point une esclave, je suis la fille d'un prince.

J'essayai de l'apaiser, et je lui dis :

— Mais, ma chère Bela, songe qu'il ne peut cependant rester éternellement près de toi, comme s'il était cousu à tes vêtements. Il est homme, il est jeune. Il aime la chasse; il part, mais il revient; et, si tu te chagrines ainsi, bientôt tu l'ennuieras.

— C'est vrai! c'est vrai! s'écria-t-elle, je veux être gaie.

Et elle prit en riant son tambourin et se mit à chanter, à danser et à sautiller autour de moi. Mais ce joyeux élan ne fut pas de longue durée. Un instant après, elle retombait sur son lit et cachait son visage entre ses mains.

Je ne savais que faire; car je n'ai point appris à vivre avec les femmes. Je cherchais un moyen de la consoler, et n'en trouvais point. Nous restâmes quelque temps l'un près de l'autre en silence.

Enfin, je lui dis :

— Le temps est beau : veux-tu venir te promener sur les remparts?

C'était au mois de septembre, par une charmante journée. La température n'était ni trop fraîche ni trop chaude, et l'on voyait toutes les montagnes, comme si elles étaient peintes sur porcelaine. Nous nous promenâmes en silence sur les remparts; puis elle voulut s'asseoir sur le gazon, et je m'assis à côté d'elle. Quelques-uns de ces souvenirs sont vraiment risibles. Je la suivais pas à pas comme une nourrice.

Notre fort était construit sur une hauteur et dominait un vaste espace; d'un côté une large plaine, coupée par des fondrières, se déroulait jusqu'au pied d'une montagne couverte de grands bois; çà et là on distinguait les toits fumants des aoules, et des troupeaux épars. De l'autre côté, une rivière serpentait autour des collines qui se rejoignent à la chaîne du Caucase.

Tout à coup je vois un homme, monté sur un cheval gris, qui sort de la forêt, s'avance peu à peu vers nous, et enfin s'arrête à quelques centaines de pieds de distance, de l'autre côté de la rivière.

— Qui cela peut-il être? dis-je à Bela; regarde donc :

tu as la vue meilleure que moi. Qu'est-ce que ce Djigit
et à quoi s'amuse-t-il?

Elle tourna les yeux dans la direction que je lui in-
diquais et s'écria :

— C'est Kasbitch!

— Le maudit homme! vient-il ici pour se moquer
de nous? Je regarde plus attentivement. En effet, c'é-
tait bien Kasbitch avec sa face bronzée et ses vêtements
déchirés comme de coutume.

— C'est le cheval de mon père, me dit Bela en me
prenant la main Et elle tremblait comme la feuille et
ses yeux étincelaient.

— Oui, oui, ma petite colombe, me disais-je en observant cette agitation, tu as aussi dans les veines du
sang de brigand.

— Approche, criai-je au factionnaire, arme ton fusil, et abats-moi ce gaillard que tu vois là-bas... Je te
donne un rouble d'argent.

— A vos ordres, mon capitaine, mais il ne cesse de
tourner en cercle.

— Eh bien, prie-le de rester un instant à la même
place.

— Holà! l'ami, cria le soldat en faisant un signe de
la main, qu'as-tu donc à tourner ainsi comme une tou-
pie? Voudrais-tu t'arrêter un moment?

Kasbitch s'arrêta, pensant probablement qu'on désirait lui parler. Le soldat le met en joue; son fusil rate.
A l'instant même, Kasbitch éperonne son cheval et lui
fait faire un bond de côté. Puis se levant sur ses étriers,
il jeta un cri, agita son fouet et disparut.

— N'es-tu pas honteux? dis-je au factionnaire.

— Mon capitaine, me répondit-il, il était sur le chemin de la mort. Mais ces gens-là sont ensorcelés. On ne peut les tuer d'un seul coup.

Un quart d'heure après, Petchorin arrivait de la chasse. Bela se jeta dans ses bras sans se plaindre de sa longue absence, sans faire entendre un murmure. Moi, j'étais irrité contre lui.

— Écoutez, lui dis-je, il n'y a qu'un instant que Kasbitch s'est montré près de la rivière, et nous avons tiré sur lui. Vous auriez pu le rencontrer. Ces montagnards sont très-vindicatifs. Pensez-vous que celui-ci ignore la part que vous avez prise au vol commis par Azamat? Je parierais qu'aujourd'hui il a reconnu Bela. Je sais qu'il y a un an elle lui plaisait beaucoup. Lui-même me l'a dit, et, s'il avait pu lui offrir une dot convenable, probablement il l'aurait épousée.

— Oui, répondit Petchorin d'un air soucieux. Il faut être plus prudent. Bela, dès aujourd'hui, tu n'iras plus te promener sur les remparts.

Le soir, j'eus avec lui une longue explication. Je m'affligeais de le voir si changé envers la pauvre jeune fille. Non-seulement il passait la moitié de son temps à la chasse, mais, quand il revenait près d'elle, il avait une attitude si froide ou si indifférente! De plus en plus, je voyais Bela souffrir, je voyais ses traits s'allonger et ses yeux s'assombrir. — Pourquoi donc, lui demandais-je, pourquoi soupires-tu, Bela? Tu es triste. — Non. — Tu désires quelque chose? — Non. — Tu regrettes tes parents? — Je n'ai plus de parents.

Ainsi parfois, pendant des journées entières, on n'obtenait d'elle que des monosyllabes

Quand j'eus fait mes observations à Petchorin, il me répondit : Maxime Maximitch, j'ai un fatal caractère. S'il me vient de mon éducation, ou si c'est Dieu qui me l'a infligé, je ne sais. Ce que je sais, c'est que, si je fais le malheur des autres, je suis moi-même très-malheureux. Triste consolation pour eux, me direz-vous. Oui; mais il en est ainsi. Tout jeune et à peine échappé à la tutelle de mes parents, je me livrai avec ardeur à toutes les jouissances qu'on obtient avec de l'argent, et bientôt ces jouissances ne m'inspirèrent plus que du dégoût. J'entrai dans le grand monde, et bientôt je n'y éprouvai qu'un morne ennui. Je fis la cour à de jeunes élégantes. Je fus aimé, mais ces vaines galanteries animaient seulement mon imagination et mon amour-propre. Quant à mon cœur, il restait vide. Je voulus lire, étudier. Je me lassai aussi de ce travail. Je reconnus que ni la gloire ni le bonheur ne dépendent de la science. Car les gens les plus heureux sont les ignorants, et la gloire, c'est le succès de ceux qui sont habiles..

Ainsi j'étais en proie à un mortel ennui quand je reçus l'ordre de partir pour le Caucase. Ce fut là le plus beau temps de ma vie. J'espérais que l'ennui ne résisterait pas aux balles des Tschetchenses. Nouvelle erreur !

Un mois après mon arrivée dans la contrée, j'étais tellement habitué au sifflement des balles et à l'approche de la mort, qu'en vérité j'y faisais moins attention qu'au bourdonnement des moustiques, et j'étais plus ennuyé que jamais, parce que j'avais à peu près perdu mon dernier espoir.

Lorsque Bela fut ici, lorsque, pour la première fois, je la pris sur mes genoux pour jouer avec ses boucles de cheveux noirs, il me sembla que le sort compatissant m'envoyait un ange. Pauvre fou !

Je me trompais encore. L'amour d'une petite sauvage ne vaut pas mieux que celui d'une élégante de nos grandes villes. L'ignorance et la simplicité de cœur de celle-là finissent par devenir tout aussi fastidieuses que la coquetterie de celle-ci.

J'aime encore Bela, je lui dois de doux instants, et je donnerais ma vie pour elle. Mais, avec elle, je m'ennuie. Suis-je insensé ou méchant? Je ne sais. Mais vraiment je suis plus à plaindre que cette langoureuse Tartare. Mon âme est gâtée par le monde, ma pensée toujours inquiète, mon cœur insatiable. Plus rien ne peut m'émouvoir assez vivement. Je m'habitue à la douleur comme à la joie, et, de jour en jour, mon ennui ne fait que s'accroître. Il ne me reste plus qu'un moyen de guérison, c'est de voyager, non en Europe, Dieu m'en garde! J'irai en Amérique, en Arabie, dans l'Inde, et peut-être trouverai-je quelque part la mort en chemin. Au moins j'espère que, grâces aux tempêtes et aux mauvaises routes, les distractions que j'irai chercher en de lointaines régions ne s'épuiseront pas si vite.

Il parla ainsi longtemps; ses paroles me sont entrées dans la mémoire parce que j'étais frappé d'entendre exprimer de telles idées. C'était un jeune homme de vingt-cinq ans qui raisonnait ainsi. C'était la première fois de ma vie que j'entendais un pareil langage; Dieu soit loué! c'est aussi la dernière fois. Mais, dites-moi,

vous qui avez, ce me semble, vécu dans la capitale, et
il n'y a pas longtemps, est-ce que les jeunes gens tien-
nent dans les grandes villes des discours de ce genre?

— Oui, répondis-je, il y a beaucoup de gens qui manifestent de tels sentiments, et il y en a qui en réalité
les éprouvent. Mais le désenchantement est devenu
aussi une espèce de mode qui, des hautes classes, est
descendu dans les régions inférieures, où il a été affecté,
exagéré. Maintenant la plupart de ceux qui souffrent
de ce morbide ennui prennent à tâche de le cacher
comme un défaut.

Le capitaine, qui ne comprenait point ce raffinement
d'idées, secoua la tête avec un sourire sardonique et
me demanda si ce n'était pas les Français qui avaient
introduit en Russie une telle mode.

— Non, lui répliquai-je, ce sont plutôt les Anglais.

— Ah! voyez-vous, s'écria-t-il, cela ne m'étonne
pas. Les Anglais sont des ivrognes.

Je me rappelai avoir entendu une grande dame de
Moscou déclarer aussi que Byron n'était qu'un ivrogne.
L'opinion du capitaine était plus excusable; car, pour
s'affermir dans ses principes de sobriété, il cherchait
à se persuader que tous les malheurs de ce monde
étaient le résultat d'un usage immodéré des spiritueux.

Après cette digression, il reprit son récit.

— Kasbitch, dit-il, ne se montra plus. Mais je ne
sais pourquoi, je ne pouvais me défendre de l'idée qu'il
ne s'était pas avancé par un pur caprice si près de nous,
et qu'il avait en tête quelque méchant projet.

Un jour, Petchorin entreprit de me conduire avec
lui à la chasse. Je résistai longtemps à ses instances,

puis enfin je cédai. Nous prîmes avec nous une escorte
de cinq soldats, et un matin de bonne heure nous nous
mîmes en route. Jusqu'à dix heures, nous explorons
les roseaux et les bois. Pas le moindre gibier.

— Retournons au fort, dis-je à Petchorin. A quoi
sert de nous obstiner? C'est un malheureux jour.

Malgré la chaleur et la fatigue, mon opiniâtre compagnon persiste à rester sur le terrain. Quel homme!
Il avait été terriblement gâté dans sa jeunesse. Enfin,
vers midi, nous découvrons un sanglier... Pif!... paf!...
Le maudit animal nous échappe. C'était vraiment un
malheureux jour. Cette fois, après nous être un peu
reposés, nous reprîmes le chemin de notre demeure.

Nous marchions en silence l'un à côté de l'autre, les
rênes flottant sur le cou de nos chevaux et nous appro-
chions du fort. Un massif d'arbres le dérobait seulement
à nos regards. Tout à coup résonne un coup de fusil.
Petchorin et moi nous nous regardons; le même soupçon nous traverse à tous deux l'esprit. Nous courons
vers l'endroit où a retenti ce coup de feu. Des soldats
sont réunis sur le rempart, les yeux tournés vers la
campagne; là fuit un cavalier portant sur sa selle un
objet dont nous ne pouvions distinguer la forme, qui
nous frappait par sa blancheur.

Petchorin était aussi adroit au tir que le plus habile
Tschetchense. Il arrache l'enveloppe de son fusil,
lance son cheval au galop, et je le suis.

Par suite de notre chasse infructueuse, nos chevaux
n'étaient pas fatigués. Ils bondissent sous l'éperon, et
de plus en plus nous nous rapprochons du fuyard. Bientôt je reconnais Kasbitch, mais sans pouvoir encore

distinguer ce qu'il tient devant lui. Je rejoins le lieutenant, je lui crie : C'est Kasbitch. Il secoue la tête et
donne un nouveau coup de fouet à son cheval.

Un instant après, nous ne sommes plus qu'à une portée de fusil du brigand. Soit que son cheval fût moins
vigoureux que les nôtres ou harassé de fatigue, il ne
pouvait plus avancer. Je pense qu'en ce moment il regrettait amèrement son Karagos.

Petchorin tout en courant arme son fusil.

— Ne tirez pas, lui dis-je, gardez votre poudre
pour une autre occasion, nous nous emparerons de
Kasbitch...

Ah! la jeunesse! la jeunesse! Elle s'enflamme toujours trop vite.

Le coup part. La balle atteint une des jambes de
derrière du cheval, qui fait un saut, chancelle et tombe.
Kasbitch met pied à terre, tenant entre ses bras une
femme. C'était Bela, la pauvre Bela. Il nous crie quelques mots dans son idiome, et brandit sur elle son poignard. Il n'y avait pas un instant à perdre ; je le vise,
et probablement je l'atteignis à l'épaule, car je vis son
bras s'affaisser. Quand la fumée de mon coup de fusil
fut dissipée, le cheval blessé était étendu sur le sol,
Bela gisait près de lui, et Kasbitch s'élançait dans les
broussailles, puis gravissait la pointe d'un roc. J'aurais
bien voulu lui envoyer là une seconde balle, mais je
n'avais pas le temps de recharger ma carabine.

Nous courûmes en toute hâte près de la jeune fille.
Elle était pâle, inanimée, et le sang coulait à flots
de sa blessure. Le misérable! Si du moins il l'avait
frappée au cœur, il aurait abrégé son agonie ; mais il

lui avait plongé, en vrai brigand, sa lame dans le dos.

Dans sa douleur, elle avait complétement perdu connaissance. Nous déchirâmes son voile pour en faire des ligatures, et nous bandâmes sa blessure de notre mieux. En vain Petchorin lui prodiguait les plus doux témoignages de tendresse. Rien ne pouvait la raviver.

Il remonta à cheval. Je soulevai la malheureuse jusqu'à lui, il la plaça sur sa selle, la soutint en l'entourant de l'un de ses bras. Nous marchâmes d'abord au pas.

— Si nous continuons à cheminer ainsi, me dit Petchorin, nous ne la ramènerons pas vivante dans notre demeure.

— C'est vrai, lui répondis-je.

Et nous lançâmes au grand galop nos chevaux.

A l'entrée du fort, tous nos soldats nous attendaient. Bela fut portée dans la chambre du lieutenant, et nous envoyâmes chercher le médecin. Il arriva assez vite, quoiqu'il eût trop bu, examina la plaie, et déclara que l'infortunée n'avait pas un jour à vivre. Mais il se trompait.

— Est-ce qu'elle fut guérie? m'écriai-je en prenant la main du capitaine avec un mouvement de joie.

— Non. Le chirurgien se trompait, parce qu'elle vécut encore deux jours.

— Mais, dites-moi, comment Kasbitch avait-il pu l'enlever?

— Voici. Malgré la défense de Petchorin, elle était allée se promener hors des remparts, près de la rivière.

Le jour était très-chaud. Elle s'assit sur une pierre et mit ses pieds dans l'eau. Soudain Kasbitch, qui l'épiait, s'élança vers elle, la saisit, la bâillonna et l'entraîna dans le taillis où il avait laissé son cheval. Elle parvint cependant à proférer un cri qui fut entendu des factionnaires. Ils tirèrent sur le bandit et nous arrivâmes au même instant.

— Pourquoi donc Kasbitch voulait-il l'enlever?

— Ah! voyez-vous, ces Tschetchenses sont d'enragés voleurs. Tout ce qui n'est pas bien gardé, il faut qu'ils le prennent, quand même ils n'en retireraient aucun avantage. Puis Bela avait plu à Kasbitch.

— Et elle mourut, la pauvre fille?

— Elle mourut après de longues souffrances et en nous faisant aussi cruellement souffrir. Vers dix heures du soir, elle reprit connaissance. Nous étions à côté de son lit, elle ouvrit les yeux et murmura le nom de Petchorin. « Je suis près de toi, ma chère âme, » lui dit-il en lui prenant la main. « Je meurs, » soupira-t-elle d'une voix gémissante.

Nous essayâmes de la rassurer. Nous lui dîmes que le chirurgien avait promis de la guérir.

Elle secoua la tête et se tourna du côté du mur. Elle ne voulait pas mourir.

Dans la nuit, elle commença à délirer. Son visage était en feu, et, de temps à autre, le frisson de la fièvre la faisait trembler. Elle prononçait des mots inintelligibles, tantôt songeant à son père, à son frère, à ses montagnes, à son foyer natal. Puis elle s'adressait de nouveau à Petchorin, et lui donnait les noms les plus tendres, ou l'accusait de lui avoir retiré son amour.

Il l'écoutait en silence, la figure cachée dans ses mains. Tant que dura cette agonie, je ne surpris pas une larme dans ses paupières, soit qu'il ne pût pleurer, soit qu'il voulût se dominer. Je ne sais. Quant à moi, je n'ai vu de ma vie un spectacle plus douloureux.

Le matin, le délire cessa. Elle tomba dans un tel état de faiblesse, d'inanimation, qu'à peine semblait-elle encore respirer. Puis, elle se releva encore de cet abattement et recommença à parler. De quoi parlait-elle? Vous ne le devineriez jamais... De telles pensées ne s'éveillent que dans le cœur de ceux qui vont mourir. Elle disait qu'elle regrettait de n'être pas chrétienne, que son âme ne se rejoindrait pas dans l'autre monde à celle de Petchorin, et qu'une autre femme s'unirait à lui dans le paradis. L'idée me vint de la baptiser et je lui en fis la proposition. Elle me regarda en silence d'un air irrésolu, puis enfin me répondit qu'elle devait mourir dans la religion où elle était née. Ainsi se passa la journée. Quelle métamorphose s'était opérée en elle dans cette journée! Ses joues pâles s'affaissaient, ses yeux se dilataient d'une façon effrayante. Ses lèvres étaient brûlantes. Elle éprouvait à l'intérieur une chaleur dévorante comme si on lui avait plongé un fer rouge dans la poitrine.

La nuit vint. Nous restâmes près d'elle sans fermer l'œil. Elle souffrait mortellement, gémissait, et, dès que sa torture devenait un peu moins vive, elle se hâtait de dire à Petchorin qu'elle se sentait mieux, l'engageait à se reposer, et lui baisait les mains et ne le quittait pas du regard. Le matin, elle fut prise d'un nouveau délire, arracha ses bandages, et le sang jaillit de sa bles-

sure. Dès que nous eûmes replacé son appareil, elle
éprouva comme du bien-être et pria Petchorin de l'embrasser. Il était à genoux près d'elle, il se leva, lui prit
doucement la tête avec l'oreiller et déposa un baiser sur
ses lèvres pâles.

Au même instant elle l'enlaça dans ses bras, comme
pour lui donner son âme dans ce dernier embrasse-
ment.

Ah! ce fut un bonheur pour elle de mourir. Que serait-elle devenue si Petchorin l'avait abandonnée, et,
tôt ou tard, il l'aurait abandonnée.

Au milieu du jour, elle fut calme, silencieuse, quoique le médecin la tourmentât avec ses remèdes. Je me
tournai avec impatience vers lui, et je lui dis :

— Vous nous avez déclaré qu'elle mourrait infailli-
blement. A quoi sert donc que vous la fatiguiez ainsi?

— C'est pour l'acquit de ma conscience, me répondit-il.

La belle conscience !

Bientôt elle se plaignit d'être accablée par la chaleur. Nous ouvrîmes la fenêtre; mais l'air du dehors
était encore plus chaud que celui de l'appartement. Je
savais que ce sentiment de chaleur extraordinaire
était un pronostic de mort prochaine, et je le dis
à Petchorin.

— De l'eau ! de l'eau ! s'écria-t-elle d'une voix tremblante en se soulevant sur sa couche.

Petchorin était devenu blanc comme la neige. Il prit
un verre et le lui présenta. Je posai mes mains sur mes
yeux et me mis à réciter une prière, je ne sais laquelle.
Oui, j'ai assisté à plus d'une scène de mort dans les hô-

pitaux et sur les champs de bataille; mais je n'avais jamais rien vu de si navrant.

Et puis, il faut l'avouer, j'eus encore une autre pénible impression. Dans ces dernières heures elle ne pensa pas une seule fois à moi... à moi qui avais pour elle l'affection d'un père!... Que Dieu lui pardonne! Mais à vrai dire, qu'étais-je à ses yeux pour qu'elle s'occupât de moi en face de la mort?

Dès qu'elle eut bu, elle se sentit soulagée, et, quelques minutes après, elle expira. On lui mit un miroir sur les lèvres : nul souffle ne le ternissait. Je pris Petchorin par le bras et l'entraînai sur les remparts. Longtemps nous nous promenâmes de long en large, les mains croisées derrière le dos, sans prononcer un mot. La figure de Petchorin avait à peu près son expression habituelle, et je m'en affligeais. A sa place je serais mort de douleur.

Enfin il s'assit par terre, et se mit à tracer avec sa canne je ne sais quels caractères sur le sable.

Par convenance, je crus devoir lui adresser quelques paroles de consolation. Il leva la tête et sourit. A ce sourire, je sentis comme un frisson glacial dans tout le corps, et je m'éloignai pour faire préparer les funérailles. J'avoue que je me chargeai de ce devoir en partie pour me distraire. J'avais une étoffe précieuse du Caucase, je la mis autour du cercueil, et j'y ajoutai des galons d'argent que Petchorin avait achetés un jour pour la pauvre fille.

Le lendemain matin, nous l'ensevelîmes au bord du ruisseau, près de l'endroit où elle s'était assise pour la dernière fois. Autour de sa tombe s'élèvent à présent des

sureaux et des acacias blancs. J'aurais voulu aussi y
mettre une croix.... mais je n'osai.... car elle n'était
pas chrétienne.

— Et Petchorin, demandai-je, que devint-il?

— Il tomba malade, et languit assez longtemps. Je
remarquai qu'il souffrait d'entendre parler de Bela ;
nous n'en parlâmes plus. Trois mois s'écoulèrent. Il
fut appelé à servir dans le régiment de..... et partit
pour la Géorgie. Depuis cette époque, je ne l'ai pas
rencontré.... Mais je me souviens avoir entendu dire,
il y a quelque temps, qu'il était rentré en Russie.
Je n'ai cependant pas vu son nom dans les actes
officiels... Du reste, les nouvelles nous arrivent si
tard !

A ces mots, le bon capitaine se mit à faire une longue
dissertation sur l'ennui de ne recevoir les lettres qu'un
an après leur départ.

Je pensai qu'il ne s'était engagé dans cette question
que pour détourner son esprit de ses souvenirs, et je
l'écoutai sans l'interrompre.

Cependant l'orage s'était apaisé, le ciel s'éclaircissait. Nous nous remîmes en marche. Chemin faisant,
j'essayai de ramener l'entretien sur la triste histoire de
Bela.

— Avez-vous su, demandai-je au capitaine, ce que
devint Kasbitch ?

— Kasbitch.... Non, ma foi... On m'a dit pourtant
que, dans une des légions de nos adversaires, il y a eu
un hardi coquin nommé Kasbitch, qui porte un bechmet rouge, s'avance effrontément au-devant de nos
carabines, et s'esquive avec prestesse lorsque les balles

sifflent trop près de ses oreilles. Il me paraît assez difficile pourtant que ce soit lui.

A Kobi, je quittai Maxime Maximitch. Je voyageais en
poste. Sa voiture était trop chargée pour qu'il pût me
suivre. Nous ne croyions pas jamais nous revoir ; cependant nous nous sommes encore rencontrés. Si vous
le désirez, je vous dirai ce qui nous arriva. Mais avouez
d'abord que ce Maxime Maximitch est un brave et digne homme. Si vous vous intéressez à lui, je serai pleinement récompensé d'avoir raconté cette histoire un
peu longue.

II

MAXIME MAXIMITCH

Après avoir dit adieu à Maxime, je franchis rapidement les gorges du Terek et du Darial. Je déjeunai à
Kasbek, je pris le thé à Lars, et j'allai souper à Wladi-
Caucase. Je vous fais grâce des descriptions et des ex-
clamations qui ne représentent rien, surtout pour ceux
qui n'ont pas fait le même voyage, et je vous épargne
aussi les notions de statistique que personne ne lit.

Je m'arrêtai dans une auberge où s'arrêtent tous les
passants, et où pourtant il n'y a personne à qui l'on
puisse ordonner de préparer une soupe ou de faire rôtir

un faisan. Car cette maison est occupée par trois invalides si sots ou si alourdis par le vin, qu'on ne peut rien en obtenir.

On me dit que l'*Occasion* n'arriverait pas avant trois jours d'Ekaterinograd, et que, par conséquent, je ne pourrais partir plus tôt. Pour me distraire, je résolus d'écrire l'histoire que Maxime m'avait racontée, ne songeant guère que ce n'était là que le premier anneau d'une longue série de nouvelles. Voilà comme le hasard le plus simple peut avoir parfois de graves conséquences. Mais vous ne savez peut-être pas ce que l'on appelle l'*Occasion* dans le pays où je me trouvais. C'est un détachement d'une demi-compagnie d'infanterie et de quelques canons, qui escorte les convois à travers la Kabardie, depuis Wladi-Caucase jusqu'à Ekaterinograd.

Le premier jour je me sentis très-ennuyé. Le second jour, au matin, je vois entrer une voiture dans la cour...... Maxime Maximitch! Nous nous saluâmes comme de vieux amis. Je lui offris ma chambre ; il accepta sans cérémonie, et me frappa sur l'épaule en faisant une grimace que je devais prendre pour un sourire. Quel homme singulier !

Maxime Maximitch possédait de hautes connaissances dans l'art culinaire. Il savait à merveille faire rôtir un faisan et l'arroser avec du suc de concombres. Sans lui, je dois l'avouer, j'aurais fait dans mon auberge de piteux dîners. Une bouteille de vin de Kachetine nous fit oublier l'exiguïté de notre menu, qui se composait d'un seul plat. Puis nous allumâmes notre pipe, et nous nous assîmes, moi à la fenêtre, et lui près du poêle, car la température était froide et humide. Nous étions là tous deux également silencieux. De quoi aurions-nous pu parler? Il m'avait dit l'épisode le plus intéressant de sa vie, et moi je n'avais rien à raconter. Je regardais par la fenêtre. A travers des massifs d'arbres apparaissaient une quantité de petites maisons basses dispersées le long du Terek, qui, en cet endroit, est très-large; plus loin, s'élevaient les montagnes avec leurs flancs pierreux, leurs cimes dentelées, et plus loin encore on distinguait le sommet du Kasbek avec son bonnet de neige, taillé comme une barrette de cardinal. Je disais en moi-même adieu à cette poétique région; et j'en avais le cœur triste.

Nous restâmes ainsi longtemps. Le soleil s'abaissait derrière les froides crêtes des montagnes, et une vapeur blanche descendait dans les vallées. Tout à coup j'entends résonner la clochette d'une voiture de voyage et les cris de plusieurs cochers. Quelques chariots, conduits par de sales Arméniens, entrent dans la cour de l'auberge; ils sont suivis d'une calèche vide, dont le léger mouvement, l'habile disposition et la forme élégante attestent une origine étrangère. Derrière cette calèche s'avance un homme à moustaches, vêtu d'une redingote à la hongroise, en somme très-bien mis pour un laquais. On ne pouvait se méprendre sur son état à la façon dont il secouait les cendres de sa pipe et à la manière dont il gourmandait le postillon. Il devait être le valet gâté d'un maître indolent, une sorte de Figaro russe.

— Dis-moi, mon cher, lui demandai-je par la fenêtre, quel est ce convoi qui vient d'arriver? Serait-ce l'Occasion?

Il me regarda d'un air assez effronté, refit le nœud de sa cravate et me tourna le dos. Un Arménien qui se trouvait près de lui me répondit qu'en effet l'Occasion était arrivée et qu'elle repartirait le lendemain.

— Dieu soit loué! s'écria Maxime en s'approchant de la fenêtre. Mais quelle étonnante voiture! C'est sans doute celle de quelque haut fonctionnaire qui se rend à Tiflis. On voit qu'il ne connaît pas nos montagnes. Non, il n'ira pas loin avec cette belle voiture sans qu'elle se brise, fût-elle la meilleure œuvre d'un carrossier anglais. Je voudrais pourtant savoir à qui elle appartient. Allons nous en informer.

Nous sortîmes. A l'extrémité du corridor, on venait d'ouvrir la porte d'une chambre où le domestique transportait des valises à l'aide du cocher.

—Écoute, mon garçon, dit le capitaine, à qui est cette calèche étrangère? Une superbe calèche, ma foi!

Le laquais, sans se détourner, murmura quelques mots inintelligibles en déliant ses bagages.

— C'est à toi que je parle, reprit Maxime offensé en lui donnant un coup sur l'épaule.

— A qui cette calèche? répliqua le valet, elle est à mon maître.

— Et qui est ton maître?

— Petchorin.

— Que dis-tu? que dis-tu? s'écria Maxime. Petchorin! Ah! mon Dieu! N'a-t-il pas servi dans le Caucase?

Et, en parlant ainsi, le bon capitaine me serrait les mains, et la joie étincelait dans ses yeux.

— Oui, répliqua le domestique, je crois qu'il a

servi... Il n'y a pas longtemps que je suis avec lui.

— Très-bien ! très-bien ! et son prénom, n'est-ce pas, est Grégoire Alexandrovitch... Nous avons été camarades, ajouta-t-il en frappant sur l'épaule du laquais avec une intention amicale, mais si vivement qu'il le fit chanceler.

— Permettez, monsieur, dit le laquais d'un ton de mauvaise humeur, vous m'empêchez de faire ma besogne.

— Ne t'en inquiète pas, mon garçon... Tu ne sais pas que j'ai été l'intime ami de ton maître, que nous vivions ensemble... Où est-il donc ?

Le domestique répondit que Petchorin était chez le colonel H..., et qu'il devait y souper et y coucher.

— Est-ce qu'il ne reviendra pas ici ce soir, ou n'iras-tu pas le rejoindre ? En ce cas, dis-lui que Maxime Maximitch est dans cette auberge ; dis-le-lui et je te donnerai huit greveniks[1] pour boire.

Le domestique accueillit cette promesse avec un grand air de dédain. Cependant il affirma au capitaine que sa commission serait faite.

— Il va venir en toute hâte, me dit Maxime avec un accent de triomphe, et pour le voir plus tôt je vais l'attendre sur la porte. Quel malheur que je ne connaisse pas le colonel H... !

A ces mots, Maxime s'assit sur un banc à l'entrée de l'auberge, et je rentrai dans ma chambre. J'étais assez curieux de voir apparaître Petchorin, quoique je n'eusse pas une très-bonne opinion de lui après ce que

[1] Petite pièce de monnaie équivalant à peu près à un franc.

le capitaine m'avait raconté; mais je remarquais en lui des traits de caractère qui m'intéressaient. Une heure s'écoula. L'hôte m'apporta le samovar[1] bouillant.

— Maxime, criai-je par la fenêtre, ne voulez-vous pas prendre du thé?

— Non, me répondit-il, je vous remercie.

— Venez donc. Il est tard et il fait froid.

— Merci.

— Eh bien, comme il vous plaira.

Je pris mon thé tout seul. A dix heures, le capitaine vint me rejoindre.

— Vous aviez raison, me dit-il, le thé me fera du bien. J'attendais Petchorin. Il y a longtemps que son domestique a dû lui annoncer que j'étais ici. Sans doute il n'a pu venir me rejoindre.

Il but à la hâte une tasse de thé, refusa d'en prendre une seconde et retourna s'asseoir sur son banc, mais cette fois avec une inquiétude visible. L'indifférence de Petchorin le chagrinait, surtout après ce qu'il m'avait raconté de son intimité avec ce galant officier, et l'espérance qu'il avait manifestée de le voir accourir si vite.

La soirée était assez avancée et l'obscurité profonde, quand j'ouvris la fenêtre pour crier à Maxime qu'il était temps de dormir. Il murmura entre ses dents quelques mots incompréhensibles. Je réitérai mon invitation. Il ne répondit pas

Je me couchai sur un canapé, enveloppé dans mon manteau, et j'aurais dormi d'un bon sommeil si le ca-

---

[1] Bouilloire à thé. Ustensile national de la Russie.

pitaine ne m'avait réveillé. Il entra brusquement, jeta
sa pipe sur la table, se promena dans la chambre d'un
pas précipité, attisa le feu, puis enfin se coucha, mais
en toussant, en crachant et en s'agitant.

— Est-ce que vous seriez, lui dis-je, tourmenté par
les insectes du logis?

— Oui, les insectes! me répondit-il avec un profond soupir.

Le lendemain matin, je m'éveillai de bonne heure.
Maxime s'était pourtant éveillé plus tôt que moi, et déjà
il était sur un banc devant la porte.

— Il faut, me dit-il, que je me rende chez le commandant. Si Petchorin arrive, ayez la bonté de me faire
prévenir.

Je le lui promis, et il s'éloigna rapidement, comme
si ses membres avaient recouvré la prestesse et la vigueur de la jeunesse.

La matinée était belle et riante. De légers nuages
flottaient sur les cimes escarpées comme des montagnes
aériennes. Devant notre auberge s'étendait une place
publique. C'était un dimanche; une quantité de marchands et de chalands se pressaient dans le bazar. Bientôt je fus entouré d'une troupe d'Ossettes, qui arrivaient, pieds nus, portant sur leur dos des rayons de
miel à vendre. Je les écartai avec impatience. Je ne
pouvais m'occuper d'eux; je commençais à partager
l'inquiétude de mon brave capitaine.

Quelques minutes après, je vis apparaître à l'extrémité de la place celui que nous attendions depuis la
veille. Le colonel H... était avec lui; il le conduisit jusqu'à notre hôtel, lui dit adieu et retourna au fort.

4.

J'expédiai sur-le-champ un des invalides de la maison à Maxime.

L'impertinent domestique avec qui nous avions eu un colloque s'avança à la rencontre de son maître, lui dit que les chevaux allaient être attelés, lui présenta une boîte de cigares, et se retira pour vaquer à son service.

Petchorin alluma un cigare, bâilla, et s'assit sur un banc près de la porte. A présent, je puis faire son portrait.

Il était d'une taille moyenne, élégante et fine; mais ses larges épaules annonçaient la vigueur de sa constitution, et, en l'observant, il était aisé de reconnaître que la nature lui avait donné la force de supporter les atigues de la vie errante et les influences des différents climats, de se lancer impunément dans le tourbillon du grand monde, et de résister aux orages de l'âme. Sa redingote en velours, négligemment boutonnée, découvrait un linge d'une blancheur parfaite, l'un des signes caractéristiques de l'homme de bon goût. Ses gants, ternis par le voyage, semblaient cousus sur ses petites mains aristocratiques, et, lorsqu'il en enleva un, je fus frappé de la maigreur et de la blancheur de ses doigts. Sa démarche était indolente, et je remarquai qu'en marchant il n'agitait pas ses bras, ce que je considère comme une preuve d'un caractère concentré. Du reste, ces observations ne me sont dictées que par ma propre expérience; je ne prétends pas qu'on les accepte aveuglément.

Quand il s'assit sur le banc, sa taille parut se reployer sur elle-même, comme s'il n'avait pas un ossement dans l'épine dorsale. Toute son attitude révélait alors une sorte de faiblesse nerveuse. On eût dit une des femmes langoureuses de Balzac se jetant sur un fauteuil après un long bal. A le voir au premier aspect, on aurait cru qu'il n'avait pas plus de vingt-cinq ans. A un examen plus minutieux, je me dis qu'il devait en avoir trente. Il avait dans le sourire une expression enfantine, et un teint d'une délicatesse féminine. Des cheveux blonds naturellement frisés ombrageaient son noble front blanc, et en y regardant de près on finissait par découvrir des rides entre-croisées, que la colère ou l'inquiétude devaient rendre plus apparentes. A ses cheveux blonds s'alliaient des sourcils et des moustaches noirs, signes de race pour l'homme, de même que la crinière et la queue noires pour un cheval blanc. J'ajouterai, pour finir cette esquisse, qu'il avait le nez un peu relevé, des dents d'une blancheur éblouissante et des yeux bruns. Mais il faut que je dise encore un mot de ses yeux.

D'abord, quand ses lèvres souriaient, ses yeux ne souriaient pas... Ne vous est-il pas arrivé de noter ce contraste dans plusieurs physionomies? C'est la marque d'un mauvais caractère, ou d'un long et profond chagrin. A travers les franges de ses cils, ses prunelles brillaient d'une sorte de lueur phosphorescente. Ce n'était ni le reflet d'une âme ardente ni l'éclair d'une imagination émue. C'était une clarté pareille à celle de l'acier poli, éclatante, mais froide. Son regard n'était pas persistant, mais pénétrant et pénible. Il laissait l'impression désagréable d'une question indiscrète, et il eût paru impudent s'il n'avait été si calme.

Peut-être n'en vins-je à faire ces observations que par suite de l'histoire qui m'avait été racontée, et peut-être que la figure de Petchorin aurait produit sur un autre une impression toute différente. Quoi qu'il en soit, comme il n'y a que moi qui puisse vous parler de lui, vous êtes obligés de vous en rapporter à mes propres idées. Je dois ajouter qu'après tout il était d'un aspect agréable, et qu'il avait une de ces physionomies originales qui plaisent particulièrement aux femmes.

Les chevaux étaient attelés. La clochette résonnait au timon; le domestique avait annoncé à son maître que tout était prêt, et Maxime ne paraissait pas. Par bonheur, Petchorin, les regards fixés sur la cime bleuâtre du Kasbek, était absorbé dans sa rêverie et ne semblait pas très-pressé de se mettre en route. Je m'avançai vers lui, et lui dis :

— Si vous voulez bien, monsieur, attendre encore un instant, vous aurez le plaisir de voir un de vos anciens amis.

— Ah! c'est vrai, me répondit-il, on m'en a parlé hier soir. Où est-il?

Je regardai du côté du marché et j'aperçus Maxime courant de toutes ses forces.

Quelques minutes après, il arriva hors d'haleine. La sueur ruisselait sur son visage. Ses cheveux blancs, s'échappant en désordre de sa casquette, étaient collés à son front, et ses jambes tremblaient. Il voulut se jeter au cou de Petchorin; mais celui-ci, l'arrêtant froidement, quoique pourtant d'un air affable, lui tendit la main. Maxime parut un instant interdit, puis, prenant cette main qui lui était offerte, la serra avec ardeur sans pouvoir encore prononcer un mot.

— Que je suis content de vous voir, mon bon Maxime! lui dit Petchorin; comment vous portez-vous?

— Et toi... et vous?... balbutia en pleurant le capitaine. Tant d'années... tant de jours!.. De quel côté à présent?...

— Je vais en Perse... plus loin peut-être.

— Mais pas tout de suite, mon cher ami. Non, vous n'allez pas me quitter si vite... Il y a si longtemps que nous ne nous sommes vus!

— Il faut que je parte.

— Mon Dieu, mon Dieu! pourquoi tant vous hâter? J'ai tant de choses à vous dire, et tant de questions à vous adresser... Avez-vous quitté le service?... Qu'êtes-vous devenu?...

— Je me suis ennuyé, répondit Petchorin en souriant.

— Vous souvenez-vous encore des jours que nous avons passés ensemble au fort? C'était là un fameux endroit pour la chasse, et vous étiez un si ardent chasseur!... Et Bela!

Petchorin pâlit et détourna la tête.

— Oui, murmura-t-il d'une voix presque inintelligible, je me souviens.

Maxime le conjura de lui accorder au moins deux heures. Nous ferons, lui dit-il, un dîner splendide. J'ai encore deux faisans et il y a ici du vin excellent, du vin meilleur même que celui de la Géorgie; et nous causerons, et vous nous raconterez votre vie de Pétersbourg.

— En vérité, je n'ai rien à raconter, mon bon Maxime, et il faut que je vous dise adieu....

Puis, lui prenant la main, il ajouta :

— Je vous remercie de n'avoir pas oublié!...

Le capitaine fronça les sourcils. Il était blessé au cœur. Mais il s'efforça de cacher son impression.

— Oublié! s'écria-t-il; non, je n'ai rien oublié... Allons, que Dieu soit avec vous! Je ne pensais pas que nous nous reverrions ainsi.

— Eh quoi! reprit Petchorin, ne suis-je pas toujours le même? Que faire? Chacun a son chemin... Nous rencontrerons-nous encore? Dieu le sait!

En disant ces mots, il était monté dans sa voiture, et le postillon tenait en main ses rênes.

— Arrêtez! arrêtez!... s'écria Maxime en se précipitant à la portière. Je ne songeais plus... Vous savez, Grégoire Alexandrovitch, que vous m'aviez confié des papiers. Je les ai apportés ici, comptant vous les remettre en Géorgie, et puisque je vous retrouve... Dites-moi, que faut-il faire de ces papiers?

— Ce que vous voudrez. Adieu.

— Ainsi vous allez en Perse, et quand revenez-vous?

La voiture était déjà loin. Petchorin fit un signe de la main qu'on pouvait traduire ainsi : « Je ne sais, et qu'importe? »

Il y avait longtemps qu'on n'entendait plus ni la sonnette des chevaux ni le bruit des roues sur le chemin rocailleux, et le pauvre vieillard était encore à la même place, silencieux et rêveur.

— Oui, dit-il enfin en s'efforçant de prendre un ton

d'indifférence, tandis que les larmes s'échappaient de ses paupières, oui, nous avons été amis, mais qu'est-ce que l'amitié au temps où nous vivons? Et moi que puis-je être pour cet homme. Je ne suis ni riche, ni titré, et il y a de plus une grande différence d'âge entre nous. Comme il est devenu élégant dans le temps qu'il a de nouveau passé à Pétersbourg! Quelle calèche! quelle quantité de bagages, et quel valet impertinent!

Ces mots furent prononcés par le capitaine avec un sourire ironique.

— Dites-moi, ajouta-t-il en se tournant de mon côté, que pensez-vous d'une telle idée? quel diable le conduit en Perse? C'est plaisant, sur ma foi, très-plaisant! Au reste, il y a longtemps que je le regarde comme un homme sur lequel on ne peut compter... C'est dommage, pourtant, il finira mal... c'est certain... J'ai toujours dit que ceux-là font une mauvaise fin qui oublient leurs amis.

Le vieillard se détourna de nouveau pour cacher son émotion, entra dans la cour, tourna autour de sa voiture comme s'il en examinait les roues, et ses yeux se remplissaient de larmes.

— Maxime, lui demandai-je en me rapprochant de lui, qu'est-ce donc que ces papiers de Petchorin?

— Dieu sait!... Des espèces de mémoires...

— Que voulez-vous en faire?

— Des cartouches.

— Non, donnez-les-moi.

Il me regarda d'un air surpris, murmura quelques mots entre ses dents, puis se mit à fouiller dans sa valise. Il en tira d'abord un cahier qu'il jeta par terre

avec mépris; un second, un troisième et un quatrième
furent aussi dédaigneusement traités. Il y avait dans
le mouvement de dépit du capitaine je ne sais quoi de
puéril qui pouvait paraître risible et qui me faisait mal.

— Voilà tout, me dit-il; je vous félicite d'avoir dé-
couvert un pareil trésor.

— Je puis disposer de ces manuscrits comme bon
me semblera ?

— Vous pouvez même les faire imprimer dans les
journaux. Que m'importe? Suis-je l'ami de Petchorin
ou son parent? Il est vrai que nous avons vécu longtemps sous le même toit, mais avec qui n'ai-je pas
quelque peu vécu?

Je rassemblai ces cahiers épars et me hâtai de les
emporter, de peur que le capitaine ne changeât d'avis.

En ce moment, on vint nous annoncer que dans une
heure l'Occasion partirait. J'ordonnai d'atteler ma voiture. Mais en rentrant dans notre chambre, à l'instant
où j'achevais mes derniers préparatifs, je vis le capitaine qui ne paraissait nullement disposé à se mettre
en route, et sa figure avait une expression froide et
contrainte.

— Maxime, lui dis-je, est-ce que vous ne partez pas
avec nous ?

— Non.

— Pourquoi donc ?

— Je n'ai pas vu le commandant, et j'ai divers objets
à lui remettre.

— Vous avez pourtant été chez lui?

— Oui, me répondit-il d'un air embarrassé, je me

suis présenté chez lui.... mais il n'était pas à la maison.... et je n'ai pas attendu.

Je compris. Le pauvre vieillard avait, peut-être pour la première fois de sa vie, sacrifié son devoir officiel à ses affaires personnelles, comme on dit en termes de bureaucratie ; et ce sacrifice, il en avait été tristement récompensé.

— C'est pour moi, lui dis-je, un très-sincère et très-vif regret de vous quitter si vite.

— Vous devez peu vous soucier d'un pauvre vieux ignorant comme moi. La jeunesse de ce temps est fière et mondaine.... Tant qu'on se trouve sous les coups de fusil des Tcherkesses, vous êtes, mes beaux messieurs, fort polis pour nous.... mais, si plus tard on vous rencontre, vous avez honte de tendre la main à un vieux camarade.

— Maxime, je n'ai point mérité ces reproches.

— Soit ! ne faites pas attention à mes réflexions. Je vous souhaite un heureux voyage et toutes sortes de prospérités.

Nous nous séparâmes assez sèchement. Le bon Maxime Maximitch était redevenu le capitaine obstiné, tracassier. Et pourquoi ? Parce que Petchorin, par distraction ou par je ne sais quel autre motif, lui avait tendu la main, quand l'honnête vieillard était si désireux de l'embrasser. Elle est triste l'heure, où la jeunesse voit s'envoler ses songes les plus doux et ses meilleures espérances, où elle voit devant elle se déchirer le rideau rose à travers lequel, avec bonheur, elle observait les pensées et les œuvres des hommes. A cette heure douloureuse, il lui reste pourtant une espérance,

5

l'espérance de remplacer les rêves qu'elle vient de perdre par d'autres illusions. non moins fugitives, il est vrai, mais non moins séduisantes.... Oui, mais, à l'âge de Maxime, comment remplacer ces dons de la jeunesse? L'âme se resserre, le cœur s'endurcit.

Je partis seul.

Un jour, j'appris que Petchorin était mort en revenant de la Perse. Rien ne m'empêchait plus de disposer, comme je l'avais désiré, de ses manuscrits. Je les livre au public comme la confession d'un homme qui prouve sa sincérité par la franchise avec laquelle il reconnaît ses erreurs et ses défauts.

Quelques lecteurs me demanderont peut-être ce que je pense moi-même du caractère de Petchorin. Ma réponse est dans le titre de ce livre : *Un Héros de notre temps*.... Mais, me dira-t-on, ce n'est qu'une méchante ironie !... Je ne sais.

MÉMOIRES DE PETCHORIN

I

TAMAN

Taman est la plus misérable de toutes les villes mari-
times de l'Asie. Peu s'en est fallu que je n'y mourusse
de faim ; de plus, j'ai failli y être noyé. J'y arrivai très-
tard dans la nuit avec une maudite téléga. Le cocher
arrête ses chevaux fatigués près d'un bâtiment en pierre
qui s'élève isolément à l'entrée de cette bourgade. Un
Cosaque tschernomore [1], qui était en faction, entend la
sonnette de ma voiture, et s'écrie avec le brusque
accent d'un homme qui se réveille : « Qui va là ? » L'ou-
riadnik [2] sort avec le caporal. Je leur dis que je suis officier, en voyage par ordre de la couronne, et que je
demande à être logé militairement. Le caporal nous

---

[1] Cosaques de la mer Noire.
[2] Titre de sous-officier dans les régiments de Cosaques.

conduit dans la ville. Toutes les isbas[1] où nous nous présentons sont déjà occupées. Le temps était froid; j'avais passé trois nuits sans dormir; je me sentais très-las, et cette perquisition interminable m'irritait.

— Mon ami, dis-je à mon guide, mène-moi donc quelque part où je puisse trouver un gîte, fût-ce dans la demeure du diable!

— Je connais encore une cabane, me répond le caporal, mais je crains qu'elle ne plaise pas à Votre Honneur[2], car elle n'est guère convenable.

— Marche, lui dis-je, ne comprenant pas toute l'importance de cette dernière remarque.

Après un long trajet à travers de sales ruelles, où de chaque côté je n'apercevais que de vieilles palissades, nous arrivons enfin à une petite cabane construite au bord de la mer.

La pleine lune éclairait le toit en roseaux et les murailles blanches de mon nouveau logis. Dans la cour, entourée d'une espèce de rempart en galets, j'aperçois encore une hutte plus vieille et plus chétive. De là, le sol s'inclinait en pente rapide vers la mer, et je voyais écumer à mes pieds les vagues agitées. La lune semblait contempler l'élément inquiet qu'elle asservit à son influence. A la lueur de l'astre nocturne, je distinguais, à une assez longue distance du rivage, deux navires dont les noirs agrès se dessinaient comme des toiles d'araignée sur la teinte mate du ciel.

[1] Cabanes de paysans.
[2] Désignation honorifique des fonctionnaires de la quatorzième à la neuvième classe.

— Bon ! me dis-je, voilà ce qu'il me faut. Demain je pourrai partir pour Ghelendchik.

Un Cosaque de la ligne remplissait pour moi les fonctions de domestique. Je lui ordonne de prendre ma valise, de congédier mon postillon, et j'appelle le maître de la maison. Point de réponse. Je frappe.... même silence. Qu'est-ce que cela signifie ? Je frappe de nouveau, et enfin je vois sortir du vestibule un garçon de quatorze ans.

— Où est le maître du logis ?

— Il n'y en a pas, me répond l'enfant dans le dialecte de la petite Russie.

— Comment ?... le maître n'y est pas ?... Et la maîtresse ?

— Elle est allée au village.

— Qui donc m'ouvrira la porte ? m'écriai-je en la frappant du genou.

La porte s'ouvrit d'elle-même, et il en sortit un flot de vapeur humide.

Je fais jaillir la flamme d'une allumette, je la mets sous le nez du gardien de cette demeure, et je vois deux yeux blancs. Il était aveugle, complétement aveugle de naissance. Il se tient immobile devant moi, je me mets à étudier sa physionomie.

Je dois dire que j'ai de fortes préventions contre tous les individus aveugles, borgnes, sourds, manchots, boiteux, bossus, enfin contre tout être humain affligé d'une difformité quelconque. J'ai remarqué qu'il y a toujours un singulier rapport entre la conformation physique de l'homme et sa nature morale, comme si, par la perte d'un membre, l'âme perdait une de ses facultés de sensations.

J'examinais donc la figure de l'enfant; mais que peut-on lire sur un visage où ne rayonne pas le regard ? Longtemps je l'observai avec un sentiment de compassion, quand soudain je vis éclore sur ses lèvres un astucieux sourire qui produisit sur moi une impression désagréable. L'idée me vint que cet aveugle pouvait bien n'être pas si aveugle qu'il le paraissait. En vain je me dis qu'on ne pouvait simuler la cataracte, et d'ailleurs dans quel but ? Malgré ce raisonnement, il me restait dans l'esprit un indéfinissable soupçon.

— Es-tu le fils de la maîtresse de cette cabane ? demandai-je à l'enfant.

— Non.

— Qui es-tu donc ?

— Un pauvre orphelin.

— Et cette femme a-t-elle des enfants ?

— Elle avait une fille qui s'est embarquée avec un Tartare.

— Quel Tartare ?

— Que sais-je ! Un Tartare de Crimée, un batelier de Kertch.

J'entrai dans la hutte. Deux bancs, une table et une grande armoire placée près du poêle en composaient tout le mobilier. Pas une image pieuse appendue à la muraille... Mauvais signe !... Par les vitres brisées soufflait la bise de mer.

Je tirai de mon portemanteau une bougie, et, l'ayant allumée, je fis mes préparatifs d'installation. D'un côté, je plaçai mon sabre et ma carabine; sur la table, mes pistolets; puis je m'étendis sur un banc, enveloppé dans ma bourka; mon Cosaque se coucha sur l'autre banc. Dix minutes après, il était profondément endormi, et moi je veillais encore; je ne pouvais écarter de mon esprit l'image de l'orphelin avec ses yeux blancs.

Une heure environ s'écoula. Par la fenêtre la lune projetait une lueur fantastique sur le sol de la chambre. Tout à coup une ombre se dessine dans cette vive clarté. Je me lève, je m'approche de la fenêtre. Une figure humaine passe une seconde fois et disparaît, Dieu sait où! Il me semblait difficile d'admettre qu'elle pût s'échapper par la pente escarpée du rivage, et cependant elle n'avait pas une autre issue. Aussitôt je revets mon bechmet, je prends mon poignard, je sors de la cabane, et j'aperçois l'aveugle. Je me cache derrière la palissade; et il passe avec confiance, mais cependant avec précaution devant moi. Sous son bras, il porte je ne sais quoi, se dirige vers le rivage, et s'engage dans le roide et étroit sentier.

— Voici l'heure, me dis-je, où la parole est rendue aux muets et la lumière aux aveugles.

Et je le suis à quelque distance, de façon à ne pas le perdre de vue.

Pendant ce temps, la lune se couvrait de nuages, un brouillard noir s'étendait sur la mer. A peine distinguait-on dans l'ombre le fanal allumé au haut d'un navire sur la plage. Les vagues écumaient et à tout instant menaçaient d'engloutir mon jeune aventurier. J'avais peine à le suivre sur notre route escarpée. Il s'arrêta un instant, puis tourna à droite. En ce moment, il était si près de l'eau, qu'il me semblait à chaque minute qu'il allait s'y perdre. Mais il n'en était pas à ses premières expéditions nocturnes, à en juger par l'assurance avec laquelle il sautait de pierre en pierre, et s'écartait du ravin. Enfin, il s'arrêta de nouveau, comme s'il avait entendu quelque bruit, s'assit par terre et posa son fardeau à côté de lui. Caché derrière un roc, j'observais tous ses mouvements. Quelques minutes se passent. Du côté opposé à celui par lequel nous étions descendus, s'avance une figure blanche; elle s'approche de l'aveugle, s'assoit près de lui. Le vent me favorise. Je puis entendre leur entretien.

— Eh bien, dit une voix de femme, le vent est violent. Janko ne viendra pas.

— Janko ! répond l'aveugle. Janko ne craint pas la tempête.

— Mais, reprend la première voix avec un accent de tristesse, les nuages s'épaississent.

— Dans l'obscurité, il est plus facile de tromper la surveillance des navires de garde.

— Et s'il se noie?

— Alors, tu n'auras point de ruban neuf pour aller dimanche à l'église.

En écoutant ce colloque, je remarquai que l'aveugle, qui n'avait employé avec moi que l'idiome petit russien, parlait très-correctement la vraie langue russe.

— Vois-tu, reprit-il en frappant des mains après un moment de silence, j'avais raison. Janko ne craint ni la mer, ni le vent, ni les brouillards, ni les bâtiments de garde. Écoute. Ce n'est pas le clapotement des eaux qu'on entend. Non, je ne me trompe pas ; ce sont ses longues rames.

La femme se leva, et d'un regard avide interrogea l'espace.

— Tu es dans l'erreur, répliqua-t-elle. Je ne distingue rien.

J'essayai aussi de voir si je ne parviendrais pas à découvrir au loin quelque embarcation, et je ne pus y réussir. Un instant après, cependant, un point noir se dessinait entre les vagues ; tantôt il s'élevait et tantôt s'abaissait. Peu à peu je distinguai une barque qui dansait sur les flots et se rapprochait rapidement du rivage. Il fallait que celui qui la conduisait fût un hardi marin pour traverser, par une telle nuit, un bras de mer de vingt werstes d'étendue, et qu'il eût de graves raisons pour braver tant de périls.

En faisant cette réflexion, je tournai mes regards vers la pauvre embarcation. Elle plongeait comme un canard, puis se relevait par un habile coup de rame dans un tourbillon d'écume. Tout à coup il me sembla qu'elle allait se jeter sur le rivage et se briser en morceaux ; mais elle fut habilement détournée de ce danger et abritée dans une petite baie. Il en descendit un homme de moyenne taille, portant un bonnet de peau de mouton. Il fit un signe de la main, et, nos deux mystérieux causeurs l'ayant rejoint, tous trois se mirent à tirer de la nacelle un fardeau qui me parut si lourd, que je ne comprends pas encore comment la frêle embarcation avait pu porter un tel poids. Chacun d'eux prit une part de la cargaison sur ses épaules, puis ils s'éloignèrent et bientôt disparurent.

Je n'avais rien de mieux à faire que de rentrer dans mon gîte ; mais cette étrange scène m'avait tellement frappé, que j'attendais le jour avec impatience.

Mon Cosaque fut bien surpris lorsqu'en s'éveillant il me vit tout habillé. Je ne lui dis rien de ma promenade nocturne. Je restai quelques instants à regarder par la fenêtre, avec un vif attrait, le ciel bleu parsemé de nuages, et la côte lointaine de Crimée étendue à l'horizon comme une bande violette, et terminée par un roc, au-dessus duquel s'élevait la tour du Phare. Puis je me rendis au fort de Fanagora pour demander au commandant quand je pourrais me rendre à Ghelendchik.

Par malheur le commandant ne put me donner aucune réponse positive. Il n'y avait dans les ports que des bâtiments en station permanente, ou des navires de commerce qui n'avaient pas encore commencé à prendre leur chargement.—Peut-être, ajouta-t-il, dans trois ou quatre jours il arrivera un paquebot de poste, et alors nous verrons.

Je retournai de fort mauvaise humeur à mon logis ; à la porte, je rencontrai mon Cosaque, qui s'approcha de moi d'un air effaré.

— Mauvaises nouvelles ? me dit-il.

— Oui, lui répondis-je. Dieu sait quand nous pourrons sortir d'ici.

A ces mots, l'inquiétude de mon soldat s'accrut. Il s'approcha de moi et murmura à voix basse :

— Mieux vaudrait ne pas être ici. Aujourd'hui, j'ai rencontré un Cosaque tschernomore que je connais. Nous étions ensemble, l'année dernière, dans le même

détachement. Quand il a su où nous demeurions :
« Mauvais gîte! me dit-il, mauvaises gens! » Et cet
aveugle! qu'en pensez-vous? Vit-on jamais pareil aveugle, qui court seul de côté et d'autre, circule dans le
bazar, va chercher le pain et l'eau... Il paraît qu'ici
ils sont habitués à ces promenades.

— La maîtresse du logis n'est-elle pas rentrée?

— Aujourd'hui, pendant que vous étiez sorti, une
vieille femme est arrivée avec sa fille.

— Quelle fille? Elle n'a pas de fille.

— Je ne sais alors qui elle est ; mais tenez, la vieille
est assise dans sa cabane.

J'entrai; un bon feu luisait dans le poêle, et là cui-
sait un souper qui, pour de pauvres gens, me paraissait
bien recherché. Aux questions que je lui adressai, la
vieille me répondit qu'elle était sourde. Impossible
de causer avec elle. Je me retournai vers l'aveugle, et,
lui pinçant l'oreille :

— Dis-moi, lui dis-je, petit sorcier que tu es, où al-
lais-tu cette nuit avec un paquet sous le bras?

Aussitôt il se mit à gémir, à pleurer, puis répondit
en sanglotant :

— Où j'allais cette nuit?... je ne suis allé nulle
part... et avec un paquet... Quel paquet donc?

Cette fois la vieille prouva que quand elle le voulait
ses oreilles n'étaient point fermées.

— C'est un mensonge, s'écria-t-elle; pourquoi vous
attaquer à un malheureux? Quelle idée avez-vous de
lui? Que vous a-t-il fait?

Ce vacarme m'ennuyait. Je sortis, bien décidé à découvrir le mot de cette énigme.

Enveloppé dans ma bourka, je m'assis sur un banc devant la porte, et mes regards erraient dans l'espace Devant moi, se déroulaient les vagues de la mer soulevées par l'ouragan de la nuit. Leur bruit monotone ressemblait aux rumeurs confuses d'une ville qui s'assoupit. En l'écoutant, je me rappelais les années d'autrefois, les années que j'avais passées dans les régions du Nord, dans notre fraîche capitale, et peu à peu je me laissai absorber dans ces souvenirs.

Une heure environ s'écoula, peut-être plus. Tout à coup un son cadencé vibre à mon oreille. C'est une harmonieuse mélodie, c'est la voix d'une femme. J'écoute : singulière mélodie, tantôt lente et triste, tantôt vive et rapide. Je regarde : personne autour de moi. J'écoute encore. On dirait que ces accents descendent du ciel. Enfin je lève les yeux, et, sur le toit de la cabane, je vois une jeune fille vêtue d'une robe bariolée et les cheveux épars, pareille à une naïade. Une main posée devant ses yeux pour les garantir des rayons du soleil, tantôt elle regardait l'horizon lointain, tantôt se parlait à elle-même en souriant, puis recommençait cette chanson qui m'est restée dans la mémoire.

Quand, sur la mer immense,
Sur la mer aux flots bleus,
Le navire s'élance,
Solennel et pompeux,

Je guide ma nacelle,
Ma nacelle sans nom,
Sur la vague éternelle
Avec mon aviron.

Si la tempête gronde,
Les larges bâtiments
Se dispersent sur l'onde,
Serrant leur voile aux vents.

Moi, je dis au tonnerre,
Qui roule au loin sur l'eau :
Malgré toi jusqu'à terre
Voguera mon bateau.

Il porte sur la plage
Des trésors chaque nuit,
Et résiste à l'orage
Quand ma main le conduit.

Il me sembla que c'était cette même voix de femme
que j'avais entendue la nuit dernière au bord de la mer.
En faisant cette réflexion, je levai de nouveau les yeux
vers le toit. La chanteuse avait disparu. Une minute
après, elle passa rapidement devant moi, fredonnant
un autre refrain, et faisant claquer ses doigts. Elle s'approcha de la vieille et lui dit je ne sais quoi. La vieille
se fâcha. La jeune fille riait aux éclats. De nouveau la
voilà qui fait un bond léger et s'avance près de moi.
En m'apercevant elle s'arrête, et me regarde fixement,
comme si elle était surprise de me voir ; puis elle se
détourne d'un air d'indifférence et se dirige tranquillement vers le rivage.

Mais ces manéges n'étaient pas finis. Tout le reste
du jour elle tourna autour de ma chambre, sans cesse
chantant et sautillant. Etrange créature ! Sa physionomie n'indiquait point un dérangement de raison. Tout
au contraire, elle dardait sur moi deux yeux péné-

trants, deux yeux qui semblaient exercer sur moi un empire magnétique et attendre une question. Mais, dès que je voulais parler, elle s'enfuyait avec un malicieux sourire.

Nulle femme semblable ne m'était encore apparue On ne pouvait dire pourtant qu'elle fût belle. Mais j'ai aussi mes idées particulières sur la beauté. Il y avait en elle des traits de race... Et, pour les femmes comme pour les chevaux, rien de plus précieux que la race. C'est la jeune France qui a fait cette découverte. Elle (je parle de la race, et non de la jeune France) se reconnaît principalement à la démarche, à la forme des pieds et des mains. Le nez est aussi un signe important. En Russie, les nez réguliers sont plus rares que les petits pieds.

Ma musicienne devait avoir environ dix-huit ans. Ce qui me charmait en elle, c'était la souplesse extraordinaire de sa taille, c'étaient ses singuliers mouvements de tête et ses longs cheveux blonds répandus comme des flots d'or sur son cou, sur ses épaules bronzées, et son nez d'une forme parfaite.

Il y avait dans ses regards obliques je ne sais quoi de sombre et de farouche; mais, en faisant cette remarque, je restai sous le même prestige. La pureté de lignes de son nez fascinait mon regard. La légère musicienne me rappelait la Mignon de Gœthe, cette fantastique création d'une pensée allemande. Entre ces deux images il y avait vraiment une vive ressemblance. C'étaient les mêmes brusques transitions d'une agitation inquiète à une parfaite placidité, les mêmes paroles énigmatiques, les mêmes chansons étranges.

Le soir, j'arrêtai mon ondine à la porte de la hutte,
et j'engageai avec elle cet entretien :

— Dis-moi, ma belle, ce que tu faisais aujourd'hu.
sur le toit.

— Je regardais de quel côté soufflait le vent.

— Que t'importe ?

— De là où vient le vent, de là vient le bonheur.

— Et croyais-tu conjurer par tes chants la fortune ?

— Là où le chant résonne, là est la joie.

— Mais que dirais-tu, si tes chants provoquaient le
malheur ?

— Si le malheur vient, il faut le subir, et, de l'anxiété
à la joie, la distance n'est pas longue.

— Qui t'a enseigné ces chansons ?

— Personne. Je rêve et je chante. Celui qui peut
me comprendre m'écoute, et celui qui ne m'écoute pas
ne peut m'entendre.

— Comment t'appelles-tu ?

— Celui qui m'a baptisée le sait.

— Et qui t'a baptisée ?

— Je l'ignore.

— Ah ! tu es si mystérieuse ! Eh bien, moi, je sais
quelque chose de toi.

Pas une émotion sur sa figure, pas le plus léger mouvement sur ses lèvres. A son impassibilité, on eût dit
qu'il ne s'agissait pas d'elle.

— Je sais, repris-je, que tu as été cette nuit au bord
de la mer. — Puis je lui racontai toute la scène dont
j'avais été témoin. Je croyais l'inquiéter, mais nulle-
memt.

— Vous avez assisté à une curieuse entrevue, me répliqua-t-elle en riant, mais vous savez peu de chose, et ce que vous savez, je vous engage à le garder comme on garde un objet précieux, sous une double serrure.

— Mais, repris-je d'un air grave et presque mena-çant, si j'allais raconter cet épisode nocturne au com-mandant?

A ces mots, elle sautilla, chanta et disparut comme un oiseau effarouché.

J'avais eu tort de lui adresser cette menace. En ce moment, je n'en comprenais pas la gravité; mais, plus tard, je connus les résultats de mon imprudence.

La nuit vint. J'ordonnai à mon Cosaque de prépa-rer ma bouilloire, j'allumai une bougie et m'assis près de la table, en fumant ma pipe. Je prenais ma tasse de thé, lorsque j'entendis que la porte s'ouvrait. En même temps, je distinguai le bruit d' n pas léger et le frôle-ment d'une robe. Je me lève précipitamment et recon-nais ma sirène. Elle s'assit en silence devant moi et fixa sur moi un regard qui me fit trembler, un de ces magiques regards comme ceux qui autrefois domi-naient mon existence. Elle semblait attendre que je lui adressasse une question, mais une émotion indéfinis-sable m'enlevait la faculté de parler. Son visage était pâle comme la mort. Dans cette pâleur, je croyais lire l'agitation de son cœur. Ses doigts frappaient machi-nalement sur la table, son corps paraissait frissonner, tantôt sa poitrine se soulevait violemment, et tantôt semblait comprimée.

Cette espèce de comédie commençait pourtant à m'ennuyer, et j'allais y mettre fin de la façon la plus prosaïque, en offrant à ma belle visiteuse une tasse de

thé, quand soudain elle se leva, et, me prenant la tête
entre ses deux mains, elle m'embrassa avec toutes les
apparences d'une tendresse passionnée.

Un nuage se répandit sur mes yeux. Dans l'efferves-
cence de ma jeunesse, je voulus à mon tour l'étreindre;
mais elle m'échappa comme une couleuvre en murmurant à mon oreille :

— Cette nuit, quand tout dormira, viens sur le rivage.

Puis elle disparut en jetant par terre bouilloire et
flambeau.

— C'est le diable! s'écria mon Cosaque, qui, pour se
réchauffer, comptait sur sa portion de thé.

En disant ces mots il se coucha sur son banc, et mon
agitation s'apaisa.

Deux heures après, je le réveillai. Au dehors, tout
était silencieux et sombre.

— Écoute, lui dis-je, si tu entends résonner un coup
de pistolet, descends en toute hâte sur la plage.

Il se frotta les yeux et me répondit machinalement :

— Oui, mon officier.

Je plaçai mon pistolet à ma ceinture, et je sortis.

La sirène m'attendait au haut du sentier, vêtue très-
légèrement d'une étoffe qui lui enlaçait la taille comme
une écharpe.

— Marchez derrière moi, me dit-elle en me prenant
la main.

Nous commençâmes à descendre de telle sorte
que je ne sais comment je ne me rompis pas le cou.
Arrivés au pied de l'escarpement, nous tournâmes à
droite, par le chemin que j'avais déjà suivi sur les pas
de l'aveugle. La lune n'était pas encore levée. Deux

petites étoiles, pareilles à deux phares salutaires, pro-
jetaient leur pâle lueur dans l'obscurité. Les flots agités
soulevaient tour à tour, dans leur balancement régulier, un canot solitaire sur le rivage.

— Entrons dans cette barque, me dit-elle.

J'hésitais; car j'avoue que je n'ai pas le moindre
goût pour les promenades sentimentales sur mer. Mais
il n'était plus temps de reculer

Elle s'élance dans la barque, je la suis, et aussitôt je
m'aperçois que nous commençons à voguer.

— Qu'est-ce que cela signifie? lui dis-je avec colère.

— Cela signifie, me répond-elle en me faisant as-
soir sur le banc et m'enlaçant à la taille avec ses bras,
cela signifie que je t'aime. Et sa joue brûlante est près
de la mienne, et un souffle enflammé effleure mon visage... Tout à coup j'entends tomber je ne sais quoi
dans l'eau... Instinctivement je porte la main à ma
ceinture; mon pistolet n'y est plus.

Alors un horrible soupçon me saisit. Le sang afflue
à mon cerveau. Je regarde autour de moi : nous sommes déjà loin de la plage, et je ne sais pas nager. Je
veux me dégager de son étreinte; elle se cramponne
comme une chatte à mes vêtements, et peu s'en faut
que, par un choc violent, elle ne me jette hors de la
barque. Déjà cette barque vacillait. Je parviens cependant à reprendre l'équilibre, et alors, entre ma perfide
compagne et moi, commence une lutte désespérée, une
lutte dans laquelle j'employais toutes mes forces et où
je sentais que l'abominable créature l'emportait sur
moi par son agilité.

— Que veux-tu donc? lui dis-je en serrant ses petites

mains si vigoureusement, que j'entendais ses doigts craquer.

Mais, quelle que fût sa douleur, elle n'exhalait pas une plainte. Sa nature de reptile ne pouvait être vaincue par cette compression.

— Tu nous as vus, s'écria-t-elle : tu veux nous dénoncer.

Et, par un rapide et violent effort, elle me renversa au bord de la barque. Son corps et le mien penchaient en ce moment hors de la frêle chaloupe jusqu'à la ceinture, et ses cheveux flottaient dans l'eau. C'était une minute décisive. Je m'affermis sur mes genoux ; d'une main, je la prends par les cheveux, de l'autre, au gosier ; elle finit par lâcher mes vêtements, et je la jette à la mer.

Deux fois je vis sa tête reparaître sur l'onde écumante, puis je ne vis plus rien.

Au fond de la barque, je trouvai une vieille rame avec laquelle, après de longs efforts, je parvins à regagner la plage. En reprenant le sentier qui conduisait à ma demeure, je tournai encore les regards vers l'endroit où la veille l'aveugle attendait le batelier nocturne. La lune en ce moment rayonnait au ciel, et je crus discerner sur le bord de la mer une figure blanche. Dominé par la curiosité, je me glisse, à travers les touffes d'herbe, derrière une espèce de promontoire d'où je pouvais remarquer ce qui se passait autour de moi. Là, je lève la tête, et quelle est ma surprise, je pourrais presque dire ma joie, en reconnaissant ma naïade. Elle essuyait ses longs cheveux ruisselants, et sa robe mouillée était collée sur son corps. Une barque,

que je distinguais en même temps dans le lointain, se rapprocha rapidement d'elle. Il en sortit le même rameur que j'avais déjà vu la veille, avec le même bonnet tartare ; mais ses cheveux étaient taillés à la façon des Cosaques, et à sa ceinture pendait un large couteau.

— Janko, s'écria la jeune fille, tout est perdu !

Tous deux se mirent alors à causer ensemble, mais si bas, que je ne pouvais les entendre.

— Où est l'aveugle ? dit enfin Janko en élevant la voix.

— Je pense qu'il va venir.

Au même instant l'aveugle arriva en effet, portant sur son dos un paquet qu'il déposa dans la barque.

— Écoute, lui dit Janko ; veille sur cet endroit... tu sais... il y a là des marchandises précieuses. Annonce à..... (je ne pus entendre le nom) que je ne suis plus à son service. Les affaires ont pris une mauvaise tournure. Il ne me verra plus. A présent, la situation est dangereuse ; il faut que j'aille chercher de la besogne en un autre lieu. Il ne retrouvera pas un gaillard tel que moi. Tu ajouteras que, s'il payait mieux les rudes services qu'on lui rend, Janko ne le laisserait pas dans l'embarras. Là où le vent mugit, où la mer bouillonne, là est mon chemin.

— Après un instant de silence, Janko ajouta : Elle vient avec moi ; elle ne peut rester ici. Dis à la vieille qu'elle a fait son temps, et qu'elle doit être satisfaite. Nous ne la reverrons plus.

— Et moi ? murmura l'aveugle d'une voix plaintive.

— Je ne m'occupe pas de toi.

La jeune fille s'élança dans la barque et fit un signe de la main à son compagnon.

— Tiens ! dit celui-ci à l'aveugle, voilà pour acheter du pain d'épice.

— Rien de plus ? répliqua l'enfant.

— Prends encore ceci.

Et une pièce d'argent tomba sur le sol.

L'aveugle ne la ramassa pas.

Janko prit place dans sa chaloupe. Le vent soufflait de terre. Une petite voile fut larguée, et la légère embarcation vola sur les flots. Au loin encore on vit une voile blanche se dessiner sur les sombres vagues. L'aveugle restait assis au bord de la mer ; il me sembla qu'il pleurait. Oui, et longtemps il pleura. Pauvre garçon ! sa douleur m'affligeait. Pourquoi donc le sort m'avait-il jeté dans ce cercle paisible de contrebandiers ? Comme une pierre qu'on lance sur l'eau en trouble la surface, j'avais porté le désordre dans ces existences, et, comme une pierre aussi, j'avais failli être submergé.

Je retournai à la cabane. La bougie, posée sur une assiette en bois, était près de s'éteindre, et, malgré mes recommandations, mon Cosaque dormait d'un profond sommeil, avec son fusil entre ses mains. Il y aurait eu de la cruauté à l'arracher à son repos. J'allumai une autre bougie, et j'entrai dans ma chambre. Hélas ! ma cassette, ma schaschka montée en argent, mon poignard de Daghestan, présent d'un ami, tout était enlevé. Alors je devinai ce que renfermait le paquet déposé dans la barque par le maudit aveugle. D'un coup de poing, je réveille mon Cosaque, je lui reproche sa négligence; je me fâche. Ma colère ne pouvait me faire retrouver ce que j'avais perdu. Et comment m'adresser à l'autorité? N'aurait-on pas ri de moi si je m'étais plaint d'avoir été dévalisé par un aveugle et presque noyé par une jeune fille?

Grâces au ciel, je trouvai le lendemain une occasion pour sortir de cet odieux repaire. Ce que sont devenus l'aveugle et la vieille femme, je ne sais. Que m'importent les joies et les douleurs des autres, à moi qui voyage pour affaires de service avec l'uniforme d'officier et un passe-port de la couronne?

II

LA PRINCESSE MARIE

12 mai.

Je suis arrivé à Piatigorsk; j'ai pris un logement à l'extrémité de la ville, sur une hauteur, au pied du Machouk. Par un temps d'orage, les nuées en s'abaissant doivent toucher à mon toit. Ce matin, à cinq heures, quand j'ai ouvert ma fenêtre, ma chambre a été inondée du parfum des fleurs qui près de moi s'épanouissent dans un petit jardin. Les rameaux des odorants guigniers semblent me souhaiter la bienvenue, et le vent sème sur

ma table leurs petites feuilles blanches. De trois côtés,
j'ai devant moi un point de vue magnifique : au cou-
chant, les cinq crêtes du Bechtou avec leur teinte
bleuâtre, comme le dernier nuage d'une tempête qui
finit ; au nord, la pointe du Machouk, pareille à un
bonnet de Persan, me cache tout un côté de l'horizon ;
à l'orient, la vue est plus riante. A mes pieds est une
jeune et jolie petite ville, où jaillissent les eaux thermales, où résonnent les idiomes de différentes contrées.
Plus loin, s'élèvent en amphithéâtre des montagnes
bleues ou nuageuses ; à l'horizon se déroule une longue chaîne de cimes aériennes couvertes de neige qui
commence par le Kasbeck et se termine par l'Elborous.... Il est doux de vivre dans une telle région. J'é-
prouve je ne sais quelle sensation de bien-être qui se
répand dans toutes mes veines. L'air est pur et frais
comme le baiser d'un enfant, le ciel bleu, le soleil res-
plendissant. Que peut-on demander de plus ? Pourquoi
se laisserait-on agiter ici par les passions, par les désirs
et les regrets ? Mais il est temps de me rendre à la source
d'Élisabeth. C'est là, m'a-t-on dit, que se réunissent
chaque matin les baigneurs.

Après être descendu au milieu de la ville, je m'a-
vance sur les boulevards et je rencontre quelques groupes d'un aspect assez triste qui gravissent à pas lents
la pente de la montagne. Ce sont pour la plupart des
familles de propriétaires des steppes. Il est aisé de le
reconnaître au vêtement suranné des hommes, à la
toilette de mauvais goût des femmes. Évidemment ces
braves gens connaissent déjà toute la jeunesse des eaux,
car ils me regardent avec curiosité. La redingote que

mon tailleur m'a faite récemment à Pétersbourg pouvait les abuser; mais, dès qu'ils aperçoivent mes épaulettes, ils se détournent d'une façon peu gracieuse.

Les femmes de la ville, qui sont, pour ainsi dire, les patronnes des eaux, se montrent plus courtoises. Elles portent des lorgnettes, et n'ont point tant de préventions contre l'uniforme. Plus d'une fois, sur cette terre du Caucase, elles ont pu reconnaître par elles-mêmes que, sous les boutons numérotés de la capote militaire, il peut y avoir un cœur ardent, et, sous la casquette blanche, un esprit éveillé. Ces femmes sont agréables et le sont longtemps. Chaque année, il leur vient de nouveaux adorateurs. Là est peut-être le secret de leur constante amabilité.

En suivant l'étroit sentier qui conduit à la source d'Élisabeth, je rencontre une cohorte de fonctionnaires civils et militaires qui, dans la société attirée ici par la vertu des eaux, forment, comme je l'appris plus tard, une classe à part. Ils boivent, mais ce qu'ils boivent, ce n'est pas de l'eau ; ils se promènent peu, s'occupent peu des femmes, jouent et se plaignent de leur ennui. Ils ont pourtant des prétentions particulières à l'élégance ; en plongeant leurs verres dans la source amère, ils prennent des poses académiques. Ceux qui appartiennent au service civil portent des cravates bleu clair ; les militaires laissent poindre leur col de chemise au-dessus de leur collet d'uniforme. Les uns et les autres manifestent un profond dédain pour les pauvres femmes de province, et regrettent les salons aristocratiques de la capitale, où ils ne sont pas reçus.

Mais me voici à la source. Près de là est une maisonnette avec un toit rouge qui abrite le bassin, et une galerie où l'on se promène quand le temps est mauvais. Sur un banc sont assis quelques officiers, pâles, tristes, portant béquilles. Quelques femmes marchent à grands pas de long en large, attendant l'effet des eaux. Parmi elles je distingue deux ou trois jolies figures. Dans l'allée couverte de rameaux de vignes qui s'étend sur la pente du Machouck, apparaît de temps à autre la capote d'une personne qui me semble aimer la solitude à deux, car, chaque fois qu'elle se montre, je remarque près d'elle ou une casquette militaire, ou un chapeau rond. Sur un roc escarpé est un pavillon décoré du nom de Harpe d'Éole. Là sont réunis quelques amateurs des beautés de la nature. A l'aide d'un télescope, ils contemplent l'Elborous. Parmi eux sont deux précepteurs avec leurs pupilles affectés d'une cruelle maladie.

Je m'arrête fatigué à l'extrémité de la montagne, et, le dos appuyé contre le mur de la maisonnette, je regardais cette contrée pittoresque, quand tout à coup une voix que je connais s'écrie derrière moi :

— Petchorin ! Y a-t-il longtemps que tu es ici ?

Je me retourne :

« Grouchnitzky ! » Nous nous embrassons. Je l'ai connu dans un détachement de l'armée active. Il fut frappé d'une balle au pied, et il partit pour les eaux une semaine après moi.

Grouchnitzky est sous-officier [1] et depuis une année seulement au service. Par une singulière coquetterie,

---

[1] *Jonker*, sous-officier appartenant à la noblesse, destiné à devenir promptement officier.

il porte la grossière capote de soldat et sur la poitrine la croix de Saint-Georges du soldat. Sa taille est élégante, son teint bronzé, sa chevelure noire. En parlant, il rejette la tête en arrière et à tout instant se pince la moustache de la main gauche, sa main droite s'appuyant sur une béquille. Sa parole est vive et très-accentuée. Il est de ces gens qui pour toutes les occasions ont des phrases pompeuses, qui, ne comprenant point ce qu'il y a de beau dans la simplicité, se drapent dans une souffrance exceptionnelle et des passions extraordinaires. Le plaisir des gens de cette sorte est de produire de l'effet ; par leur romantisme, ils enchantent la province. Aux approches de la vieillesse, ils tombent dans les pacifiques habitudes de la vie bourgeoise ou dans l'ivrognerie, quelquefois dans l'une et dans l'autre. Souvent il existe en eux quelques bonnes qualités, mais pas la moindre fleur de poésie.

Grouchnitzki est emporté par l'ardeur de la déclamation. Dès que l'entretien s'écarte quelque peu du cercle des choses ordinaires, il vous accable de grands mots sonores. Impossible de discuter avec lui. Il ne répond point à vos objections, il ne les écoute pas. Dès que vous vous interrompez un instant, il se jette dans une longue tirade qui paraît se rattacher à l'idée que vous exprimez, mais qui n'est en réalité que la continuation de sa propre dissertation.

Il ne manque pas d'esprit. Ses épigrammes sont parfois amusantes, mais jamais ni très-justes ni très-mordantes. Jamais elles ne renferment un de ces mots qui terrassent un adversaire. Il ne connaît ni les hommes ni leur côté faible, car il n'a constamment été occupé

que de lui-même. Son but est de se poser en héros de
roman. Il s'est tellement appliqué à se présenter comme
un être qui n'est point fait pour ce monde, comme la
victime d'une souffrance mystérieuse, qu'il a fini par se
persuader à lui-même ce qu'il s'efforçait de persuader
aux autres. Voilà pourquoi il porte fièrement sa capote
de soldat. Je l'ai deviné, et il ne m'aime pas, quoique
nous ayons en apparence l'un avec l'autre des rapports
affectueux. On le considère comme un garçon coura-
geux. Je l'ai vu dans une bataille. Il brandit son sabre,
crie, s'élance en avant avec des yeux qui clignotent. Ce
n'est pas là le vrai courage russe !

Non. Je ne l'aime pas. J'ai le pressentiment que nous
devons nous rencontrer quelque part, sur un étroit sentier qui sera fatal à l'un de nous.

Son départ pour le Caucase était une des conséquences de son ardeur romantique. Je suis convaincu
qu'au moment de quitter la maison paternelle il aura
dit, avec une expression sinistre, à quelque belle voisine : « Je ne m'en vais pas pour suivre ma carrière
militaire, mais je vais chercher la mort. » Et à ces
mots, plaçant sa main sur ses yeux, il aura probablement ajouté : « Vous ne pouvez (ou tu ne peux) savoir
le motif de mon désespoir ; votre âme innocente frémi-
rait de l'apprendre. Et pourquoi vous le dirais je ? Que
suis-je pour vous ? Pouvez-vous me comprendre ? »

Il m'a déclaré à moi-même que la cause de son in-
corporation dans le régiment de K... serait un éternel
mystère entre le ciel et lui.

Au reste, je dois ajouter que, lorsqu'il voulait bien de
temps à autre renoncer à son vêtement tragique, il

était assez agréable et amusant. Mais j'étais curieux de
le voir en présence des femmes. C'est là, me disais je,
qu'il doit jouer ses grands rôles.

Nous nous abordâmes cependant comme de vieux
amis. Je lui demandai de quelle manière on passait sa
journée dans cette ville, et s'il s'y trouvait quelques
personnes notables.

— Nous vivons, me répondit-il, d'une façon très-pro-
saïque. Ceux qui viennent ici le matin prendre les eaux
sont pâles comme des gens malades, et ceux qui, le
soir, boivent du vin, sont insupportables comme des
gens bien portants. Il y a ici un certain nombre de femmes ; mais pas le moindre agrément à attendre d'elles.
Chaque jour elles jouent au whist, s'habillent mal, et
parlent horriblement français. Cette année, il nous est arrivé de Moscou la princesse Ligovska avec sa fille. Je n'ai
pas l'honneur d'être connu d'elles. Mon vêtement de soldat est un signe de proscription. L'intérêt qu'il pourrait
éveiller en ma faveur ne serait qu'une injurieuse pitié.

En ce moment s'avançaient vers la source deux
femmes, l'une déjà âgée, l'autre jeune et gracieuse. Les
ailes de leurs chapeaux ne permettaient pas de voir leur
figure, mais leur toilette était d'un goût exquis. Pas le
moindre ornement superflu. La plus jeune, sur laquelle
se fixaient mes regards, portait une robe gris de-perle;
un léger fichu en soie flottait sur son cou délié. Des
bottines couleur puce serraient si délicatement ses petits pieds, que l'homme le plus étranger aux dons de la
beauté n'aurait pu les voir sans les admirer. Dans sa
simple démarche, il y avait je ne sais quoi d'enfantin
impossible à définir, mais fascinant les yeux. Quand

elle passa devant nous, il s'exhala de ses vêtements un
arome indéfinissable, comme celui qui s'échappe de la
lettre d'une femme aimée.

— Voilà, me dit Grouchnitzki, la princesse Ligovska
et sa fille Marie, qu'elle appelle Meri, selon la pronon-
ciation anglaise. Il n'y a que trois jours qu'elles sont
arrivées.

— Et tu sais déjà leur nom?

— Je l'ai appris par hasard, répliqua-t-il en rougissant, et j'avoue que je ne désire point faire connaissance
avec elles. Ces fières dames nous regardent, nous autres
soldats, comme des espèces de sauvages. Que leur importe s'il se trouve de l'esprit sous une casquette et un
brave cœur sous une tunique militaire?

— Pauvre tunique ! m'écriai-je en riant. Mais qui est
cet homme qui s'avance près d'elles et leur offre si respectueusement un verre?

— C'est le superbe Raevitch, de Moscou, un joueur,
on le devine à voir cette large chaîne d'or qui se déroule sur son gilet bleu. Regarde sa lourde canne.
N'est-elle pas digne d'être portée par un Robinson? Et
cette barbe, et cette coiffure à la *moujik* [1] !

— Tu es sans pitié pour le genre humain !...

— N'ai-je pas raison?

— Eh ! sans doute.

Les deux femmes venaient de quitter la source et se
rapprochaient de nous. Grouchnitzki, prenant aussitôt à
l'aide de sa béquille une attitude dramatique, me dit
en français d'une voix vibrante:

[1] Paysan russe.

—Mon cher, je hais les hommes pour ne pas les mépriser, car autrement la vie serait une farce trop dégoûtante.

La jeune princesse se retourna et arrêta sur l'orateur un long regard. L'expression de ce regard n'était pas facile à déterminer, mais du moins elle n'était pas ironique, ce qui me semblait fort heureux pour mon compagnon.

— Cette princesse Marie, lui dis-je, est vraiment ravissante. Elle a des yeux de velours, oui de velours... je te conseille d'employer ce mot pour parler de ses yeux. Ses cils du haut et du bas sont si longs, que les rayons du soleil ne peuvent toucher à ses paupières. J'aime ces yeux sans éclat. Ils sont si doux ; ils font du bien à qui les regarde... Puis il me semble que sa figure est jolie. Mais a-t-elle les dents blanches ? Chose importante ! C'est dommage que ta phrase sonore ne l'ait pas fait rire.

— Tu parles d'une belle femme comme d'un cheval anglais, me répliqua mon ami d'un ton de reproche.

— Mon cher, repris-je en tâchant de l'imiter, je méprise les femmes pour ne pas les aimer, car autrement la vie serait un mélodrame trop ridicule.

A ces mots je m'éloignai. Pendant une demi-heure, je me promenai dans l'allée couverte de pampres, à travers les rochers et les broussailles. Le temps était chaud, je repris le chemin de ma demeure. En arrivant près de la source, je m'arrêtai pour jouir de la fraîcheur sous la galerie couverte, et je fus témoin d'une scène assez curieuse. Les personnages étaient ainsi disposés : la vieille princesse, assise sur un banc à côté de

Raevitch, semblait poursuivre avec lui un sérieux entretien; Marie, ayant probablement bu son dernier verre, marchait d'un air rêveur, non loin de la fontaine; près de cette même fontaine se tenait Grouchnitzki. Nul autre spectateur sur la place.

Je fis quelques pas encore et me cachai à l'un des angles de la galerie. Au même instant, Grouchnitzki laissa tomber son verre sur le sable et s'efforça de se baisser pour le reprendre. Son pied blessé le gênait dans ses mouvements. Le pauvre garçon! comme il se penchait sur sa béquille, mais en vain! Sa figure exprimait une véritable souffrance.

Marie voyait tout cela mieux que moi.

Plus légère qu'un oiseau, elle s'élance vers lui, se penche sur le sol, prend le verre et le lui présente avec un mouvement d'une grâce indicible. Puis elle rougit, tourna les yeux vers la galerie, et parut plus calme en s'assurant que sa mère n'avait rien vu. Quand Grouchnitzki voulut la remercier, elle était déjà loin.

Un instant après, elle sortait de la galerie avec la vieille princesse et son compagnon. Elle passa d'un air grave et hautain devant mon vaniteux ami, sans se détourner, sans remarquer le regard passionné qu'il fixait sur elle pendant qu'elle descendait la montagne et jusqu'à ce qu'elle disparût derrière les tilleuls des boulevards. Puis je la revis traverser la rue et s'arrêter à la porte d'une des plus belles maisons de la ville. Elle entra dans cette maison avec sa mère. Raevitch prit congé d'elle.

Alors seulement le tendre Grouchnitzki s'aperçut que j'étais là.

— Tu as vu! me dit-il en me serrant violemment la
main. C'est un ange!

— Pourquoi donc? lui répondis-je de l'air du monde
le plus candide.

— Tu n'as pas vu?

— Quoi donc? J'ai vu qu'elle t'a remis ton verre.
S'il y avait eu là un surveillant, il t'aurait rendu le
même service, et plus promptement encore, dans l'espoir de gagner quelques kopecks pour acheter de l'eau-
de-vie. Au reste, il est tout naturel qu'elle ait eu pitié
de toi : tu faisais une telle grimace en te courbant sur
ta jambe blessée!

— Et tu n'as pas remarqué comme son âme en ce
moment se reflétait sur son visage?

— Non... Je mentais, mais je voulais lui faire de
la peine. La passion de la contradiction est innée en
moi. Ma vie n'est qu'une longue suite de contradictions
entre mon cœur et mon jugement. La présence d'un
enthousiaste me glace, et je crois que de fréquents
rapports avec un être morne, flegmatique, me porte-
raient à un état d'exaltation. Je dois avouer qu'en cet
instant j'éprouvais encore un autre mauvais sentiment... un sentiment d'envie... je le dis sans détour,
car je suis habitué à me dire à moi-même mes vérités.
Mais j'en appelle à quiconque a vécu dans le grand
monde, et qui y a donné un libre développement à son
amour-propre : y a-t-il un jeune homme qui, rencontrant une femme dont la beauté l'éblouit, puisse voir
sans une pénible impression cette même femme accorder devant lui une marque d'attention à un autre
jeune homme qui lui est également inconnu?

Grouchnitzki et moi nous descendîmes en silence la montagne, et nous passâmes devant la maison de la jeune princesse. Elle était assise à sa fenêtre. Grouch-nitzki, en me serrant la main, lui lança un de ces re-gards langoureux qui souvent produisent peu d'effet sur les femmes. Moi, je la lorgnai, et je m'aperçus que le regard de mon compagnon l'avait fait sourire, tan-dis que le mien l'avait irritée. En effet, comment un officier de l'armée du Caucase osait-il se permettre de lorgner une princesse de Moscou?

13 mai.

Ce matin, le médecin est venu me voir. Il s'appelle Werner, et il est Russe. Ce n'est point chose si étrange: j'ai connu un individu qui portait le nom d'Ivan et qui était Allemand.

Werner est un homme remarquable sous plus d'un rapport. Sceptique et matérialiste comme presque tous les médecins, il est en même temps poëte, vraiment poëte, toujours dans ses actions, souvent dans son lan-gage, quoiqu'il n'ait jamais écrit deux vers. Il a scruté tous les replis du cœur humain, comme on scrute dans une dissection les fibres d'un cadavre; mais il n'a point su user de sa science. C'est ainsi que plus d'un anato-miste distingué ne pourrait appliquer son expérience au traitement d'une fièvre. Ordinairement Werner se moque en secret de ses malades, mais je l'ai vu pleu-rer à l'aspect d'un soldat mourant. Il est pauvre, il rêve des millions, et, pour gagner de l'argent, il a peine à se mouvoir. Il me disait un jour qu'il aimerait mieux rendre service à un ennemi qu'à un ami, car, ajoutait-il, servir un ami, c'est vendre en quelque sorte ses bons offices, tandis que la haine de l'homme s'accroît par la générosité de son adversaire. Sa parole est acerbe et mordante. Plus d'une fois ses épigrammes ont fait d'un bonhomme un ridicule niais. Les médecins des eaux, ses rivaux, ses envieux, se sont mis un jour à rapporter de côté et d'autre que Werner faisait des caricatures de tous ses malades. Ces malades se sont fâchés, et la plupart d'entre eux l'ont congédié. Ses amis, c'est-à-dire les hommes de distinction employés dans le Caucase, se sont vainement efforcés de le réhabiliter.

Werner est un de ces hommes dont l'extérieur ne plaît pas au premier abord, mais qui produisent une tout autre impression lorsqu'on en vient à reconnaître dans des traits irréguliers l'empreinte d'une âme intelligente et élevée. Il n'est pas rare de voir des femmes éprouver pour des hommes de cette nature une telle passion, qu'elles n'échangeraient pas leur incontestable laideur pour la fraîche et séduisante beauté d'un Endymion. Il faut rendre justice aux femmes, elles ont l'instinct de la beauté de l'âme. C'est peut-être pour cette raison que les hommes de la trempe de Werner aiment tant les femmes.

Werner est petit, maigre et faible comme un enfant. Comme Byron, il a une jambe plus courte que l'autre. Sa tête a un développement qui n'est point en proportion avec l'exiguïté de son corps. Il porte des cheveux courts, et les inégalités de son crâne frapperaient un psychologue par l'entrelacement des protubérances in-

diquant les penchants les plus contradictoires. Ses petits yeux noirs inquiets et vifs semblent vouloir pénétrer au fond de votre pensée. Il s'habille avec soin et
avec un vrai bon goût. Ses petites mains, effilées, ner-
veuses, sont serrées dans des gants jaunes. Pour sa
redingote, sa cravate, son gilet, il n'admet que la couleur noire. Les jeunes gens lui ont donné le nom de
Méphistophélès. Il proteste énergiquement contre cette
dénomination, quoique en réalité elle flatte son amour-
propre. Nous nous sommes parfaitement compris l'un
l'autre, et nous sommes devenus amis, précisément
parce que je ne suis pas fait pour l'amitié. De deux
amis, l'un est toujours l'esclave de l'autre, quoique
souvent aucun d'eux ne veuille s'avouer cette situation.
Mais je ne puis être esclave, et, quant à gouverner,
c'est une tâche trop fatigante, d'autant qu'en pareil
cas il faut tromper. D'ailleurs, j'ai des valets et de
l'argent.

Ma liaison avec Werner date d'un soir où je le rencontrai à S... au milieu d'une nombreuse et bruyante
réunion de jeunes gens. Vers la fin de la soirée, l'entretien tournait aux idées philosophiques et métaphy-
siques. On parlait des croyances, et chacun expliquait
la sienne.

— Pour moi, dit le docteur, je n'ai à vous offrir
qu'une certitude.

— Laquelle? demandai-je, désirant entendre parler
cet homme, qui, jusqu'à ce moment, n'avait pas prononcé un mot.

— C'est que tôt ou tard, un beau matin, je mourrai.

— Eh bien, lui répliquai-je, mon esprit est plus

riche que le vôtre, car j'ai encore une autre certitude
c'est qu'un soir je suis né par un très-vilain temps.

Tous ceux qui nous entouraient s'écrièrent que nous
nous égarions dans des non-sens, mais, en vérité, pas
un d'eux ne dit rien de plus juste que ce que nous venions de dire.

Dès ce jour-là, Werner et moi nous nous séparâmes
de la foule. Au commencement de notre liaison, nous
avions de graves entretiens sur des sujets abstraits; un
moment vint où nous reconnûmes que nous nous abu-
sions réciproquement. Alors, en nous regardant l'un
l'autre, nous éclatâmes de rire comme les anciens Ro-
mains dont parle Cicéron, et cette fois-là nous nous
séparâmes très-contents de notre découverte.

J'étais couché sur un divan, les yeux fixés au plafond, les mains croisées sous ma tête, lorsque Werner
entra dans ma chambre. Il déposa sa canne près de
lui, s'assit dans un fauteuil, bâilla et finit par m'annoncer qu'il faisait très-chaud dehors.

Je lui répondis que j'étais fort importuné par les
moustiques, et nous gardâmes le silence.

— Avouez, cher docteur, lui dis-je enfin, que, sans
les fous, la vie de ce monde serait bien ennuyeuse.
Tenez : nous voilà l'un en face de l'autre avec notre
intelligence. Nous savons qu'il n'est pas une question
sur laquelle on ne puisse discuter sans fin, et pour
cette raison nous ne discutons pas. Nous connaissons
réciproquement presque toutes nos pensées secrètes.
Un mot suffit pour nous révéler toute une histoire.
Nous distinguons dans le cœur l'un de l'autre le germe
de nos sentiments sous une triple enveloppe. Ce qui est

désolant pour les autres nous paraît risible, et ce qui
est risible nous semble fort triste; pourtant nous
sommes assez indifférents à tout ce qui ne tient pas
essentiellement à nous-mêmes. Dans une telle situation, un échange de pensées et de sensations entre nous
est impossible. Nous savons l'un et l'autre tout ce
qu'on peut savoir; nous n'en désirons pas plus. Il ne
nous reste qu'un moyen d'animer la conversation, c'est
de nous communiquer la chronique locale. Dites-moi
donc quelque nouvelle.

Fatigué d'en avoir tant dit, je fermai les yeux et
bâillai.

Après un instant de réflexion, Werner me répondit :

— Il y a pourtant dans votre galimatias une idée.

— Il y en a deux, docteur.

— Très-bien. Montrez-m'en une; je vous expliquerai
l'autre.

— Commencez vous-même, lui répliquai-je en regardant le plafond et en souriant intérieurement.

— Vous voulez que je vous donne quelques détails
sur des personnes qui se trouvent ici, et je devine
quelles sont ces personnes qui vous occupent, car elles
ont déjà fait des questions sur vous.

— Docteur, décidément nous n'avons plus besoin
de parler. Nous lisons tous les deux dans notre âme.

— A présent, votre autre idée ?

— La voici en quatre points : Je désirerais vous entendre faire quelque récit : 1° parce qu'il est moins
fatigant pour moi d'écouter que de parler; 2° parce
que je ne serai pas forcé de vous contredire ; 3° parce
que j'espère apprendre ainsi quelque secret; 4° parce

que les gens d'esprit comme vous aiment mieux trouver des auditeurs que des interlocuteurs. Voyons maintenant ce que la princesse Ligovska vous a dit de moi.

— Êtes-vous sûr que c'est la princesse qui m'a parlé de vous, et non pas sa fille?

— Parfaitement sûr, parce que sa fille vous a entretenu de Grouchnitzki.

—Vous avez le don de la pénétration. Eh bien, oui, la jeune princesse m'a dit qu'elle était persuadée que cet officier avait été condamné à redescendre au rang de simple soldat, à la suite d'un duel.

— J'espère que vous l'aurez laissée dans cette agréable erreur.

— Sans aucun doute.

— C'est là le nœud de l'intrigue, m'écriai-je avec enthousiasme, et nous aurons soin de développer la comédie. Le sort prend pitié de moi; il me donne un préservatif contre l'ennui.

—Je pense, reprit Werner, que le pauvre Grouchnittzki doit être votre victime.

— Continuons, docteur.

—La princesse m'a dit que votre figure ne lui était pas inconnue. Je lui ai fait remarquer que probablement elle vous avait rencontré à Pétersbourg dans quelque salon, et j'ai prononcé votre nom; elle le connaissait. Il paraît que vos aventures ont fait du bruit. Elle m'en a raconté plusieurs, en y ajoutant, sans doute d'après les médisances du monde, ses propres commentaires. Sa fille l'écoutait avec curiosité. Son imagination a fait de vous un héros de roman d'un nouveau genre. Je n'ai point contredit la princesse, quoique je n'ignorasse pas qu'elle se trompait sur plus d'un point.

— Excellent docteur! m'écriai-je en lui prenant la main.

Werner répondit vivement à cette affectueuse démonstration et continua :

— Si vous le désirez, je vous présenterai.

— Permettez. Est-ce qu'on présente un héros? Les héros ne doivent apparaître qu'au moment où ils sauvent d'une mort certaine la femme qu'ils aiment.

— Vous voulez donc faire la cour à mademoiselle Marie?

— Pas le moins du monde! m'écriai-je. Enfin, docteur, je triomphe. Vous ne m'avez pas deviné. Et cependant, repris-je après un instant de silence, il y a aussi une impression de tristesse dans mon triomphe. Voyez-vous, je ne révèle jamais mes secrets, et j'aime qu'on les devine, parce que, s'il en est besoin, je puis les renier. Mais parlez-moi donc encore de la princesse et de sa fille. De quelle espèce de femmes sont-elles?

-- La princesse est une femme de quarante-cinq ans — bon estomac — sang vicié — taches rouges à la figure. Elle a passé à Moscou la seconde partie de sa vie, et y a pris de l'embonpoint dans le repos. Elle se complaît à entendre des anecdotes scabreuses, et en raconte elle-même quelques-unes quand sa fille n'est pas là. Elle m'a annoncé que sa fille avait l'innocence d'une colombe. Que m'importe? J'avais envie de lui répon-

dre qu'elle pouvait se tranquilliser, que je n'en dirais
rien à personne.

La princesse veut se guérir d'un rhumatisme, et sa
fille je ne sais de quoi. Je leur ai prescrit de boire
chaque jour deux verres d'eau thermale et de se baigner deux fois par semaine dans le bassin de la source.
La princesse n'est pas, ce me semble, habituée à commander. Elle a une grande considération pour l'esprit
et les connaissances de sa fille, qui a lu Byron en anglais
et étudié l'algèbre. Il paraît qu'à Moscou les jeunes
filles se livrent à de graves études. Elles ont raison.
Nos jeunes gens ne sont pas très-aimables. Pour une
femme d'esprit, c'est une tâche trop courageuse de
coqueter avec eux. La princesse aime à voir des jeunes
gens; mais sa fille les regarde avec dédain : encore une
habitude moscovite. Par suite de l'éducation qu'on leur
donne, les jeunes filles de Moscou sont de beaux esprits
de quarante ans.

— Vous avez donc vécu à Moscou?

— Oui, j'y avais une certaine clientèle.

— Continuez.

— Il me semble que j'ai tout dit..... Non, je dois
ajouter que la princesse se plaît à disserter sur les sentiments, les passions et autres théories du même genre.
Elle a été une fois passer l'hiver à Pétersbourg; mais
la société de cette ville ne lui a pas plu. Probablement
elle y aura été froidement reçue.

— Aujourd'hui, avez-vous vu quelqu'un chez elle?

— Oui, un adjudant, un officier aux gardes très-
guindé, et une jeune femme nouvellement arrivée, pa-
rente de la princesse par son mari, une femme très-

jolie, mais, à ce qu'il paraît, fort malade. Ne l'avez-vous
pas rencontrée ce matin près de la source? Elle est
de taille moyenne, blonde, les traits réguliers, le teint
d'une phthisique, et une petite tache à la joue droite.
Sa figure m'a frappé par son expression.

— Une petite tache! murmurai-je. Est-il possible?

Werner me regarda, et, me posant la main sur le
cœur, me dit d'un air de triomphe :

— Vous la connaissez.

Mon cœur battait en effet très-violemment.

— Cette fois, répondis-je, à vous la victoire. Mais
je me fie à vous. J'espère que vous ne me tromperez
pas. Non, je n'ai pas encore vu cette personne. Cependant, au portrait que vous en avez fait, je reconnais
une femme que j'ai aimée autrefois. Ne lui parlez pas
de moi, et, si elle vous interroge, traitez-moi aussi mal
que possible.

— Soit, répondit Werner en haussant les épaules.

Lorsqu'il fut sorti, je me sentis le cœur serré par
une profonde tristesse. Est-ce le hasard qui de nouveau nous réunit dans le Caucase? Est-ce elle qui, me
sachant ici, aurait voulu m'y rejoindre? Comment
nous rencontrerons-nous, et quelles sont à présent ses
idées?

Mes pressentiments ne m'ont jamais trompé, et nul
homme au monde n'est assujetti comme moi à l'influence du passé. Chaque souvenir de joie ou de douleur frappe convulsivement sur mon âme et y fait
vibrer les mêmes sons. Je suis misérablement organisé.
Je n'oublie rien. Non, rien.

Après dîner, vers onze heures, je me rendis sur les

boulevards, où se trouvaient réunis la plupart des baigneurs. La princesse et sa fille étaient assises sur un
banc, au milieu d'un groupe de jeunes gens qui riva-
lisaient de galanterie. Je m'assis, à quelque distance,
sur un autre banc, entre deux officiers de ma connaissance, et je commençai à leur faire un récit apparem-
ment bien plaisant, car tous deux rirent aux éclats. La
curiosité attira près de nous quelques-uns des courtisans de la princesse; puis, peu à peu, tous finirent par
se joindre au cercle qui s'était formé autour de moi.
Je continuais à parler. Je racontais des anecdotes
bouffonnes; je faisais sur quelques originaux qui passaient devant moi des épigrammes d'une ironie san-
glante. Jusqu'au coucher du soleil, j'amusai ainsi mon
auditoire.

Plus d'une fois, la jeune princesse passa devant nous
avec sa mère et un petit vieillard boiteux; plus d'une
fois elle lança sur moi un regard qui exprimait le dépit, quoiqu'elle s'efforçât de lui donner une expression
d'indifférence.

— Que vous disait-il donc? demanda-t-elle à un
jeune homme qui était retourné près d'elle par politesse. Sans doute il vous racontait quelque intéressante
histoire... quelques-uns de ses exploits sur le champ
de bataille.

Elle prononça ces mots assez haut, probablement
dans l'intention de me blesser. — Oui, dis-je en moi-
même, oui, ma jolie princesse, tu as raison d'être mécontente. Patience! tu en verras bien d'autres.

Grouchnitzki la suivait comme une bête fauve, ne
la perdant pas une minute de vue. Je parierais que

demain il priera quelqu'un de le présenter à la princesse, et elle en sera charmée, car elle s'ennuie.

16 mai.

En deux jours, mes combinaisons ont fait d'étonnants
progrès. Décidément la jeune princesse me hait. Elle
m'a déjà lancé deux ou trois épigrammes assez vives,
mais dont je suis très-flatté. C'est pour elle une chose
incompréhensible que moi, qui suis habitué à vivre
dans la bonne société, qui connais intimement ses
cousines et ses tantes de Pétersbourg, je n'essaye point
de me faire présenter à elle.

Chaque jour nous nous rencontrons près de la source
et sur les boulevards. Je m'applique à lui enlever successivement ses adorateurs, les brillants adjudants, les
pâles Moscovites, et presque tout me réussit. Autrefois, je ne pouvais me résoudre à recevoir chez moi; à
présent, chaque jour ma maison est pleine. On dîne,
on soupe, on joue; mon vin de Champagne est plus
puissant que l'éclair magnétique de deux beaux yeux.

Hier je me suis trouvé avec elle dans un riche magasin. Elle venait de faire étaler devant elle un très-
beau tapis de Perse qu'elle voulait placer dans son cabinet, et priait sa mère de l'acheter. Je m'avance; j'offre
aussitôt pour ce tapis quarante roubles de plus. Il est
à moi. J'ai été récompensé de cette prompte décision
par un regard où éclatait la rage. A l'heure du dîner,
j'ai fait conduire sous ses fenêtres mon cheval de Circassie revêtu de ce même tapis. Werner, qui se trouvait près d'elle en ce moment, m'a dit que cette fanfa-

ronnade avait produit un effet dramatique. Mademoiselle
Marie veut lever l'étendard contre moi. Déjà j'ai remarqué que les deux adjudants me font un froid salut
quand ils sont en sa présence. Cependant ils dinent
perpétuellement chez moi.

Grouchnitzki prend des airs mystérieux. Il se promène les mains croisées derrière le dos et ne parle à
personne. Sa blessure est guérie. C'est à peine s'il
boite. Il est parvenu à être admis près de la princesse
Ligovska, et a saisi l'occasion d'adresser quelque fade
compliment à mademoiselle Marie. Il faut que la jeune
Moscovite n'ait pas le goût très-difficile, car, depuis ce
jour-là, elle répond aux saluts qu'il lui adresse par un
gracieux sourire.

— Décidément, m'a-t-il dit, tu ne veux donc pas
faire connaissance avec la princesse?

— Décidément.

— Quelle idée! La plus agréable maison de la ville,
la meilleure société...

— Mon cher, la meilleure société m'ennuie partout.
Et toi, tu vas donc dans cette maison?

— Pas encore. J'ai parlé sérieusement deux fois à la
jeune princesse. Tu sais qu'il ne convient pas de s'introduire si vite dans un salon, quoique ici ce soit
l'usage... Ah! si je portais l'épaulette, ce serait une
autre affaire.

— Tu te trompes. Tel que te voilà, tu es beaucoup
plus intéressant. Seulement tu ne sais pas profiter des
avantages de ta situation. Aux yeux de toute femme
sensible, ta capote de soldat fait de toi un martyr et un
héros.

— Quelle folie! s'écria Grouchnitzki, en se souriant cependant à lui-même.

— Je suis convaincu que la jeune princesse t'aime déjà.

Il rougit et se gonfla d'orgueil.

O amour-propre! tu es le levier avec lequel Archimède voulait soulever le globe.

— Tu plaisantes de tout, me répliqua-t-il avec un air affecté de contrariété. D'abord elle me connaît si peu!...

— Les femmes aiment précisément ceux qu'elles ne connaissent pas.

— En vérité, je n'ai nullement la prétention de lui plaire ; je désire tout simplement fréquenter une maison agréable. Je serais par trop ridicule, si j'osais concevoir quelques espérances... Pour vous autres, conquérants de Pétersbourg, ce serait une autre affaire... Vous n'avez qu'à paraître, le cœur des femmes ne résiste pas à votre regard... Mais sais-tu, Petchorin, que la jeune princesse m'a parlé de toi?

— Comment! Elle t'a déjà parlé de moi?

— Oui, mais d'une façon peu agréable. J'étais près d'elle à la soirée, par hasard. A peine avait-elle prononcé deux mots qu'elle me dit : « Qui est donc ce jeune homme qui a le regard si farouche et si sombre? Vous étiez avec lui lorsque... »

Elle rougit et ne put se rappeler le jour où elle m'était venue si délicatement en aide.

— Il n'est pas besoin, murmurai-je, que vous nommiez ce jour, il est à jamais gravé dans ma mémoire... Ah! mon bon ami Petchorin, je ne puis te féliciter. Tu

7.

n'es pas en faveur près de la princesse, et c'est vraiment dommage, car Marie est charmante...

Il faut remarquer que Grouchnitzki est de ces gens qui, en parlant d'une femme qu'ils connaissent à peine, disent ma Marie, ma Sophie, dès qu'elle a l'honneur de leur plaire.

Je pris un ton sérieux et lui répondis :

— Oui, elle n'est pas mal. Mais prends garde, mon ami Grouchnitzki, les jeunes filles de l'aristocratie russe n'admettent pour la plupart que les rêveries de l'amour platonique. L'amour platonique ne permet pas qu'on leur parle de mariage, l'amour platonique est une perpétuelle sollicitude. La jeune princesse me paraît être du nombre de ces femmes qui veulent qu'on les amuse. S'il lui arrive d'éprouver près de toi deux minutes d'ennui, te voilà condamné sans rémission. Pour lui plaire, il faut que ton silence excite sans cesse sa curiosité, que tes paroles lui laissent toujours quelque chose à désirer, qu'à chaque instant tu lui donnes une nouvelle émotion. Dix fois, elle semblera pour toi braver publiquement l'opinion. Elle se vantera ensuite de cet incident comme d'un sacrifice, elle se croira par là pleinement autorisée à te torturer et à te déclarer un beau jour qu'elle ne peut plus te souffrir. Si tu ne prends pas sur elle un décisif ascendant après le premier témoignage d'affection qu'elle t'accordera, tu n'en obtiendras pas un second; elle fera avec toi toutes sortes de coquetteries, puis un jour elle acceptera quelque affreux mari par obéissance pour sa mère. En même temps, elle se persuadera qu'elle est très-malheureuse, qu'elle n'aimait et ne pouvait aimer que toi, mais que

le destin n'a pas permis qu'elle épousât cet homme de
son choix, parce qu'il portait une capote de soldat,
quoique sous cette capote battît un noble cœur.

A ces mots, Grouchnitzki, frappant du poing sur la
table, se leva et se promena de long en large dans la
chambre.

Je riais intérieurement, et mon rire éclata même
sur mes lèvres; mais, par bonheur, l'aveugle enseigne
ne le remarqua pas. Pour moi, je voyais à sa crédulité
qu'il était amoureux. En ce moment, je m'aperçois
qu'il porte au doigt un anneau en argent grossièrement façonné par un ouvrier du pays. Je l'examine, et
que vois-je? Le nom de Marie y est gravé, avec la date
du jour où elle s'était baissée pour lui remettre son
verre. Je ne lui dis rien de ma découverte. Je ne veux
pas l'obliger à me faire sa confession; je veux qu'il me
choisisse lui-même pour son confident, et alors nous
nous divertirons...

Aujourd'hui, je me suis levé tard, et j'ai été à la
source. Il ne s'y trouvait plus personne. Le temps était
lourd. Des nuages blancs, hérissés comme des cri-
nières, s'élevaient sur les cimes de neige et annonçaient un ouragan. A la sommité du Machouk flottait
une vapeur pareille à la fumée d'un flambeau qui
s'éteint.

Des brouillards gris, tournoyant comme des serpents, se déroulaient sur la pente de la montagne, ra-
lentis dans leur marche, et, pour ainsi dire, accrochés
par les taillis. L'atmosphère était chargée d'électricité.
Je me retirai sous l'allée de pampres qui conduit à la
grotte. J'étais triste. Je pensais à cette jeune femme

avec une tache à la joue dont m'avait parlé le docteur. Pourquoi est-elle ici? Mais est-ce bien elle? Pourquoi ai-je eu cette idée? Pourquoi suis-je convaincu
que je me trompe? N'y a-t-il qu'elle au monde qui ait
une tache à la joue?

En faisant ces réflexions, j'entre dans la grotte. Sous
sa voûte sombre est assise une femme, immobile et
rêveuse, la figure cachée sous un chapeau de paille,
le corps enveloppé dans un long châle noir. Je veux
m'éloigner pour ne pas la troubler dans son isolement; elle me regarde, et son nom s'échappe de mes
lèvres.

— Véra!

Elle tressaille et pâlit.

— Je savais, me dit-elle, que vous étiez ici.

Je m'assois à côté d'elle, je lui prends la main. A
sa voix, j'ai éprouvé la même vive commotion que je
ressentais autrefois. Elle fixe sur moi ses grands yeux
profonds. Ils expriment la défiance et une sorte de reproche.

— Il y a longtemps, lui dis-je, que nous ne nous
sommes vus.

— Très-longtemps! Et nous sommes tous deux bien
changés.

— Est-ce que vous ne m'aimeriez plus?

— Je suis mariée.

— De nouveau. Mais il y a quelques années, vous
l'étiez aussi... et cependant...

Elle dégage sa main de la mienne, et ses joues se
colorent d'un vif incarnat.

— Peut-être aimez-vous votre second mari?

Elle détourne la tête en silence.

— Peut-être est-il jaloux?

Pas de réponse.

— Quoi donc? peut-être est-il jeune, beau, probablement très-riche, et vous craignez...

Je la regarde et suis effrayé. Son visage porte l'empreinte d'un profond désespoir. Ses yeux sont pleins de larmes.

— C'est donc une joie pour vous, murmure-t-elle, une joie de me tourmenter? Je devrais vous haïr, car, depuis le jour où je vous ai connu, vous n'avez cessé de me faire souffrir.

En parlant ainsi sa voix tremblait, et sa tête languissante s'appuyait sur mon épaule.

— C'est peut-être pour cette raison, me disais-je en moi-même, que tu m'as aimé. Les joies s'oublient vite; les douleurs, jamais!

Cependant je la prends dans mes bras, et elle s'abandonne à mon étreinte. Ses mains sont froides comme la glace, mais sa tête est brûlante. Entre nous alors s'engage un long entretien, un de ces entretiens qu'on ne peut ni écrire ni oublier, un de ces harmonieux dialogues où l'accent de la voix remplace et complète le sens des paroles, comme dans un opéra italien.

Elle ne veut pas décidément que je fasse connaissance avec son mari, ce petit vieillard boiteux que j'ai vu sur le boulevard. Elle a un fils; c'est pour ce fils qu'elle a épousé cet homme riche, accablé de rhumatismes. Je ne me suis pas permis la moindre plaisanterie contre lui. Elle le respectera comme un père, et manquera à la foi conjugale. Étrange chose que le

cœur de l'homme en général, et de la femme en particulier !

L'époux de Véra, Semen Vasilivitch G..., est un
parent éloigné de la princesse Ligovska. Il demeure
dans son voisinage et conduit souvent sa femme chez
elle. Véra veut que je me fasse présenter à la princesse, et que j'affecte de me montrer très-empressé
près de mademoiselle Marie, pour qu'on ne soupçonne
pas notre liaison. Ce nouvel arrangement ne porte
point atteinte à mes projets, et j'y trouverai ma joie.

Ma joie!... Oui, j'ai déjà passé cette époque de la
vie où l'on ne cherche plus que le bonheur, où l'âme
éprouve le besoin irrésistible d'une ardente affection.

A présent je veux être aimé, vraiment aimé, d'un
petit nombre de personnes. Je crois même qu'un seul
amour me suffirait. Misérable habitude du cœur !

Il y a pour moi une chose singulière, c'est que je
n'ai jamais été l'esclave d'une femme. Toutes celles
que j'ai aimées, je les ai complétement, et sans efforts,
dominées, subjuguées. Pourquoi donc? Peut-être parce
que je n'étais pas assez étroitement lié à elles, et qu'à
tout instant elles craignaient de me voir disparaître.
Est-ce l'effet magnétique d'une puissante organisation,
ou peut-être tout simplement n'ai-je rencontré que
des femmes d'une trempe flexible?

Je dois dire que je ne sympathise pas avec les femmes qui ont du caractère. Cela ne convient point à leur
nature.

Mais je me souviens qu'une fois j'ai connu et aimé
une femme dont je ne pouvais assouplir l'opiniâtre
volonté... Nous nous quittâmes dans une réciproque

inimitié. Peut-être, si je l'avais connue cinq ans plus
tard, nous serions-nous quittés autrement.

Véra est malade, très-malade, quoiqu'elle ne veuille
pas l'avouer. Je crains qu'elle ne soit affectée d'une
phthisie, ou de cette maladie qu'on appelle une *fièvre
lente*, qui n'existe point en Russie, et qui n'a point de
nom dans notre langue.

L'orage nous retient dans la grotte plus d'une demi-
heure. Véra ne m'a point obligé à protester de ma
constance et ne m'a pas demandé si je n'en avais pas
aimé d'autres depuis le jour où j'ai vécu loin d'elle.
Elle se confie de nouveau à moi avec sa sécurité d'autrefois, et je ne la trompe pas. Elle est la seule femme
au monde que je ne pourrais tromper. Je sais que bientôt nous nous quitterons de nouveau, et peut-être pour
toujours. Nous irons l'un et l'autre à la tombe par différents chemins, mais son souvenir restera inviolable-
ment dans mon âme. Je le lui répète toujours; et elle
me croit, quoiqu'elle dise le contraire.

Enfin, nous nous séparâmes. Je la suivis du regard,
tant que je pus distinguer son chapeau entre les broussailles et les rochers. Quand j'eus cessé de la voir, je sentis mon cœur se serrer douloureusement comme lorsque nous nous séparâmes pour la première fois. Et je
me glorifie de cette émotion. N'est-ce pas ma jeunesse
qui me revient avec ses doux orages, ou ne serait-ce
qu'une dernière impression qu'elle lègue à mon souvenir? Cependant je sens que je suis jeune encore. J'ai
la figure pâle, mais fraîche, les membres souples et
robustes; mes cheveux flottent en boucles ondoyantes,
mon œil petille, mon sang circule rapidement.

De retour dans ma demeure, je fais seller mon cheval et je m'élance dans la steppe. C'est une de mes
joies de courir au grand galop, sur un cheval impétueux, contre le vent du désert. Alors j'aspire avec avi-
dité l'air odorant de la campagne, je porte mes regards au loin et cherche à discerner les formes des
divers objets qui peu à peu se dessinent plus nettement devant moi. Quel que soit alors le chagrin qui
pèse sur mon cœur, l'inquiétude qui trouble mon esprit, tout s'efface promptement. Mon cœur reprend
son libre élan, la fatigue du corps subjugue l'agitation
de la pensée. Il n'est pas un regard de femme que je
ne puisse oublier à la vue des montagnes et des bois
éclairés par un beau soleil, à l'aspect d'un ciel bleu ou
d'un ruisseau limpide qui tombe de roc en roc.

J'imagine que les Cosaques placés en sentinelle au
haut de leurs vigies ont dû être embarrassés de s'expliquer pourquoi je courais ainsi sans but et sans motif, car à mon costume ils devaient me prendre pour
un Circassien. On m'a assuré qu'avec ces vêtements je
ressemble plus à un vrai Kabardien que beaucoup de
Kabardiens. J'aime ce vêtement guerrier, et j'ai présidé
à sa confection avec tout le soin d'un dandy. Pas un
galon superflu; des armes riches, mais d'une forme
simple; la fourrure du bonnet mesurée dans de justes di-
mensions; les broderies cousues avec une justesse parfaite; un bechmet blanc, un manteau brun foncé. Voilà
mon équipement. Je me suis longtemps appliqué à
monter à cheval à la façon des montagnards, et rien
ne me flatte plus que lorsqu'on reconnaît en moi cette
habileté. J'ai quatre chevaux : un pour moi, les autres

pour mes amis, afin de ne pas errer tout seul à travers champs. Mes amis usent largement de mes chevaux, mais ils ne me suivent pas dans mes courses.

Vers six heures, lorsque je me rappelai qu'il était temps de dîner, mon cheval était fatigué. Je le dirigeai du côté d'une colonie allemande qui se trouvait à quelque distance de Platigorsk, et où les baigneurs vont assez souvent faire des pique-niques. Le chemin qui y conduit serpente entre des taillis et quelquefois traverse des ravins où coulent des ruisseaux entre de hautes herbes. De côté et d'autre s'élèvent en amphithéâtre les cimes azurées du Bechtou, du Zmiéno, du Jeliesnoi et du Luisoi. Je venais de descendre dans un de ces ravins, qu'on appelle ici des balkas, et je m'arrêtais pour faire boire mon cheval, quand j'aperçus une nombreuse et brillante cavalcade, les femmes avec des amazones bleues ou noires, les hommes avec un costume moitié circassien, moitié nijegorodien. En tête étaient la princesse Marie et Grouchnitzki.

Les femmes qui viennent aux eaux dans ce pays s'imaginent qu'elles peuvent être attaquées en plein jour par les Circassiens. C'était, sans doute, pour rassurer mademoiselle Marie contre un tel danger que Grouchnitzki portait un sabre sur son manteau et deux pistolets, ce qui lui donnait un air de héros très-comique. Un buisson épais me dérobait à leurs yeux, mais à travers le feuillage je pouvais distinctement les voir, et, à l'expression de leur figure, je conjecturai qu'ils étaient l'un et l'autre engagés dans une conversation sentimentale.

Grouchnitzki tenait la bride du cheval de la jeune

fille. Quand ils furent près de moi, j'entendis qu'elle lui disait :

— Ainsi donc, vous voulez passer toute votre vie dans le Caucase?

— Pourquoi retournerais-je en Russie? répondit-il, que ferais-je en ce pays, où des milliers de gens me regarderont avec dédain, parce qu'ils seront plus riches que moi?... tandis qu'ici... ici... mon pauvre habit de soldat ne m'a point empêché d'arriver jusqu'à vous.

— Au contraire... murmura la princesse en rougissant.

La physionomie de Grouchnitzki était radieuse.

Il continua :

— Ici ma vie s'écoulera obscurément et finira bientôt sous les balles des sauvages... Si Dieu m'accordait seulement, chaque année, un doux regard pareil à celui que...

En ce moment, les deux interlocuteurs passaient devant moi. Je donnai un coup de fouet à mon cheval, et sortis du taillis.

— Mon Dieu! un Circassien! s'écria en français la princesse.

Pour la rassurer, je lui répondis dans la même langue, et m'inclinant légèrement :

— Ne craignez rien, madame, je ne suis pas plus dangereux que votre cavalier.

Elle parut embarrassée. Pourquoi? Est-ce à cause de l'erreur qu'elle avait commise, ou parce que je lui avais répondu d'un ton trop hardi? Cette dernière supposition est celle qui me plaît le plus.

Grouchnitzki jeta sur moi un regard peu amical.

Le soir, très-tard, c'est-à-dire vers onze heures, j'allai me promener sur les boulevards. Tout dormait dans la ville; çà et là seulement, à quelques fenêtres, brillait encore une lumière. De tous côtés s'étendaient autour de moi les noires ramifications du Machouk. A sa cime flottait un nuage de mauvais augure. La lune se levait à l'orient. Au loin, on distinguait les dentelures des montagnes de neige pareilles à des franges d'argent. De temps à autre, le cri des sentinelles se mêlait au murmure des sources thermales, dont on ouvre le soir les bassins. De temps à autre, on entendait aussi résonner le sabot d'un cheval dans les rues, ou le criaillement des roues d'une lourde araba qu'un Tartare accompagnait avec ses chants mélancoliques.

Je m'assis rêveur sur un banc. J'éprouvais un ardent désir d'épancher mes pensées dans un cordial entretien. Mais avec qui? Que fait à présent, me disais-je, que fait Véra? Que ne donnerais-je pas pour pouvoir en ce moment lui serrer la main?

Près de moi retentissent des pas rapides et inégaux... Sans doute Grouchnitzki... Précisément, c'est lui.

— D'où viens-tu?

— Je viens, me répondit-il d'un air important, je viens du salon de la princesse Ligovska... Ah! comme Marie chante!

— Je parie qu'elle ignore que tu as le grade de sous-officier. Elle croit que tu as été dégradé.

— C'est possible. Mais que m'importe?

— Sans doute... Je voulais seulement te dire...

— Mais toi, sais-tu qu'aujourd'hui même tu l'as

vivement blessée? Elle a trouvé ta façon d'agir très-hardie. Je me suis efforcé de lui persuader qu'un homme comme toi, très-bien élevé et connaissant parfaitement les usages du monde, ne pouvait avoir eu l'intention de l'offenser. Elle m'a répondu que ton regard est effronté et que tu dois avoir une haute opinion de toi.

— Elle a raison... Et toi, ne vas-tu pas prendre parti pour elle?

— Malheureusement, je n'en ai pas encore le droit.

— Oh! oh! me dis-je, il a vraisemblablement des espérances.

— Au reste, reprit-il, tu pâtiras toi-même de ta conduite. Maintenant il te serait difficile d'être admis chez la princesse, et c'est dommage, car je ne connais pas une maison plus agréable.

A ces mots, je souris au dedans de moi-même.

— En ce moment, lui repartis-je, la maison pour moi la plus agréable est la mienne.

Et je me levai en bâillant pour me retirer.

— Avoue pourtant que tu as quelque regret.

— Pas le moindre. Si l'idée m'en vient, demain soir, je serai chez la princesse.

— Nous verrons.

— De plus, si cela peut t'être agréable, je ferai la cour à mademoiselle Marie.

— Il faudrait d'abord qu'elle voulût bien te parler!

— J'attendrai seulement l'heure où tes discours l'ennuieront... Adieu.

— Moi, j'ai besoin de me promener encore. Maintenant je ne pourrais dormir. Tiens, veux-tu venir au restaurant... On y joue. Il faut que j'aie recours aujourd'hui aux fortes émotions.

— Je désire que tu perdes... Adieu.

21 mai.

Près d'une semaine s'est écoulée, et je n'ai pas encore été présenté à la princesse Ligovska. J'attends une occasion favorable. Grouchnitzki ne quitte plus mademoiselle Marie, et poursuit avec elle des conversations interminables. Quand donc l'ennuiera-t-il?... La mère ne s'occupe point de ses assiduités, car Grouchnitzki n'est pas un *parti*. Telle est la logique des mères. J'ai déjà surpris deux ou trois regards assez tendres. Il est temps d'y mettre fin.

Hier, pour la première fois, Véra est apparue à la source. Depuis notre rencontre dans la grotte, elle n'était pas sortie. Nous avons rempli ensemble nos verres à la fontaine, et elle m'a murmuré à voix basse :

— Vous ne voulez donc pas vous faire introduire dans la maison de la princesse? C'est là seulement que nous pouvons nous voir.

— Des reproches!... Je ne les supporte pas... Mais ceux-ci, je les ai mérités.

Voici un hasard propice. Demain, dans la maison du restaurateur, il y a un bal de souscription. Je danserai la mazourka avec la jeune princesse.

29 mai.

La salle du restaurant a été convertie en un salon aristocratique. A neuf heures, tout le monde était réuni. La princesse est arrivée l'une des dernières avec sa fille. Beaucoup de femmes les ont regardées avec un sentiment de malveillance et d'envie, parce que mademoiselle Marie a une toilette de très-bon goût. Mais les personnes qui appartiennent à la société aristocratique de la ville ont dissimulé leur envie et se sont approchées d'elles. N'en est-il pas toujours ainsi? Partout où se trouve une société de femmes, il se forme aussitôt un grand et un petit cercle. Près de la fenêtre, dans la foule, est Grouchnitzki, la figure collée contre la vitre, les yeux fixés sur sa divinité. En passant devant lui, elle lui fait un signe de tête presque imperceptible. Aussitôt le visage du langoureux sous-officier s'irradie.

Le bal commence par une polonaise, puis l'on joue une valse. Les éperons résonnent, et les falbalas volent en tourbillons.

Je me trouvais derrière une femme d'une large corpulence ombragée par des plumes roses. L'ampleur de sa robe me faisait songer au temps où les jupes étaient enflées par des paniers, et les bigarrures de sa peau me rappelaient l'époque où les joues étaient tachetées de mouches. Sur son cou s'élevaient des verrues dont la plus grosse était cachée sous un fermoir.

— Quelle femme insupportable que cette Ligovska! dit-elle à un capitaine de dragons qui l'accompagnait. Figurez-vous qu'elle m'a coudoyée et n'a pas daigné me faire des excuses! Non, tout au contraire, elle s'est retournée et m'a regardée impertinemment avec son lorgnon. C'est incroyable! De quoi donc est-elle si fière? Elle mériterait qu'on lui donnât une leçon.

— On pourra bien la lui donner, répondit le capitaine en se dirigeant vers une autre chambre

Je m'avançai vers la princesse, et, en vertu des usages qui permettent ici à un homme de danser avec une personne qu'il ne connaît pas, je lui demandai une valse.

Je remarquai qu'elle s'efforçait de réprimer un sourire et un air de triomphe ; cependant elle parvint à donner à sa physionomie une expression de froideur et même de sévérité. Elle posa nonchalamment sa main sur mon épaule, pencha la tête de côté, et nous voilà partis. Jamais mon bras n'avait touché à une taille si douce et si flexible. Sa fraîche haleine effleurait mon visage, et quelquefois une de ses boucles de cheveux, détachée des autres dans la rapidité de mes mouvements, glissait sur mes joues brûlantes. Nous fîmes ensemble trois tours. Elle valsait d'une façon merveilleuse. A la fin du troisième tour, elle était fatiguée, ses yeux se troublaient, et ses lèvres entr'ouvertes purent à peine balbutier ces mots : « Merci, monsieur. »

Après un moment de silence, je lui dis d'un ton très humble :

— J'ai appris, princesse, que, quoique je sois pour vous un inconnu, j'ai eu le malheur d'encourir votre disgrâce... que vous m'avez accusé d'impolitesse. Est-ce vrai?

— Voudriez-vous me confirmer dans cette opinion? me répond-elle d'un petit air caustique qui s'alliait parfaitement avec la mobilité de sa physionomie.

— Si j'ai eu l'audace de vous offenser, permettez-

moi encore une autre hardiesse, celle de vous demander pardon. Et, en vérité, je voudrais vous convaincre
que vous vous êtes méprise sur mon compte.

— Cela sera assez difficile.

— Et pourquoi?

— Parce que vous ne venez pas chez ma mère, et
que ces bals ne se renouvellent pas souvent.

Cela signifie, me dis-je, que sa porte m'est à jamais
fermée.

— Savez-vous, princesse, repris-je d'un ton sévère,
qu'il ne faut jamais rejeter le repentir d'un coupable,
car dans son désespoir il pourrait devenir plus coupable, et alors...

Des rires et des chuchotements qui éclatèrent en ce
moment parmi ceux qui nous entouraient ne me per-
mirent pas d'achever ma phrase. A quelques pas de
nous était le capitaine de dragons avec un cercle
d'hommes qui me semblaient avoir à l'égard de la
princesse de mauvaises intentions. Le capitaine se
frottait les mains d'un air gaillard et riait à haute voix
en faisant des signes à ses camarades. Tout à coup, du
milieu de ce cercle, sortit un homme en frac avec de
longues moustaches et une figure empourprée. Il s'a-
vança d'un pas chancelant vers ma danseuse. Il était
ivre. Arrivé en face de la princesse, les mains croisées
derrière le dos, il fixe sur elle ses yeux gris égarés, et
lui dit d'une voix chevrotante :

— Permettez... Mais quoi donc?... tout simplement
au fait! Je vous engage pour la mazourka.

— Que désirez-vous? balbutia la princesse en jetant
sur moi un regard suppliant.

Sa mère était loin, et pas un de ses chevaliers habituels n'etait là pour la défendre. Il me parut même qu'un des adjudants, témoin de cette scène, se cachait dans la foule pour ne point s'immiscer dans une situation embarrassante.

— Eh bien donc, reprit l'inconnu en regardant le capitaine, qui l'encourageait par un signe, est-ce que vous ne voudriez pas?... Je vous répète que je vous engage pour la mazourka. Vous vous imaginez peut-être que je suis ivre? Pas le moins du monde... je puis vous affirmer au contraire...

Je m'aperçus que, dans son trouble et son effroi, Marie était sur le point de s'évanouir.

Je m'avançai vers cet ivrogne, et, le prenant rudement par le bras et le regardant en face, je l'engageai à s'éloigner, parce que la princesse, lui dis-je, avait déjà promis de danser avec moi la mazourka.

— Allons, que faire? répondit-il, tout déconcerté, ce sera pour une autre fois.

Et il se retira près de ses complices, qui l'entraînèrent aussitôt dans une autre pièce.

Je fus récompensé de ma résolution par un regard ravissant.

Puis Marie courut près de sa mère, et lui raconta ce qui venait de se passer. La princesse vint me chercher pour me remercier, et me dit qu'elle connaissait ma mère et était l'amie d'une demi-douzaine de mes tantes.

— Je ne sais pourquoi, ajouta-t-elle, nous ne vous avons pas encore vu à la maison; mais avouez que c'est votre faute. Vous êtes d'une sauvagerie sans pa-

8

reille. J'espère que l'air de mon salon dissipera votre spleen.

Je lui répondis par une de ces phrases qu'on doit toujours avoir à sa disposition en pareille circonstance.

Les quadrilles durèrent un temps infini.

Enfin, l'orchestre donna le signal de la mazourka; je pris place à côté de la princesse. Je ne dis pas un mot de l'incident qui venait d'avoir lieu, ni de Grouchnitzki. Peu à peu la pénible impression de Marie s'effaça, et son visage reprit sa sérénité. Elle se mit à plaisanter agréablement. Ses paroles étaient spirituelles, sans prétention, animées et intéressantes, et quelques-unes de ses remarques ne manquaient pas de profondeur.

Je lui fis comprendre en termes assez confus que depuis longtemps je me plaisais à la voir. Elle baissa la tête, et une légère rougeur se répandit sur ses joues.

— Vous êtes un singulier homme! me dit-elle avec un sourire forcé en arrêtant sur moi ses yeux de velours.

— Je ne voulais pas, lui répondis-je, me rapprocher de vous, parce que vous êtes entourée d'une foule de courtisans dans laquelle je craignais de me perdre.

— Votre crainte était mal fondée. Ils sont tous ennuyeux!

— Tous! m'écriai-je. Tous sans exception?

Elle me regarda en silence, comme si elle scrutait ses souvenirs; puis, avec un doux incarnat sur la figure, elle me répondit d'un ton ferme :

— Tous!

— Même mon ami Grouchnitzki?

— Est-ce votre ami? me demanda-t-elle d'un air de doute.

— Oui.

— Eh bien, celui-là n'est pas au nombre des ennuyeux.

— Mais au nombre des malheureux, répliquai-je en riant.

. — Sans doute. Et vous en riez! Je voudrais vous voir à sa place.

— Moi? Mais j'ai été sous-officier comme lui, et jamais je ne fus plus heureux.

— Est-ce qu'il est sous-officier? répliqua-t-elle vivement. Puis elle ajouta : —Je pensais...

— Quoi donc?

— Rien. Qui est cette dame?

Ici notre entretien prit une autre direction, et je ne pus le ramener à son point de départ.

La mazourka était finie. Nous nous quittâmes, mais pour nous revoir. Les femmes se retiraient, moi j'allais souper, et je rencontrai Werner.

— Ah! ah! me dit-il, voilà ce que deviennent vos résolutions! Vous ne vouliez vous faire connaître à la princesse qu'en la sauvant d'un péril mortel!

— J'ai fait mieux, répondis-je. Je l'ai sauvée au bal d'un évanouissement.

— Comment? Racontez-moi...

— Non; devinez, vous qui devinez tout.

30 mai.

A sept heures, je me promenais sur les boulevards. Grouchnitzki, m'ayant aperçu de loin, est venu me re-joindre avec un air comique de triomphe. Il m'a pris la main et m'a dit d'un ton solennel :

— Je te remercie, Petchorin; tu me comprends.

— Non. En tout cas, je n'ai droit à aucun remerci-ment, car je ne sache pas que je t'aie rendu le moindre service.

— Comment! et hier? as-tu oublié? Marie m'a tout raconté.

— Quoi donc? Tout est-il déjà commun entre vous? Je t'en félicite.

— Petchorin, reprend gravement Grouchnitzki, je t'en supplie, ne te raille pas de mon amour, si tu veux que nous restions amis. Vois-tu, j'aime Marie à la fo-lie, et j'ose espérer qu'elle m'aime aussi. J'ai une prière à t'adresser. Tu dois aller ce soir chez elle. Pro-mets-moi de tout remarquer. Je sais que tu as de l'ex-périence en pareille affaire et que tu connais les fem-mes mieux que moi. Les femmes! les femmes! qui peut les comprendre? Souvent leurs sourires sont en contra-diction avec leurs regards; leurs paroles nous attirent, nous encouragent, et le son de leur voix nous repousse. Tantôt elles devineront nos pensées les plus secrètes, et tantôt ne pourront concevoir nos discours les plus clairs... Vois, par exemple, ce qui m'arrive avec la princesse!... Hier l'éclat de la passion étincelait dans ses yeux, aujourd'hui ils sont ternes et froids.

— C'est peut-être le résultat des eaux.

— Tu vois constamment les choses du mauvais côté... matérialiste! ajouta-t-il avec dédain. Mais parlons d'autres choses.

Le plaisir qu'il éprouva à faire un assez plat calembour lui rendit sa gaieté.

A neuf heures nous nous rendîmes chez la princesse.

En passant devant la demeure de Véra, je la vis à sa fenêtre. Nous échangeâmes tous deux un regard furtif, et elle se hâta de venir me retrouver dans la maison où je faisais mon entrée. La princesse me présenta à elle comme un de ses parents. Le thé fut servi. La réunion était assez nombreuse; chacun prenait part à l'entretien. Je m'efforçai de me rendre agréable à la princesse, et, plus d'une fois, je réussis, par mes remarques et mes plaisanteries, à la faire rire cordialement. Sa fille avait évidemment aussi envie de rire, mais elle ne voulait pas s'écarter du rôle qu'elle avait choisi. Probablement elle pense qu'une certaine apparence de langueur lui sied bien, et peut-être elle ne se trompe pas. Grouchnitzki m'a paru très-content de voir qu'elle ne s'émouvait pas à mes joyeux récits.

Après le thé, nous nous rendîmes au salon.

— Êtes-vous satisfaite de ma soumission? murmurai-je à Véra en passant devant elle.

Elle arrêta sur moi un regard plein de gratitude et d'amour. Je suis habitué à ces regards, mais je me souviens d'un temps où c'était tout mon bonheur. La princesse fit asseoir sa fille au piano. Pendant que tout le monde se pressait autour d'elle pour la prier de

chanter, je me retirai près de la fenêtre avec Véra, qu
avait, disait-elle, des choses importantes à me communiquer.

Quoi donc?... des enfantillages.

A un regard perçant de mademoiselle Marie, je vis
qu'elle était choquée de mon indifférence. Oui, je l'entends à merveille, le langage de ces regards muets, mais
expressifs et énergiques.

Elle chanta. Sa voix n'est pas désagréable, mais sa
méthode est mauvaise. Au reste, je n'écoutais guère,
tandis que Grouchnitzki, debout en face d'elle, la dévo-
rait des yeux, et à tout instant répétait : —Charmant!
délicieux!

—Écoutez, me dit Véra, je ne veux pas que vous
fassiez connaissance avec mon mari, mais il faut absolument que vous plaisiez à la princesse. C'est pour vous
chose facile. Ne pouvez-vous pas tout ce que vous voulez? Et c'est ici seulement que nous pourrons nous
voir.

—Ici seulement?

Elle rougit et continua :

—Tu sais comme je te suis soumise. Jamais je ne
t'ai résisté... et je serai punie de ma faiblesse; tu ces-
seras de m'aimer. Je devrais pourtant prendre garde à
ma réputation, non pour moi... tu le sais... mais, je t'en
conjure, ne me tourmente plus, comme autrefois, par
tes vains soupçons et tes froideurs calculées. Peut-être
je mourrai bientôt; je sens que mes forces diminuent
de jour en jour, et, pourtant, je ne puis penser à la vie
future. Je ne pense qu'à toi. Vous autres hommes, vous
ne comprenez pas la jouissance d'un regard et d'un ser-

rement de main. Pour moi, je te jure que ta voix seule suffit pour me donner autant d'émotions profondes et de bonheur que les plus vifs témoignages de tendresse.

Cependant la princesse avait cessé de chanter. Autour d'elle s'élevait comme un concert d'applaudissements. Je fus le dernier à m'approcher d'elle, et je lui adressai, d'un air indolent, quelques compliments obligés.

Elle avança la lèvre inférieure, et, me regardant d'une façon assez sardonique :

— Ce que vous avez la bonté de me dire, me répliqua-t-elle, est d'autant plus flatteur pour moi, que vous ne m'avez pas entendue. Mais peut-être n'aimez-vous pas la musique?

— Au contraire, surtout après dîner.

— Grouchnitzki a raison de dire que vous avez les goûts les plus prosaïques. Je vois que vous ne considérez la musique qu'au point de vue gastronomique.

— Vous êtes encore dans l'erreur. Je ne suis nullement gastronome. Mon estomac ne me permet pas une telle satisfaction. Mais on s'endort en écoutant de la musique après dîner, et cette sorte de sieste me paraît bonne pour la santé. C'est donc au point de vue hygiénique que j'accepte la musique. Le soir, au contraire, elle me donne une irritation nerveuse, elle m'attriste ou m'égaye trop vivement. C'est une sottise que de se laisser aller à une mélancolie ou à une joie sans raison ; d'ailleurs, la tristesse dans le monde semble ridicule, et une trop grande gaieté peut être inconvenante.

Elle cessa de m'écouter ; elle s'éloigna de moi pour

aller s'asseoir près de Grouchnitzki, et recommencer un sentimental entretien. Je crus remarquer pourtant qu'elle était distraite et préoccupée, quoiqu'elle affectât d'écouter avec attention les phrases prétentieuses du romanesque sous-officier. Tout en continuant à discourir, Grouchnitzki la regardait avec surprise, cherchant à deviner la cause de la secrète agitation qui se manifestait dans les yeux inquiets de la belle jeune fille.

Mais moi, je vous devinais, mon aimable princesse. Prenez garde à vous! Je pense que vous désirez me faire subir la peine du talion, que vous voulez froisser à votre tour mon amour-propre. Si vous me déclarez la guerre, je serai impitoyable.

Dans le cours de la soirée, je me hasardai plus d'une fois à me rapprocher d'elle et à m'immiscer dans sa conversation avec son courtisan. Elle accueillit mes paroles sèchement, et je me retirai avec une expression de dépit. Mademoiselle Marie triomphait, Grouchnitzki également. — Attendez, me disais-je, attendez, mes amis, ne vous réjouissez pas si vite de mon apparente défaite, elle ne sera pas de longue durée... Oui, il y a en moi une faculté de pressentiment. Lorsque je fais connaissance avec une femme, je puis deviner à coup sûr si elle m'aimera ou ne m'aimera pas.

Le reste de la soirée, je le passai près de Véra, et nous nous entretînmes librement du passé... Pourquoi donc m'aime-t-elle? En vérité, je ne sais; je le comprends d'autant moins qu'elle est la seule femme qui me connaisse parfaitement, tel que je suis, avec toutes mes faiblesses et tous mes défauts. Est-ce que le mal serait donc si attrayant?

Je sortis avec Grouchnitzki. Quand nous fûmes dans la rue, il me prit par le bras, et me dit après un moment de silence :

— Eh bien ?

Je voulais encore lui répondre : « Pauvre sot ! » Mais je retins cette exclamation et me contentai de hausser les épaules.

6 juin.

Pendant ces derniers jours, je n'ai pas dévié une seule fois de mon plan de conduite. La jeune princesse commence à prendre goût à mon entretien. Je lui ai raconté quelques-uns des incidents les plus remarquables de ma vie, et elle en vient à me regarder comme un homme extraordinaire. Je me suis mis à tourner tout en dérision, surtout les sentiments. Un tel langage l'effraye. Devant moi, elle n'ose plus continuer avec Grouchnitzki ses dissertations romanesques, quelquefois même elle a déjà répondu à ses effusions par un sourire ironique. Je les vois s'asseoir l'un à côté de l'autre ; je m'écarte d'un air modeste. La première fois que je m'éloignai ainsi, Marie en fut réjouie, ou du moins parut l'être ; la seconde fois elle fut irritée contre moi ; la troisième, contre l'innocent sous-officier.

— Vous avez peu d'amour-propre, me dit-elle hier ; pourquoi supposez-vous qu'il me soit plus agréable d'être avec Grouchnitzki qu'avec vous ?

— Je sacrifie au bonheur de mon ami ma propre satisfaction.

— Et la mienne ? a-t-elle ajouté

Je la regardai fixement d'un air grave, et, le reste du
jour, je n'échangeai plus avec elle une parole. Le soir,
elle était pensive, et aujourd'hui, à la source, elle l'é-
tait plus encore. Quand je m'approchai d'elle, je remarquai qu'elle écoutait d'une oreille distraite Grouchnitzki, qui faisait un dithyrambe sur les beautés de
la nature. Dès qu'elle m'aperçut, elle éclata de rire, et
mal à propos, comme si elle ne m'avait pas vu. Je m'é-
loignai, et l'observai à la dérobée. Elle se détourna de
Grouchnitzki en bâillant deux fois. Décidément le pauvre jeune homme l'ennuie. Encore deux jours, elle ne
lui parlera plus.

15 juin.

Souvent je me demande pourquoi je m'attache si
opiniâtrément à gagner l'amour de cette jeune fille que
je ne veux pas séduire et que je n'épouserai jamais.
Pourquoi cette vaine coquetterie? Je suis plus aimé de
Véra que je ne le serais de Marie. Si cette jeune princesse m'apparaissait comme une beauté invincible, il y
aurait au moins un stimulant dans la difficulté de mon
entreprise.

Mais non. Le mobile de ma conduite, ce n'est donc
que cet inquiet besoin d'aimer qui éclate en nous dans
notre première jeunesse, qui nous entraîne d'une
femme à l'autre jusqu'à ce que nous en trouvions une
qui ne peut nous souffrir. Alors commence notre vraie,
notre constante, notre inébranlable passion, une passion que l'on peut comparer à la ligne mathématique
qui part d'un point déterminé pour s'étendre jusque

dans l'infini. Le secret d'une telle passion est dans l'impossibilité d'atteindre le but, c'est-à-dire la fin.

D'où vient donc mon agitation? De l'envie qui est éveillée en moi par Grouchnitzki. Le pauvre garçon ne mérite pas d'exciter un tel sentiment. Ne serais-je point dominé par ce sentiment mauvais, mais irrésistible, qui nous porte à anéantir les illusions de celui qui se dilate dans ses erreurs près de nous, pour pouvoir lui dire, quand il vient, dans son désespoir, nous demander ce qu'il doit croire :

— Mon bon ami, pareille infortune m'est arrivée; tu vois pourtant que je n'en continue pas moins à bien dîner, à bien dormir, et j'espère mourir sans me plaindre et sans larmoyer.

Mais il y a un charme indicible à prendre possession d'un jeune cœur qui commence à s'épanouir. C'est une fleur dont le plus doux arome s'exhale à un premier rayon de soleil. A cet instant il faut la cueillir; puis, quand on en a pleinement aspiré le parfum, la jeter sur le chemin. Un autre peut-être la relèvera. J'éprouve en moi cette ardeur insatiable, ce besoin d'absorber tout ce qui se trouve sur ma route. Je ne considère les joies et les souffrances des autres que par rapport à moi, comme un aliment qui doit entretenir mes forces. Je ne puis plus perdre la raison sous l'empire de la passion ; mon amour-propre est comprimé par les circonstances, il ne tarde pas à se relever sous un autre aspect; car qu'est-ce que l'amour-propre? sinon le désir de la domination. Pour moi, la première jouissance est de soumettre à ma volonté tout ce qui m'entoure: Éveiller dans le cœur d'un autre le sentiment d'amour, de dé-

vouement, de crainte, n'est-ce pas le signe de la su-
prême puissance? Être pour un autre, sans y avoir le
moindre droit, le mobile de la joie et de la douleur,
n'est-ce pas là un doux sujet d'orgueil? Et qu'est-ce
que le bonheur? c'est l'orgueil satisfait. Si je pouvais
me considérer comme le plus fort, le plus puissant des
hommes, je serais heureux. Si tout le monde m'aimait,
je serais la source universelle de l'amour.

Le mal engendre le mal. La première souffrance
nous fait comprendre le plaisir de tourmenter nos sem-
blables. L'idée du mal ne peut entrer dans l'esprit
d'un homme sans qu'il songe à la mettre à exécution.
Les idées, a dit un philosophe, sont des êtres organi-
ques qui, en naissant, ont leur forme, et cette forme,
c'est l'action. Plus il entre d'idées dans le cerveau d'un
être humain, plus cet être sera actif. Voilà pourquoi
l'homme de génie, enchaîné à la tâche routinière d'un
bureau, doit mourir ou perdre l'esprit, de même qu'un
homme qui, avec une organisation vigoureuse et san-
guine, s'astreint à une vie sédentaire, doit être frappé
d'apoplexie.

Les passions ne sont que les idées dans leur premier
développement. Elles appartiennent à la jeunesse du
cœur, et il se tromperait grossièrement, celui qui croi-
rait les garder toute sa vie. Plusieurs rivières paisibles
descendent des cascades impétueuses, et il n'en est pas
une qui conserve un cours turbulent jusqu'à la mer,
cependant ce calme est souvent l'indice d'une force su-
périeure, mais secrète. La plénitude, la profondeur des
sentiments et des pensées, n'admettent point les transports déréglés. Dans la joie comme dans la douleur,

l'âme se rend sévèrement compte de ses émotions et
sait qu'elle doit les éprouver. Elle sait que, sans les
orages, l'ardeur constante du soleil la dessécherait. Elle
se pénètre de sa propre existence et se punit ou s'adule
comme un enfant gâté. C'est seulement quand l'homme
est arrivé à cette parfaite connaissance de soi-même
qu'il peut apprécier la justice de Dieu...

En relisant cette page, je m'aperçois que je me suis
singulièrement écarté de mon sujet... Mais qu'importe?
j'écris ce journal pour moi, et tout ce que j'y inscris me
sera quelque jour un précieux souvenir. . . . . . .

Grouchnitzki entre et se jette à mon cou. Il vient
d'être nommé officier. Nous buvons du vin de Champagne. Après lui arrive le docteur Werner.

— Je ne vous féliciterai pas, lui dit-il.

— Et pourquoi?

— Parce que la capote de soldat vous seyait à merveille; et vous avouerez vous-même qu'un uniforme
d'officier d'infanterie façonné ici ne vous rendra pas
plus intéressant : voyez, jusqu'à présent vous étiez
dans cette ville de bains une exception, désormais vous
retombez dans le niveau général.

— Comme il vous plaira, docteur, mais vous ne
m'empêcherez pas de me réjouir.

— Il ne sait pas, ajouta Grouchnitzki en se penchant
à mon oreille, il ne sait pas quelles espérances me donnent ces épaulettes! O épaulettes! épaulettes! vos
étoiles me guideront vers... Non. Je suis au comble du
bonheur!

— Veux-tu, lui demandai-je, venir te promener à
la fondrière?

— Moi! pour rien au monde je ne reparaîtrais aux yeux de la princesse avant de porter mon nouvel uniforme.

— Lui dirai-je ta joie?

— Non, je t'en prie. Ne lui dis rien : je veux la surprendre.

— Raconte-moi donc au moins où tu en es avec elle.

Cette question le trouble et le rend pensif. Il aurait voulu se vanter... mentir. Sa conscience pourtant l'arrête, et il a honte d'avouer la vérité.

— Mais enfin, t'aime-t-elle?

— Si elle m'aime! Quelle idée, mon cher Petchorin! Comment, si vite? Quand une femme d'une nature distinguée en vient à aimer, est-ce qu'elle l'avoue?

— Très-bien! et, selon toi, un homme comme il faut doit aussi dissimuler sa passion?

— C'est selon les circonstances, mon cher. Il est des choses qu'on ne divulgue pas, mais qui peuvent être devinées.

— C'est juste. Mais l'amour que nous lisons dans les regards d'une femme ne nous lie pas comme la parole.... Prends garde! Grouchnitzki : elle te trompera.

— Elle! s'écria-t-il en levant les yeux au ciel et en se souriant à lui-même... Tu me fais de la peine, Petchorin.

A ces mots, il sortit.

Le soir, un grand nombre de personnes se dirigeaient à pied vers la fondrière.

Dans l'opinion des gens du pays, cette fondrière,

ouverte sur le penchant du Machouk, à une werste de
la ville, est un cratère éteint. On y monte par un sentier étroit et rocailleux. J'offris mon bras à la jeune
princesse, et elle ne le quitta plus tant que dura la
promenade.

J'engageai l'entretien par des médisances. Je passai
en revue tous les gens de notre connaissance, présents
ou absents, signalant d'abord leurs côtés faibles, puis
leurs graves défauts. Ma bile était en mouvement.
J'avais commencé par plaisanter. J'en vins à être très-
acerbe. D'abord mes épigrammes l'amusèrent, puis
elles l'effrayèrent.

— Vous êtes, dit-elle, un homme dangereux. J'aimerais mieux tomber, dans une forêt, sous le poignard
d'un assassin que sous le tranchant de vos sarcasmes.
Je vous en prie sérieusement, si l'idée vous venait de
me tourner en ridicule, donnez-moi plutôt un coup de
couteau. Je pense, du reste, que cela ne vous serait
pas difficile.

— Est-ce que j'ai l'air d'un meurtrier ?

— Vous êtes plus redoutable.

Je réfléchis un instant, puis je lui dis d'un ton de
voix très-ému :

— Oui, telle a été, dès ma jeunesse, ma destinée.
On a voulu lire sur mon front les passions perverses
que je n'avais pas ; on me les a attribuées, et elles ont
germé. J'avais le caractère franc, on a dit que j'étais
artificieux, et je suis devenu dissimulé. J'étais très-
sensible aux bons et aux mauvais procédés : personne
ne m'accordait un témoignage de tendresse ; chacun
m'offensait, et je suis devenu vindicatif. J'avais un air

morose au milieu d'une troupe d'enfants joyeux. Je
sentais que je leur étais supérieur ; on m'a fait descendre au-dessous de leur niveau, et je suis devenu
envieux. J'étais porté à aimer le monde entier. Personne ne m'a compris, et j'ai appris à haïr. Ma belle
jeunesse s'est passée dans une lutte constante entre le
monde et moi. De peur de les livrer à une cruelle
raillerie, j'ai refoulé au fond de mon cœur mes meilleurs sentiments, et ils y sont morts. Je parlais sincèrement, et on ne me croyait pas. J'ai pris un langage
trompeur. Je connaissais très-bien le monde et les
ressorts de la société, et les pratiques de la vie ; j'ai vu
que d'autres, sans posséder cette science, profitaient
de tout ce que je m'efforçais d'obtenir. Alors le désespoir est entré dans mon sein, non point ce désespoir qui cherche son remède dans le canon d'un pistolet, mais un froid, inerte désespoir qui se cache sous
des formes polies et un visage riant. J'étais morale-
ment un mutilé. La meilleure partie de mon âme n'existait plus. Elle s'était desséchée, évaporée, elle était
anéantie ; je la rejetai comme un vain débris, tandis que
l'autre palpitait et subsistait au service de tout le
monde. Personne ne remarqua ce changement, parce
que personne n'avait connu cette autre partie de moi-
même dont j'étais dépouillé. A présent, vous me rappelez qu'elle a existé, et je viens de vous faire son épi-
taphe. Pour la plupart des indifférents, les épitaphes
ont un caractère assez grotesque ; pour moi, non, surtout quand je songe à ce qui est enseveli sous ces inscriptions. Au reste, je ne demande pas que vous ad-
mettiez ma façon de voir. Si cette digression vous sem' le

risible, riez tant qu'il vous plaira, je vous assure que je n'en serai nullement blessé.

En ce moment, je la regardai. Des larmes roulaient dans ses yeux; sa main tremblait sur mon bras, ses joues étaient enflammées. Elle avait pitié de moi. Les femmes s'abandonnent aisément à ce sentiment. La pitié lui entrait dans le cœur.

Tout le temps que dura encore notre promenade, elle resta pensive, et ne se laissa aller avec ceux qui nous entouraient à aucune coquetterie... Remarquable symptôme!

En arrivant près du cratère, les autres femmes quittèrent leurs cavaliers, mais elle resta appuyée sur mon bras; son oreille était fermée aux remarques des beaux esprits de la société, et elle se pencha sur le bord de la fondrière sans montrer la moindre crainte, tandis que les femmes avec qui nous avions fait cette promenade jetaient des cris de terreur et fermaient les yeux.

En revenant du côté de la ville, je ne repris point mon puéril sujet d'entretien. Je plaisantais au contraire, et elle répondait à mes plaisanteries brièvement et d'un air distrait.

J'en vins enfin à lui adresser cette question :

— Avez-vous aimé?

Elle me regarda fixement, secoua la tête et retomba dans sa rêverie. Évidemment, elle voulait me répondre, elle ne savait comment s'exprimer, et je remarquai en elle une vive agitation..... Ah! une manchette de mousseline est une faible défense, et une étincelle électrique courait de ma main à la sienne. La plupart des passions se manifestent ainsi. C'est une erreur de croire que les femmes nous aiment pour nos qualités physiques ou morales. Ces qualités agissent, il est vrai, sur le cœur et le disposent à recevoir le feu sacré, mais c'est ce premier contact qui l'allume.

— N'ai-je pas été aujourd'hui bien aimable? me dit-elle avec un sourire forcé quand nous arrivâmes à sa porte.

Nous nous quittâmes.

Elle est mécontente d'elle-même, elle se reproche sa froideur. Oh! ce premier, cet important succès! Demain elle voudra me donner une compensation. Je sais cela d'avance... Et voilà l'amour!

12 juin.

Aujourd'hui j'ai revu Véra, qui m'a tourmenté avec sa jalousie. Il paraît que Marie a eu l'idée de lui confier ses secrets de cœur. La confidente est vraiment bien choisie!

—Je devine, m'a dit Véra, ce qui arrivera. Sois franc. Avoue que tu l'aimes.

— Et si je ne l'aimais pas?

— Alors pourquoi la poursuivre comme tu le fais et jeter le trouble dans son imagination?... Oh! je te connais! Écoute: si tu veux que je te croie, tu partiras dans une huitaine de jours pour Kislovodsk. Nous allons là après-demain. La princesse reste ici quelque temps encore. Nous aurons là une vaste maison dont la princesse occupera le rez-de-chaussée. Près de cette maison, il en est une autre encore vacante que tu peux louer... Eh bien, viendras-tu?

— Oui.

Le jour même j'envoyai un messager pour me retenir cet appartement.

A six heures du soir, je vois entrer chez moi Grouchnitzky, qui m'annonce que demain il aura son uniforme pour se rendre au bal.

— Enfin, ajoute-t-il, je pourrai danser avec elle toute la soirée, et je pourrai lui parler tout à mon aise!

— Il y a donc un bal?

— Sans doute; demain. Ne le sais-tu pas? C'est demain un jour de fête, et les autorités de la ville ont elles-mêmes organisé...

— Viens-tu sur le boulevard?

— Comment! avec cet affreux manteau?

— Il ne te plaît donc plus?

Je sortis seul, je rencontrai la princesse Marie, et l'invitai pour la mazourka.

Elle parut étonnée et réjouie.

— Je croyais, me répondit-elle avec un gracieux sourire, que vous ne dansiez que par nécessité, comme la dernière fois...

Elle ne semblait pas le moins du monde remarquer la disparition de Grouchnitzki.

— Demain, lui dis-je, vous serez agréablement surprise.

— De quoi?

— C'est un secret. Au bal, vous le devinerez.

J'ai passé le reste de la soirée dans le salon de sa

mère, avec Véra et un vieillard très-amusant. J'étais moi-même dans une bonne disposition d'esprit, et j'ai improvisé diverses histoires extraordinaires. Marie était assise en face de moi et écoutait mes contes avec une telle attention et une si douce confiance, que j'en avais la conscience troublée. Qu'a-t-elle fait de sa vivacité, de sa coquetterie, de ses caprices, de son attitude hautaine, de ses sourires dédaigneux, de ses regards distraits?

De l'embrasure de la fenêtre où elle s'était plongée dans un large fauteuil, Véra remarquait tout, et sa figure trahissait une profonde souffrance.

J'éprouvais pour elle une véritable commisération. Alors je me suis mis à raconter, sous des noms supposés, mes relations avec elle. J'ai dépeint avec vivacité ma tendresse, mes transports, et j'ai fait un si grand éloge de son caractère, qu'elle doit me pardonner mes coquetteries avec la princesse.

Elle s'est levée, elle est venue se placer gaiement près de nous, et il était deux heures de la nuit quand nous nous sommes rappelé que le docteur nous prescrivait de nous coucher à onze heures.

13 juin.

Une demi-heure avant le bal, Grouchnitzki a fait son apparition chez moi dans tout l'éclat de son uniforme d'officier d'infanterie. De son troisième bouton descend une petite chaîne bronzée à laquelle est suspendu un lorgnon. Ses épaulettes, d'une largeur démesurée, se soulèvent comme les ailes de l'amour. Ses

bottes crient sur le parquet. A sa main gauche, il tient
sa casquette et des gants glacés couleur de cannelle; de
la droite, il relève à tout instant les boucles de ses cheveux. Il y a sur sa figure l'expression d'une singulière
satisfaction et en même temps d'une certaine défiance.
Sa toilette pompeuse, sa démarche solennelle, me feraient rire, si cet éclat d'ironie pouvait se concilier
avec mes projets.

Il jette sur la table ses gants, sa casquette, tire les
pans de son habit, puis s'approche de la glace pour
s'ajuster avec un nouveau soin. Une énorme cravate
noire, qui enveloppe un faux col roide, lui relève le
menton, et dépasse d'une façon grotesque le collet de
son habit. Mais ce n'est pas assez. Il tire le col jusqu'aux oreilles, et se serre tellement, que sa figure en
devient violette.

— On m'a conté, dit-il d'un air nonchalant et sans
me regarder, que, depuis quelques jours, tu t'es montré
fort occupé de ma princesse.

— Il faut bien, lui dis-je en répétant un passage
d'une des charmantes nouvelles de Pouschkin, il faut
bien que des pauvres gens comme nous prennent leur
thé quelque part.

— Dis-moi... Comment me va cet uniforme?... Ce
maudit juif! il l'a fait trop court sous les bras... A
propos, n'as-tu pas quelque flacon d'odeur?

— Pourquoi faire? Tu répands déjà autour de toi un
parfum de pommade à la rose.

— N'importe. Donne-moi ton flacon.

Je le lui remets, et il en imprègne sa cravate, son
foulard, ses manches.

— Tu ne danses pas? me demande-t-il.

— Non, probablement.

— Moi, je crains de danser avec la princesse la première mazourka, et je connais à peine une figure.

— L'as-tu déjà invitée?

— Non, pas encore.

— Prends garde qu'on ne te devance.

— Tu as raison, s'écria-t-il en se frappant le front.
Adieu, je vais l'attendre au passage.

Il prend sa casquette et sort.

Une demi-heure après, je me dirige aussi vers le bal.
La rue est sombre et silencieuse. La foule se presse
autour de la maison où l'on danse; les lumières des
salons resplendissent au dehors. Le vent m'apporte
les vibrations de l'estrade, occupée par les musiciens
d'un régiment. Je m'avance lentement, avec de tristes
réflexions.

— Eh quoi! me dis-je, est-il possible que mon unique
emploi sur cette terre soit de détruire les espérances
des autres? Depuis le jour où je suis entré dans les
réalités de la vie, que de fois la fatalité ne m'a-t-elle
pas jeté dans des drames étrangers pour en hâter le
dénoûment, comme si personne ne pouvait mourir
sans moi, ou tomber dans le désespoir sans moi! Oui,
je suis, dans le cinquième acte, le personnage obligé;
malgré moi, il faut que je joue le rôle de traître ou de
bourreau. Pourquoi donc le sort m'assigne-t-il une
telle tâche? Suis-je destiné à composer des drames
bourgeois et des romans de famille, ou à écrire des
nouvelles pour un journal tel que la *Bibliothèque de
lecture?* Qu'importe! beaucoup d'hommes, en commen-

çant leur existence, s'imaginent qu'ils pourraient bien la terminer comme Alexandre le Grand ou Byron, et restent tranquillement jusqu'à leur dernier jour conseillers titulaires.

En entrant dans la salle, je me cache derrière un groupe de spectateurs pour observer mystérieusement ce qui se passe. Grouchnitzki est debout à côté de la princesse et lui parle avec une vive animation. Mais elle l'écoute d'un air distrait, regarde de côté et d'autre, et tient son éventail sur ses lèvres. Son visage exprime un sentiment d'impatience, ses yeux cherchent quelqu'un dans le salon. Je m'approche d'elle sans qu'elle me voie, je puis assister à son colloque avec Grouchnitzki.

— Comme vous me faites souffrir! disait le nouvel officier. Vous êtes terriblement changée depuis quelques jours.

— Et vous aussi, vous êtes changé, lui répond-elle en dardant sur lui un regard rapide où il ne sait pas discerner une expression d'ironie.

— Moi, changé! Oh! non, jamais. Vous savez que c'est impossible. Celui qui vous a vue une fois gardera sans cesse dans son cœur votre image divine.

— Cessez, de grâce.

— Pourquoi donc, à présent, ne voulez-vous plus entendre les paroles que vous accueilliez avec bienveillance il n'y a pas longtemps?

— Parce que, réplique-t-elle en riant, je n'aime pas les répétitions.

— Je me suis cruellement trompé. Insensé que je suis! je pensais que ces épaulettes pourraient me donner le droit d'espérer... Non. J'aurais mieux fait de garder ce grossier manteau de soldat auquel je dois peut-être vos marques d'attention.

— Le fait est que ce manteau vous allait beaucoup mieux.

En ce moment je m'avançai vers la princesse. Elle rougit en m'apercevant et reprit vivement sa phrase.

— N'est-ce pas, monsieur Petchorin, que le manteau gris sied très-bien à M. Grouchnitzki?

— Pardonnez-moi, mademoiselle, je ne puis être de votre avis. Il me semble que son uniforme lui donne encore l'air plus jeune.

Grouchnitzki ne résista pas à ce dernier trait. Comme tous les adolescents, il a la prétention d'être un homme mûr. Il s'imagine que les passions profondes ont imprimé sur son visage des traces pareilles à celles des années. Il me jette un regard furieux et s'éloigne.

— Avouez, dis-je à la princesse, que, bien qu'il soit fort ridicule, il n'y a pas longtemps... avec son manteau gris, il vous intéressait.

Elle a baissé les yeux et n'a pas répondu.

Toute la soirée, Grouchnitzki n'a cessé de la suivre, et de danser avec elle ou en *vis-à-vis*. Il la dévore des yeux. Il soupire, et la fatigue par ses reproches ou ses prières. Après le troisième quadrille, elle a dû l'abhorrer.

Mais le voici qui s'approche de moi ; il me prend la main et me dit :

— Je n'attendais pas cela de toi !

— Quoi donc?

— Tu danses avec elle la mazourka!... reprend-il d'une voix solennelle ; elle me l'a avoué.

— Eh bien, fallait-il en faire un secret?

— Ah ! j'aurais dû prévoir ce qui m'arrive avec cette jeune fille... cette coquette... Mais je me vengerai !

— Accuse ton manteau, ton uniforme, et non pas elle. Est-ce sa faute si tu as cessé de lui plaire?

— Mais pourquoi me donner des espérances?

— Pourquoi as-tu voulu espérer? On désire, mon cher, on dit que l'on aime, et l'on n'espère pas.

— Tu as gagné ton pari ; — non pas tout à fait, cependant.

Et il lança sur moi un regard méchant.

La mazourka commença. Grouchnitzki n'invitait que la princesse. Les autres cavaliers venaient à tout instant l'inviter également. Il est clair que c'est le résultat d'un complot contre moi... A merveille! Elle a envie de causer avec moi; on veut l'en empêcher, on ne fera qu'augmenter ce désir.

Je lui ai serré deux fois la main. La seconde fois, elle l'a retirée sans proférer un mot.

— Je dormirai mal cette nuit, m'a-t-elle dit à la fin de la mazourka.

— Grouchnitzki en serait-il la cause?

— Non.

Sa physionomie était si pensive et si triste, que je me promis de lui baiser la main ce soir-là même.

Quelques instants après, je la conduisis à sa voiture. Tout à coup je saisis cette petite main et la portai à mes lèvres. Dans l'obscurité, personne ne pouvait nous voir.

Je retournai dans la salle assez content de moi.

Autour d'une grande table étaient assis les jeunes gens et avec eux Grouchnitzki. Quand j'entrai, tous se turent. Évidemment ils venaient de parler de moi. Depuis le dernier bal, plusieurs d'entre eux ont conservé à mon égard un mauvais vouloir, notamment le capitaine de dragons. A présent il me semble qu'il s'organise contre moi une bande hostile sous le commandement de Grouchnitzki. Il a l'air si fier et si déterminé!

A merveille! J'aime mes ennemis, non pas pourtant comme l'Évangile nous le prescrit; ils me distraient, ils m'amusent. Être constamment sur ses gardes, épier chaque regard et le sens de chaque parole, deviner les intentions, déjouer les complots, feindre parfois une fausse sécurité, et soudain apparaître pour renverser l'échafaudage des rusées combinaisons, voilà ce que j'appelle vivre.

Pendant tout le souper, Grouchnitzki n'a cessé de faire des signes au capitaine et de chuchoter avec lui.

14 juin

Ce matin, Véra est partie pour Kislovodsk avec son mari. Je l'ai rencontrée au moment où j'allais chez la princesse. Elle m'a fait un signe de tête; dans son regard, il y avait un reproche.

A qui la faute? Pourquoi ne veut-elle pas me donner l'occasion de la voir seule? L'amour est comme le feu, il s'éteint si on ne l'alimente. Peut-être la jalousie sera-t-elle plus efficace que mes prières.

J'ai passé une heure entière chez la princesse. Marie n'a point paru. Elle est malade. Le soir, on ne l'a pas vue non plus sur le boulevard. Mais j'ai rencontré ma ligne d'adversaires, braquant sur moi leurs lorgnettes d'un air menaçant. Je suis content que la jeune princesse soit malade; ils auraient pu se rendre coupables envers elle de quelque impertinence. Grouchnitzki a les cheveux en désordre et un visage de désespéré. Son amour-propre est, à ce qu'il paraît, très-vivement froissé. Mais il y a des gens qui, dans leur désespoir même, sont risibles.

En rentrant chez moi, il me semblait qu'il me manquait quelque chose. Je ne l'ai pas vue. Elle est malade. Est-ce que par hasard je serais amoureux? Quelle folie !

16 juin.

A onze heures du matin, à l'heure où la princesse Ligovska a coutume de se rendre au bain, j'ai passé devant sa demeure. Marie était assise, rêveuse, à sa fenêtre. En me voyant, elle s'est levée précipitamment.

Je suis entré dans l'antichambre; personne pour m'annoncer. J'ai pénétré jusqu'au salon.

Le doux visage de Marie était triste et pâle. Elle se tenait devant un piano, la main appuyé sur le dos d'un fauteuil, et cette main tremblait.

Je m'avance doucement vers elle, et je lui dis :

— Est-ce que vous êtes irritée contre moi?

Elle abaisse sur moi ses grands yeux profonds en secouant la tête. Ses lèvres se meuvent, mais nulle parole ne s'en échappe. Des larmes roulent dans ses yeux, et elle cache son visage dans ses mains.

— Qu'avez-vous donc? lui dis-je en saisissant une de ses mains.

— Vous ne m'estimez pas... Laissez-moi!

Je fais quelques pas en arrière. Elle se relève; ses yeux étincellent.

Je m'arrête le doigt sur le bouton de la porte; je lui dis :

— Pardonnez-moi, princesse, j'ai agi comme un insensé... C'en est fait, je n'irai pas plus loin. Pourquoi sauriez-vous ce qui s'est passé en moi? Non, vous ne le saurez jamais, et cela vaut mieux pour nous. Adieu.

Quand je sortis, il me sembla qu'elle pleurait.

Jusqu'au soir, j'errai à pied sur les pentes du Machouk, jusqu'à ce que je me sentisse accablé de fatigue. De retour dans mon appartement, je me suis jeté sur mon lit.

Werner entra.

— Est-il vrai, me dit-il, que vous épousez la princesse Marie?

— Quelle idée!

— C'est le bruit de la ville. Tous mes malades connaissent déjà cette grande nouvelle. Les malades! ce sont des gens qui savent tout.

C'est là, me dis-je, un trait de Grouchnitzki.

— Pour vous prouver, répliquai-je au docteur, la

fausseté de cette nouvelle, je vous avouerai entre nous
que je pars demain pour Kislovodsk.

— Et la princesse part-elle aussi?

— Non, elle reste ici encore une semaine.

— Ainsi vous ne vous mariez pas?

— Docteur, docteur, regardez-moi. Ai-je l'air d'un
fiancé ou de quelque chose de semblable?

— Je ne dis pas cela... Mais vous savez, il y a des
circonstances où un homme d'honneur peut se croire
obligé de se marier, et il y a de bonnes mères qui ne
préviennent point ces circonstances. Ainsi, en ami, je
vous engage à être plus circonspect. Ici, l'on respire
un air dangereux. Combien j'en ai vu d'aimables jeunes gens, dignes d'un meilleur sort, partir de cette
ville enlacés dans le lien conjugal! Moi-même, le croi-
riez-vous? on a voulu me marier; oui, c'était une tendre mère dont je soignais la fille. Un jour j'eus le
malheur de lui dire que le mariage rétablirait la santé
de cette intéressante malade; aussitôt la mère m'offre,
avec des larmes de reconnaissance, cette fille et sa
fortune, c'est-à-dire environ cinquante paysans. Mais
je répondis que je n'étais pas digne d'un tel sort.

Ayant fini sa harangue, le docteur s'éloigna, convaincu qu'il m'avait donné un sage conseil. Il résultait
pour moi, de ce qu'il venait de dire, que j'étais avec la
princesse l'objet d'une sotte rumeur. Grouchnitzki me
le payera!

18 juin.

Me voilà depuis trois jours à Kislovodsk. Chaque jour je vois Véra à la source et à la promenade. Le matin, je me mets à la fenêtre; je dirige ma lorgnette vers son balcon; elle est habillée depuis longtemps et me donne le signal convenu. Nous nous rencontrons, comme par hasard, dans le jardin qui, de notre demeure, descend vers la source. L'air vivifiant des montagnes a ranimé son visage et lui a rendu ses forces. On a raison d'appeler Narssan la source des héros. Les habitants de ce district disent que les eaux de Kislovodsk ouvrent le cœur à l'amour, et qu'ici s'achèvent tous les tendres romans commencés sur les pentes du Machouk. Le fait est qu'il y a dans la solitude de ces lieux je ne sais quel mystère charmant. De grandes allées de tilleuls pleines d'ombre s'étendent vers le torrent, qui tantôt se précipite en écumant et mugissant de roc en roc, et tantôt serpente dans la verdure des collines. Plus loin apparaissent des ravins silencieux, voilés par des brouillards flottants, et dont les ramifications s'étendent de tous côtés. Les herbes touffues, les longues branches des acacias blancs, répandent dans les airs une exhalaison aromatique, et l'oreille se plaît à écouter le murmure incessant des ruisseaux qui se rejoignent amicalement dans la plaine et coulent ensemble dans le Podkoumok. De ce côté, le ravin, plus large, se transforme en un vallon vert, sillonné par une route poudreuse. Chaque fois que je fixe là mes regards, il me semble voir rouler sur ce

chemin une voiture, et distinguer dans cette voiture
un visage rose. Mais bien des calèches ont déjà passé,
et celle que j'attends n'apparaît pas.

Dans le village, situé près du fort, dans la maison
du restaurateur, qui s'élève sur la colline, à quelques
pas de ma demeure, le soir, une quantité de lumières
brillent à travers une double rangée de peupliers. Des
rumeurs confuses résonnent avec le cliquetis des verres,
très-tard dans la nuit. Nulle part on ne boit autant de
vin de Kachetie qu'ici et autant d'eaux minérales.

Grouchnitzki avec ses acolytes fait le vacarme au
restaurant et me salue à peine.

Il est arrivé hier, et déjà il a eu une querelle avec
trois vieillards qui voulaient se baigner avant lui. Décidément l'air des bains ne lui est pas propice.

22 juin.

Enfin les voilà ! J'étais à une fenêtre; j'entends le
bruit d'une voiture. Je sens mon cœur tressaillir. Que
signifie cette émotion? Est-ce que je serais amoureux?
Avec ma sotte organisation, à quoi ne puis-je pas m'attendre?

J'ai dîné chez elle. La mère m'a regardé d'un air
affectueux, mais elle n'a pas quitté un instant sa fille!
Quel malheur! Véra est jalouse de Marie. Voilà le résultat de nos manœuvres. De quoi les femmes ne sont-
elles pas capables pour affliger une rivale? Je me souviens qu'il y en a une qui m'a aimé parce que j'en
aimais une autre. Il n'existe rien de plus paradoxal que
l'esprit de la femme. C'est la chose la plus difficile que

de lui faire entrer dans la pensée une persuasion. Il faut l'amener à ce qu'elle se donne à elle-même cette persuasion, et, si les femmes arrivent à immoler leurs préjugés, c'est par une série très-originale d'arguments. Pour les suivre dans leur dialectique, il faut mettre de côté tous les principes de logique enseignés dans nos gymnases. Voici, par exemple, dans des circonstances fréquentes, le raisonnement qu'on devrait leur attribuer :

— Cet homme m'aime; mais je suis mariée : donc je ne puis répondre à son amour.

La femme, au contraire, dit :

— Je ne dois pas écouter ses aveux, car je suis mariée. Mais il m'aime : donc...

Ici, plusieurs points. Car le jugement cesse de raisonner, et c'est le regard qui parle, et le cœur, s'il y a un cœur.

Si ces passages de mon journal tombaient sous les yeux d'une femme... Calomnie! s'écrierait-elle.

Depuis que les poëtes chantent et que les femmes les lisent (ce dont nous ne saurions trop les remercier), et qu'ils les appellent des anges, elles ont accepté avec une parfaite candeur ce compliment, sans songer qu'il s'est trouvé des poëtes qui, pour une misérable récompense pécuniaire, élevaient un Néron au rang des demi-dieux.

Il ne me convient guère pourtant de parler méchamment d'elles, moi qui n'aime rien au monde, si ce n'est elles; moi qui ai toujours été prêt à leur sacrifier mon repos, mon ambition, ma vie. Même dans le plus amer dépit, dans le plus vif froissement d'amour-propre, je n'ai point cherché à les dépouiller du voile magique à travers lequel l'œil le plus perspicace peut seul pénétrer. Non, tout ce que j'en dis n'est que la conséquence

> Des rêves qui longtemps ont agité mon cœur,
> Des jours d'illusion et des jours de douleur.

Les femmes devraient désirer que tout homme les connût aussi bien que moi. Car, depuis que je connais leurs côtés faibles et que j'ai cessé de les craindre, je les aime cent fois plus.

Il me revient à l'esprit une idée de Werner. Il compare les femmes à la forêt enchantée décrite par le Tasse dans sa *Jérusalem délivrée*. En y entrant, dit-il, tu verras apparaître de tout côté Dieu sait quelles images effrayantes : le devoir, l'orgueil, les convenances, l'opinion publique, le ridicule, le mépris. Ferme les yeux et continue ton chemin Peu à peu ces fantômes disparaîtront, et devant toi s'ouvrira sans doute une riante vallée où fleurit le myrte. Malheur à toi seulement si, dès les premiers pas, ton courage chancelle et si tu regardes en arrière !

24 juin.

Cette journée a été pour moi pleine d'événements. A trois werstes de Kislovodsk, dans le ravin où coule le Podkoumok, est une roche qu'on appelle la *Koltsow*. C'est, comme son nom l'indique, une sorte d'anneau, ou plutôt une porte ouverte sur l'espace par la nature. Elle s'élève au haut d'une colline, et, le soir, le soleil projette par là sur la plaine ses derniers rayons. Une nombreuse cavalcade s'est réunie pour aller contempler ce spectacle. A vrai dire, pas un de ceux qui en faisaient partie ne songeait à cette scène poétique.

Je marchais à côté de la princesse. En retournant à Kislovodsk, nous devions passer à gué le Podkoumok. Les ruisseaux des montagnes, même les petits, sont dangereux : le fond de leur lit change de forme comme un kaléidoscope. Sans cesse le mouvement des flots lui donne un autre aspect. A la place où la veille s'élevaient des pierres, le lendemain s'ouvre une fondrière.

Je pris le cheval de Marie pour le faire entrer dans l'eau, qui n'avait guère plus d'un pied de profondeur, et nous montions pas à pas contre le courant. Chacun sait que, lorsqu'on traverse une rivière rapide, on peut, en y fixant ses regards, s'exposer à un vertige. J'oubliai de prévenir ma jeune compagne de ce péril.

Nous étions au milieu du torrent, à l'endroit où il est le plus impétueux, quand soudain elle chancela sur sa selle.

— Je me trouve mal, me dit-elle d'une voix faible.

Je mis aussitôt, pour la soutenir, mon bras autour de sa taille délicate en lui murmurant :

— Levez les yeux. Ce n'est rien; n'ayez pas peur : je suis avec vous.

Un instant après, elle se trouvait mieux. Elle voulut se dégager de mon étreinte, mais je l'enlaçai plus étroitement; mon visage effleurait presque le sien. Sa joue était en feu.

— Que faites-vous? s'écria-t-elle; mon Dieu!

Sans m'inquiéter de son trouble et de son agitation, j'approchai mes lèvres de sa joue de pourpre. Elle tressaillit et ne dit rien. Nous étions en arrière; personne ne nous voyait. Quand nous atteignîmes le rivage, tous ceux avec qui nous avions fait cette promenade partirent au galop. Marie arrêta son cheval; je restai près d'elle. Évidemment mon silence l'inquiétait. Mais je m'étais promis de ne pas prononcer un mot, pour voir ce qu'elle ferait elle-même et comment elle sortirait de cette situation difficile.

— Ou vous me méprisez, dit-elle enfin d'une voix dans laquelle il y avait des larmes, ou vous avez pour moi un amour extraordinaire. Peut-être voulez-vous vous jouer de moi, tourmenter ma pensée, et ensuite m'abandonner. Ce serait une action si basse, si lâche, que la seule supposition... Mais non, n'est-ce pas, dit-elle avec un doux accent de confiance, il n'y a rien en moi qui puisse m'enlever le respect?... Vous avez été d'une hardiesse!... Je dois peut-être vous pardonner, puisque j'ai permis... Répondez donc... je veux entendre le son de votre voix.

Elle prononça ces derniers mots avec une impatience féminine qui me fit sourire. Par bonheur, l'obscurité ne lui permettait pas de s'en apercevoir.

Je ne répondis rien.

— Vous vous taisez! reprit-elle; peut-être voulez-vous que moi-même je vous dise que je vous aime?...

Même silence de ma part.

— Le voulez-vous? s'écria-t-elle en se tournant tout à coup vers moi.

Et il y avait dans son regard et dans sa parole une
résolution étonnante.

— A quoi bon? lui répondis-je en haussant les
épaules.

Elle donna un coup de cravache à son cheval et
s'élança au galop sur le sentier étroit et périlleux. Son
mouvement fut si rapide, que je ne pus l'atteindre que
lorsqu'elle avait déjà rejoint la cavalcade. Jusqu'à notre arrivée à sa demeure, elle ne fit que rire et plaisanter. Il y avait dans sa vivacité je ne sais quoi de
fiévreux. Pas une fois son regard ne se tourna de mon
côté. Tous ceux qui l'entouraient se réjouissaient de
sa gaieté, sa mère surtout. Personne ne remarquait
qu'elle n'était animée que par l'effet d'une crise nerveuse.

Elle ne dormira pas cette nuit; elle sanglotera peut-
être. Comment dire que cette idée me plaît? Oui il y a
des instants où je comprends le vampire. Et pourtant
on me regarde comme un bon garçon, et je veux qu'on
ait de moi cette opinion.

En descendant de cheval, les femmes qui venaient
de faire avec nous cette excursion sont entrées chez la
princesse. Mais j'avais l'esprit troublé, et j'ai été courir
sur la montagne pour me distraire du tumulte de mes
pensées. La soirée était calme et fraîche, la lune brillait sur la cime vaporeuse des montagnes. Chaque pas
de mon cheval résonnait dans les ravins silencieux. Je
l'arrêtai au bord d'une cascade pour le faire boire; en
même temps, j'aspirais à longs traits la fraîcheur de
cette nuit d'été. Puis je me remis en marche pour rentrer à Kislovodsk. Dans les maisons du village, les feux

du foyer s'éteignaient l'un après l'autre, et l'on n'entendait que le cri régulier des factionnaires du fort répondant aux Cosaques placés de distance en distance en sentinelle.

Mais, près des maisons du village, situées au bord du ravin, un autre bruit vint frapper mon oreille. C'était celui d'une société turbulente réunie dans un banquet. Je mis pied à terre et m'approchai de la fenêtre. A travers un volet à demi fermé, je pouvais voir ces joyeux convives et écouter leur entretien. Ils parlaient de moi.

Le capitaine de dragons, échauffé par ses libations, frappa du poing sur la table pour réclamer l'attention.

— Messieurs, dit-il, tout cela est absurde. Il faut que Petchorin reçoive une leçon. Ces beaux messieurs de Pétersbourg s'en feraient trop accroire si on ne les rappelait à la raison. Ils s'imaginent qu'il n'y a de place que pour eux dans le monde, parce qu'ils portent des gants jaunes et des bottes vernies!... L'avez-vous vu, avec son sourire impertinent? Malgré ses grands airs, moi, je suis convaincu que c'est un lâche... oui, je le dis, un lâche...

— C'est aussi mon opinion, répondit Grouchnitzki. Il aime à se tirer d'affaire par une plaisanterie. Pour moi, je lui ai déjà dit des choses qu'un autre n'aurait pu entendre sans m'allonger à l'instant même un coup de sabre. Petchorin les acceptait en riant. Je ne l'ai point appelé en duel, parce que c'était lui qui devait demander à se battre; mais il n'a pas voulu...

— Grouchnitzki, dit un autre officier, est irrité con-

tre lui parce que Petchorin lui a enlevé les bonnes
grâces de la princesse.

— Quelle idée! s'écria Grouchnitzki. Il est vrai que
j'ai cherché à me rendre agréable à la princesse; mais
je me suis tenu dans de justes limites, parce que je ne
veux pas me marier, et parce qu'il n'entre pas dans
mes principes de compromettre une jeune fille.

— Oui, je vous assure, reprit le capitaine, que
c'est un lâche : je parle de Petchorin et non pas de
Grouchnitzki, qui est un bon jeune homme, et de plus
mon ami. Mais voyons, y a-t-il quelqu'un ici qui veuille
prendre son parti? Personne : non. A merveille! Nous
voulons mettre à l'épreuve son courage, cela nous
amusera.

— Très-bien, mais comment?

— Voici. Grouchnitzki a des griefs contre ce Petchorin. A lui donc le premier rôle. Il saisira le premier
prétexte qu'il pourra trouver pour provoquer son ennemi en duel... Attendez... Voici la partie la plus drôle
de nos combinaisons. Le duel est accepté ; nous en ré-
glons les dispositions de la manière la plus émouvante,
la plus terrible. C'est moi qui m'en charge, mon bon
Grouchnitzki, je serai ton témoin. Mais voici ma finesse : nous ne mettrons pas de balles dans les pistolets. Je vous réponds que Petchorin aura peur. Je
place les deux adversaires à dix pas. Sur ma foi! eh
bien, que dites-vous de mon projet?

— Excellent! excellent! cria-t-on de toutes parts

— Et toi, Grouchnitzki.

J'attendis avec anxiété la réponse du nouvel officier,
et je me sentais frissonner en songeant que, sans l'heu-

reux hasard qui m'avait amené là, j'aurais pu devenir
pour cette troupe d'étourdis un objet de risée. Si Grouchnitzki rejetait la honteuse proposition de son ami le
capitaine, je me précipitais dans ses bras. Mais, après
un instant de silence, il se leva, prit la main de son
ami en lui disant d'un ton grave :

— Très-bien, j'accepte ton projet.

Je n'essayerai pas de décrire les transports qui éclatèrent à ces mots dans l'honorable société.

Je rentrai chez moi, agité par diverses réflexions.
D'abord, je me demandais avec un sentiment pénible :
Pourquoi ces gens-là me haïssent-ils?.. Oui, pourquoi?
En ai-je jamais offensé un seul? Non. Serais-je donc du
nombre de ces malheureux hommes dont l'aspect seul
éveille l'antipathie?... En me scrutant ensuite, je dois
reconnaître que le poison de la méchanceté est entré
peu à peu dans mon âme. Prenez garde à vous, monsieur Grouchnitzki, dis-je en me promenant à grands
pas dans ma chambre; cette affaire ne sera pas une
plaisanterie, et les applaudissements de vos sots compagnons vous coûteront cher. Je ne jouerai pas avec
vous...

Tout la nuit je n'ai pas dormi. J'étais jaune comme
une orange.

Je rencontre la princesse près de la source.

— Vous souffrez? me dit-elle en me regardant.

— Je n'ai pas dormi cette nuit.

— Ni moi. Je vous accusais... peut-être à tort...
Mais expliquez-vous; je puis tout vous pardonner.

— Tout?

— Oui; seulement dites-moi la vérité, et bien vite.

Voyez-vous, j'ai fait beaucoup de réflexions pour m'expliquer votre conduite et pour la justifier... Peut-être craignez-vous des obstacles du côté de ma famille?... Non, il n'y en aura pas quand elle saura... (ici sa voix tremblait) quand je la prierai... Ou serait-ce votre propre situation?... Mais croyez que je puis tout sacrifier pour celui que j'aime... Seulement, répondez donc... Parlez, parlez. N'est-ce pas que vous ne me méprisez pas?

En prononçant ces mots, elle avait pris ma main.

Sa mère passa devant nous avec le mari de Véra, sans nous voir. Mais les baigneurs, les êtres les plus curieux de la curieuse race des calomniateurs, pouvaient nous voir en se promenant, et je me hâtai de dégager ma main d'une trop vive étreinte, puis je dis à la princesse :

— Voici la vérité; je ne chercherai ni à expliquer ni à justifier ma conduite. Je ne vous aime pas!

Ses lèvres pâlirent.

— Laissez-moi, dit-elle d'une voix à peine intelligible.

Je haussai les épaules et m'éloignai.

25 juin.

Quelquefois je me méprise. N'est-ce pas pour cette raison que je méprise aussi les autres? Je ne puis m'abandonner à une généreuse impulsion. Je craindrais de me rendre ridicule. Tout autre à ma place aurait offert à la princesse son cœur et sa fortune. Mais le mot de mariage produit sur moi l'effet d'une sorcellerie.

Quelle que soit ma passion pour une femme, si seulement elle me donne à entendre que je dois l'épouser, adieu l'amour. Mon cœur se pétrifie, et elle ne le ravivera plus. Je puis me résoudre à tous les sacrifices, excepté à celui-là. Je puis jouer vingt fois ma vie, même mon honneur, mais je n'abdiquerai pas ma liberté.

Cependant pourquoi cette liberté m'est-elle si précieuse ? Quel usage en fais-je ? Où veux-je aller ? Qu'ai-je à attendre de l'avenir ?... Rien, en vérité. Mais le mariage éveille en moi un pressentiment indéfinissable, une frayeur que je ne puis surmonter... Il y a des gens qui ont peur d'une araignée, d'une souris. L'avouerai-je ? Quand j'étais enfant, une vieille femme me prédit l'avenir devant ma mère, et elle m'annonça que je mourrais à cause d'une méchante femme. Ces paroles firent sur moi une vive impression. Dès ce moment, j'éprouvai pour le mariage une aversion insurmontable. Je pense cependant, je ne sais pourquoi, je pense que la prédiction de ma sibylle s'accomplira. Je tâcherai, du moins, que ce soit le plus tard possible.

26 juin.

Hier est arrivé ici le prestidigitateur Apfelbaum. A la porte du restaurant on a placardé de longues affiches annonçant à l'honorable public que le célèbre artiste, acrobate, chimiste, opticien, donnera, ce soir, à huit heures, une grande représentation dans la salle de la noblesse (c'est-à-dire dans la maison du restaurant). Le prix des places est de deux roubles et demi.

Tout le monde se prépare à aller voir ce spectacle.

10.

La princesse Ligovska elle-même veut y assister, quoique sa fille soit malade.

Après dîner, je passais devant la demeure de Véra. Elle était à son balcon, et elle m'a jeté ce billet :

« Montez chez moi, ce soir à dix heures, par le grand escalier. Tous mes gens et ceux de la princesse seront au spectacle; je vous attendrai, venez.

Enfin, la voilà donc qui se rend à mes vœux !

A huit heures, je me rends dans la salle où siège Apfelbaum. A neuf heures, la salle est remplie, le spectacle commence. Aux derniers rangs, je reconnais les domestiques de Véra et de la princesse; pas un n'y manque. Grouchnitzki est près de la scène avec sa lorgnette. L'histrion s'adresse à lui chaque fois que, pour faire ses tours, il a besoin d'un mouchoir, d'une montre, d'une bague ou de quelque autre objet.

Depuis quelque temps, Grouchnitzki ne me salue plus, et aujourd'hui il m'a regardé d'un air assez insolent. Je m'en souviendrai quand nous réglerons nos comptes.

Vers les dix heures, je sors.

Au dehors, tout est si sombre, qu'on ne peut rien distinguer. Des nuages sombres s'étendent sur les montagnes qui nous environnent. Un léger souffle agite à peine la cime des peupliers qui s'élèvent autour du restaurant. Une foule de curieux est réunie devant les fenêtres de l'édifice. Je descends par le sentier de la colline, et, à quelque distance, j'accélère ma marche. Tout à coup il me semble que j'entends quelqu'un cheminer derrière moi; je m'arrête et regarde. Impossible de rien voir. Cependant, par prudence, je tourne au-

tour de la maison de Véra, comme si je me promenais.
Je passe sous les fenêtres de la princesse et de nouveau
j'entends des pas. Un homme enveloppé dans un manteau glisse rapidement devant moi. Cette apparition
m'inquiète. Je franchis pourtant le seuil de la maison;
je monte l'escalier obscur. La porte s'ouvre, et une
petite main se pose sur la mienne.

— Personne ne vous a vu? me dit à voix basse Véra.

— Personne.

— A présent, vous voyez bien que je vous aime.
Oui, j'ai longtemps hésité, combattu... mais vous faites de moi ce que vous voulez.

Son cœur palpite violemment; ses mains sont froides
comme de la glace. Elle commence à m'exprimer sa
jalousie, elle se plaint, puis elle me conjure de lui
avouer la vérité, affirmant qu'elle subira courageuse-
ment mon changement; car, dit-elle, ce qu'elle désire
avant tout, c'est mon bonheur. Je ne crois pas à ses
généreuses protestations; cependant je la rassure par
mes promesses, par mes serments.

— Ainsi, s'écrie-t-elle, vous n'épouserez pas Marie!
Vous ne l'aimez pas, et elle pense, la pauvre enfant!
que vous l'aimez à la folie.....

A deux heures, j'ouvre la fenêtre; à l'aide de deux
châles que j'ai liés l'un à l'autre, je descends du balcon
du premier étage à celui du rez-de-chaussée, en m'appuyant contre une des colonnes. Une lumière brille
encore dans la chambre de Marie. Une malheureuse
pensée me porte à m'arrêter devant sa fenêtre. Le rideau est entr'ouvert, mes regards peuvent pénétrer
jusque dans l'intérieur de l'élégante cellule. Marie est

assise dans son lit, les mains croisées sur ses genoux, ses beaux cheveux serrés sous la dentelle de son bonnet de nuit. Un grand châle ponceau couvre ses épaules, et ses petits pieds se cachent dans de riches pantoufles de Perse. Elle est là immobile, la tête inclinée sur son sein. Devant elle est un livre ouvert, mais ses yeux fixes, qui expriment une profonde tristesse, semblent pour la centième fois regarder la même page, tandis que ses pensées sont ailleurs.

En ce moment, mon oreille distingue un mouvement dans les broussailles. Je m'élance au bas du balcon. Une main invisible tombe sur mon épaule.

— Ah! ah! dit une voix grossière; te voilà pris... C'est ainsi que tu vas voir la nuit les princesses!

— Tiens-le ferme! crie un autre individu, qui sortait de je ne sais où.

Ces deux espions, c'étaient Grouchnitzki et son camarade le capitaine.

J'assène sur la tête de ce dernier un coup de poing qui le fait rouler par terre, et je m'élance dans les sentiers du jardin, dont je connaissais tous les détours.

— Au voleur! à la garde! crient mes deux persécuteurs.

Un coup de fusil résonne, et une bourre fumante vient tomber à mes pieds.

Quelques minutes après, j'étais dans ma chambre, déshabillé, couché. A peine mon domestique avait-il fermé l'appartement aux verrous, que Grouchnitzki et le capitaine vinrent frapper à ma porte.

— Petchorin! Petchorin! criaient-ils, dormez-vous? êtes-vous là?... Voilà les Circassiens.

— Je dors! répondis-je avec colère.

— Levez-vous!... Des voleurs!... des Circassiens!...

— Je suis enrhumé et crains de me refroidir.

Ils s'éloignèrent. Je regrettai de leur avoir répondu; ils m'auraient cherché plus d'une heure encore dans le jardin. Cependant l'alarme s'accroissait. Un Cosaque accourut du fort. Tout était en rumeur. De tout côté, on cherchait les Circassiens, et l'on n'en devait point trouver; mais, probablement, plus d'un honnête habitant de la ville resta convaincu que, si la garnison avait été plus vaillante et plus active, une vingtaine de brigands serait restée sur le terrain.

27 juin.

Ce matin, à la source, on ne parlait que de l'attaque nocturne des Circassiens. Après avoir bu la quantité d'eau minérale obligée et parcouru une dizaine de fois la longue allée de tilleuls, j'ai rencontré le mari de Véra, qui arrivait de Platigorsk. Il m'a pris par le bras, et nous sommes entrés chez le restaurateur pour déjeuner. Il éprouvait une grande inquiétude pour sa femme. — Quelle frayeur, disait-il, elle a dû avoir cette nuit! et justement tandis que j'étais absent.

Notre déjeuner fut servi près d'une porte qui s'ouvrait sur une chambre occupée par une réunion de jeunes gens parmi lesquels se trouvait Grouchnitzki. Le hasard me donnait de nouveau l'occasion d'entendre l'entretien qui devait décider de son sort. Il ne pouvait me voir, et, par conséquent, ne pouvait soupçonner **mon**

intention; mais par là même sa faute s'aggravait à mes
yeux.

— Est-ce que réellement les Circassiens ont tenté
une attaque? dit un de ses compagnons.

— Je vais vous faire connaître la vérité, répondit
Grouchnitzki; seulement, je vous en prie, ne me tra-
hisez pas. Voici ce qui s'est passé. Hier soir, quelqu'un,
dont je n'ai pas besoin de divulguer le nom, vint me
prévenir qu'il avait vu, vers dix heures, un homme se
diriger du côté de la demeure de la princesse Ligovska.
Il faut vous dire que la princesse était ici et sa fille à
la maison. Je pars avec celui qui m'avait donné cet avis,
et nous allons nous embusquer sous les fenêtres de la
princesse pour surveiller l'heureux galant.

En entendant ce début, je regardai avec effroi le
mari de Véra, quoiqu'il fût fort occupé de son déjeuner. Il pouvait faire une fatale découverte, si Grouchnitzki m'avait complétement épié. Mais, dans l'aveu-
glement de sa jalousie, mon sot rival s'était trompé.

— Nous suivîmes notre homme, continua-t-il, avec
un fusil chargé seulement à poudre pour l'effrayer. Nous
sommes restés en sentinelle jusqu'à deux heures. Enfin,
nous l'avons vu sortir, Dieu sait d'où, car il ne pouvait
sortir par la porte, qui était fermée; donc il s'échappait par la porte vitrée qui est derrière une des colonnes. Quoi qu'il en soit, nous le vîmes descendre du
balcon... Quelle princesse! Ah! voilà comme elles sont,
les grandes dames de Moscou! Après cela, à qui se fier?
Nous voulions nous emparer de lui, mais il nous échappa,
et s'enfuit comme un lièvre dans les buissons. Je tirai
sur lui mon coup de fusil.

Un des convives répondit à ces paroles par un éclat
de rire qui annonçait son incrédulité.

— Vous ne me croyez pas ? reprit Grouchnitzki. Je
vous donne ma parole d'honneur que c'est l'exacte vérité, et, pour vous le prouver, je puis vous dire le nom
de ce nocturne aventurier.

— Dites, dites ! s'écria-t-on de tout côté.

— C'est Petchorin.

A l'instant même, il leva les yeux. J'étais debout sur
le seuil de la porte, en face de lui. Sa figure devint
rouge comme l'écarlate. Je m'avançai vers lui et lui
dis d'un ton de voix calme et grave :

— Je regrette de ne pas être arrivé avant que vous
eussiez appliqué votre parole d'honneur à une igno-
minieuse calomnie. Ma présence aurait pu vous empêcher de commettre cette dernière bassesse.

Grouchnitzki se leva avec un mouvement de colère.

— Je vous prie, continuai-je du même ton, je vous
prie de rétracter à la minute même les paroles que vous
venez de prononcer ; vous savez qu'elles sont fausses.
Je ne pense pas que, pour être restée insensible à vos
brillantes qualités, une femme mérite une telle vengeance. Réfléchissez : en persistant dans votre impos-
ture, vous flétrissez votre nom et vous exposez votre
vie.

Il se tenait devant moi, les yeux baissés, dans une
violente agitation ; mais la lutte entre sa conscience et
son orgueil ne fut pas longue. Le capitaine, qui était à
ses côtés, lui donna un coup de coude. Il frissonna, et,
sans me regarder, répondit précipitamment :

— Monsieur, quand j'affirme un fait, je suis prêt à

le soutenir. Je ne crains pas vos menaces et suis prêt
à tout.

— Vous venez de le prouver tout à l'heure, lui répliquai-je froidement en prenant le capitaine par le bras
et en le conduisant à quelque distance.

— Que désirez-vous? me demanda le farouche
dragon.

— Vous êtes l'ami de Grouchnitzki, et probablement vous serez son témoin.

— Vous l'avez deviné, me répondit-il. Je dois d'ailleurs être son second, parce que je partage l'injure que
vous lui avez faite. C'est moi qui l'accompagnais la
nuit dernière, ajouta-t-il en redressant sa taille voûtée.

— Comment, c'est vous à qui j'ai appliqué un si
rude coup de poing sur la tête?

Sa figure changea de couleur, et ses regards expri-
mèrent une rage concentrée.

Je ne fis pas attention à ce signe de fureur.

— J'aurai, lui dis-je, l'honneur de vous envoyer
aujourd'hui mon témoin.

Et je le quittai en le saluant poliment.

Sur le seuil du restaurant, je trouvai le mari de Véra,
qui paraissait m'attendre.

Il me prit les mains avec une sorte d'enthousiasme.

— Noble jeune homme! s'écria-t-il avec des larmes dans les yeux. J'ai tout entendu. Quel misérable! Recevez donc après cela de telles gens dans votre
maison. Dieu soit loué! je n'ai point de filles. Mais elle
vous récompensera de votre dévouement, celle pour laquelle vous exposez votre vie. Soyez convaincu que je
garderai le silence jusqu'à ce que tout soit terminé. J'ai

été jeune aussi, j'ai porté l'épée, et je sais qu'on ne doit pas intervenir dans de telles affaires. Adieu !

Je me rendis aussitôt chez Werner; je lui racontai tout... mes relations avec Véra et avec la princesse, puis l'entretien que j'avais entendu, et par lequel j'avais appris le projet que le capitaine avait formé de me mystifier, en me faisant tirer un pistolet non chargé. Maintenant, il ne s'agit plus de plaisanter. Les railleurs ne s'attendaient sans doute pas à un tel dénoûment.

Le docteur consent à être mon témoin. Je lui donne quelques instructions sur les conditions du duel, et lui recommande surtout le mystère, car, si je suis parfaitement disposé à braver la mort, je ne veux cependant pas, sans qu'il en soit besoin, anéantir mes chances d'avenir en ce monde.

Je rentre ensuite chez moi. Une heure après, le docteur vient me rejoindre.

— Il y a, me dit-il, un complot organisé contre vous. J'ai trouvé, près de Grouchnitzki, le capitaine de dragons avec un autre officier dont je ne sais pas le nom. En m'arrêtant dans l'antichambre pour y déposer mes galoches, j'ai entendu une vive altercation. « Non, s'écriait Grouchnitzki, je ne puis y consentir; la situation n'est plus la même : il m'a publiquement offensé. — Ce n'est pas ton affaire, répliquait le capitaine, je prends tout sur moi. J'ai servi de témoin dans cinq duels, et je sais comment ces choses se traitent : j'ai tout combiné. Seulement, je t'en prie, laisse-moi ma liberté d'action. Il est bon de l'effrayer; et pourquoi se livrer aux périls si on peut les éviter ? » En ce moment je suis entré dans la chambre où les trois complices étaient réunis. A mon approche, ils se sont tus. Notre conférence a duré assez longtemps. Enfin voici ce qui a été convenu : à cinq werstes d'ici est un ra- vin profond; ils s'y rendront demain à quatre heures du matin. Vous et moi nous partirons une demi-heure plus tard. Le duel aura lieu à six pas de distance : c'est Grouchnitzki lui-même qui l'a demandé. Mainte- nant je suppose que vos adversaires ont modifié leur premier plan, et qu'ils se proposent de charger seule- ment le pistolet de Grouchnitzki. Cela ressemble fort à une idée d'assassinat. Mais, en temps de guerre, et sur- tout dans une guerre asiatique, la ruse peut être ad- mise. Grouchnitzki me paraît cependant plus honnête que ses compagnons. Quelle est votre intention? De- vons-nous leur faire voir que nous les avons devinés?

— Non, docteur, pour rien au monde. Soyez tran- quille; ils ne se joueront pas de moi.

— Que prétendez-vous faire?

— C'est mon secret.

— Songez-y! C'est grave... à six pas!

— Docteur, je vous attends demain à quatre heures; les chevaux seront prêts. Adieu.

Je passai le reste du jour enfermé dans ma cham- bre. Un domestique vint m'inviter à me rendre chez la princesse. Je fis répondre que j'étais malade...

Deux heures de la nuit! je n'ai pas dormi. Je devrais pourtant dormir, afin que ma main ne tremble point. Mais, à six pas, il est difficile de manquer son coup. Ah! monsieur Grouchnitzki, votre projet de mystification est avorté, nos rôles sont intervertis. C'est à moi à présent à voir la terreur se peindre sur votre pâle figure. Aussi pourquoi avez-vous fixé cette distance de six pas? Vous pensez que je vais galamment vous livrer ma vie! Non, nous tirerons au sort... Et si le hasard le favorise? si mon étoile m'abandonne? cela se pourrait; il y a si longtemps qu'elle seconde mes caprices!

Eh bien, quoi? mourir! Ma mort ne serait pas pour le monde une grande perte, et moi-même ne suis-je pas ennuyé de la vie? Oui, je suis comme un homme qui, fatigué d'un bal, n'attend que sa voiture pour aller dormir... Voici la voiture; adieu!

En rappelant dans ma pensée les divers incidents de ma carrière, je me demande pourquoi j'ai vécu, et dans quel but je suis né. Ce but existait pourtant, et il est probable même que j'étais appelé à une haute destinée, car je sens en moi une force inconcevable. Mais je n'ai point compris cette destinée; je me suis laissé éblouir par le prestige des vaines ou mauvaises passions. Je suis sorti de cette fournaise, dur et froid comme l'acier, et à tout jamais j'avais perdu l'ardeur des nobles efforts, la plus belle fleur de la vie. Depuis cette époque, que de fois j'ai été comme une hache entre les mains du sort! Que de fois j'ai servi à immoler d'innocentes victimes! souvent sans colère, toujours sans compassion. Mon amour n'a été un bonheur pour personne, parce que je ne sacrifiais rien à ceux que j'aimais. C'était pour moi que j'aimais, pour ma propre satisfaction. Je ne cherchais qu'à apaiser les perpétuelles exigences de mon cœur par l'expression de leurs sentiments, par leur tendresse, par leurs joies et leurs souffrances, et jamais je n'étais rassasié. Ainsi le malheureux, épuisé par la faim, s'endort dans sa faiblesse et voit en rêve

une table fastueusement servie. Il se repait dans son
sommeil de ce festin imaginaire, et se trouve soulagé.
Mais à son réveil la vision s'évanouit, et ses besoins sont
plus impérieux, et son désespoir s'accroît.

Demain donc peut-être je serai mort, et pas un être
sur la terre ne m'aura réellement compris. Les uns me
jugent plus mauvais, les autres meilleur que je ne suis.
Ceux-ci disent : C'est un bon garçon; ceux-là : C'est
un homme indigne. Et les uns et les autres se trompent
également. Mais, après tout, la vie vaut-elle la peine
qu'on se donne pour la garder? On vit par curiosité.
On attend sans cesse quelque chose de nouveau. C'est
ridicule et triste!

Me voici, depuis un mois et demi, au fort de N....
Maxime Maximitch est à la chasse. Moi, je suis seul, assis près de la fenêtre. Des nuages gris couvrent les
montagnes, et le soleil apparaît à travers les brouillards
comme une tache jaune. Un vent froid siffle dans ma
chambre et agite mes volets... Quel ennui!... J'essaye
de continuer mon journal, interrompu par de singuliers événements.

Je viens d'en relire la dernière page. Quelle plaisanterie! Je songeais à mourir; ce n'était pas possible : je
n'ai pas épuisé la coupe des souffrances, et à présent je
pense que je dois vivre encore longtemps.

Tout ce qui s'est passé se retrace nettement et vivement à mon esprit. Le temps n'en a pas effacé un trait
ni une nuance.

Je me rappelle que, pendant la nuit qui précéda mon
duel, je ne pus dormis une minute, et je ne pouvais
non plus écrire longtemps : une secrète inquiétude me

dominait. Après être rentré dans ma chambre, je m'assis; j'ouvris sur une table un roman de Walter Scott, les *Puritains d'Écosse*. Je le lus d'abord avec effort, puis, peu à peu, je me laissai entraîner par le charme de ce récit.

Le jour commençait à poindre. Mes nerfs étaient calmés. Je me regardai à la glace : une pâleur mate couvrait mon visage, qui gardait les traces d'une nuit d'insomnie. Mes yeux, quoique cernés, avaient encore une expression de fierté inflexible. Je fus assez content de moi.

Après avoir ordonné de seller les chevaux, je m'habillai et me rendis au bain. Là, me plongeant dans l'eau fraîche du Nazar, je sentis à la fois renaître mes forces morales et mes forces physiques. Je sortis de là frais et dispos comme si j'allais au bal.

A mon retour, je trouvai chez moi le docteur, vêtu d'un pantalon gris, d'une espèce de jaquette en soie et d'un bonnet de Circassien. Je me mis à rire à la vue de cet énorme bonnet couvrant cette petite figure. Le bon docteur n'a nullement l'air guerrier, et, avec cet accoutrement, son visage paraissait encore plus long que de coutume.

—Pourquoi donc, cher docteur, lui dis-je, cette triste physionomie? N'avez-vous pas cent fois conduit des gens dans l'autre monde avec une parfaite indifférence? Figurez-vous que je suis en proie à une fièvre bilieuse. Je puis y succomber, et je puis guérir : c'est dans l'ordre des choses d'ici-bas. Regardez-moi comme un patient atteint d'une maladie que vous ne connaissez pas encore, et qui doit à un haut degré exciter votre curiosité. Vous pouvez faire sur moi des observations physiologiques très-intéressantes... Eh bien, l'attente d'une mort violente n'est-elle pas une réelle maladie?

Cette idée frappa le docteur, qui se rassura. Nous montâmes à cheval, et nous partîmes. Werner se tenait cramponné de ses deux mains à la bride de sa monture.

Nous traversons rapidement le village et le fort ; nous entrons dans la vallée, où se déroule un chemin, couvert en partie de hautes herbes, coupé à tout instant par un ruisseau que nous devons franchir, au grand désespoir du docteur, dont le cheval s'obstine à vouloir rester dans l'eau.

Je ne me rappelle pas avoir vu une matinée plus fraîche et plus riante. Le soleil commençait à poindre derrière les vertes sommités des montagnes, et l'on éprouvait je ne sais quelle douce langueur à voir ses premiers rayons pénétrer dans les ombres flottantes, dans les fraîches vapeurs de la nuit. La clarté du jour naissant n'était pas encore répandue dans le vallon, elle dorait seulement les cimes des rocs qui s'élevaient autour de moi. Les longues branches des buissons enracinés dans les anfractuosités de ces rocs se balançaient au souffle du vent et répandaient sur nous une pluie d'argent. Je me rappelle que cette fois, peut-être plus que jamais, je sentis combien j'aimais la nature. Avec quel plaisir j'observais la goutte de rosée suspendue aux rameaux de vigne et reflétant dans son globule des millions de rayons! avec quelle ardeur mes regards scrutaient la vallée vaporeuse! Là, le sentier se rétrécit; les rochers, plus hauts et plus sombres, se resserrent peu

à peu, jusqu'à ce qu'enfin ils forment une barrière im-
pénétrable. Nous marchions en silence.

— Avez-vous fait votre testament? me demanda
tout à coup Werner.

— Non.

— Et si vous êtes tué?

— Mes héritiers sauront bien se montrer.

— N'avez-vous donc pas des amis à qui vous voudriez adresser un dernier adieu?

Je secouai la tête.

— N'y a-t-il pas au moins dans le monde une femme
à qui vous désireriez laisser un souvenir?

— Voulez-vous, docteur, répondis-je, que je vous
ouvre le fond de mon âme? Voyez-vous, j'ai passé l'âge
où en mourant on invoque le nom de sa bien-aimée, et
où on lègue à un ami une mèche de cheveux pommadés
ou non pommadés. Dans la perspective d'une mort très-
possible et prochaine, je ne pense qu'à moi. Combien
d'autres font de même! Et à qui donc pourrais-je penser? A des amis qui m'oublieront demain, ou, ce qui est
pire encore, m'imputeront Dieu sait quelles sottises; à
des femmes qui, en tendant leur main à un autre homme,
se railleront de moi pour écarter de lui tout soupçon
de jalousie. Non, du tourbillon de la vie j'emporte
quelques idées, et pas un sentiment. Il y a longtemps
que je ne vis plus par le cœur, mais par la tête. J'examine, j'analyse tous mes mouvements, toutes mes actions, avec une rigide curiosité, sans y attacher le moindre intérêt. Il existe en moi deux hommes, l'un qui
vit pleinement dans toute l'extension de ce mot; l'autre qui l'observe et le juge. Le premier va peut-être

vous dire adieu à vous et à ce monde à tout jamais...
le second..... le second.... — Regardez docteur, ne
voyez-vous pas là-bas, dans l'ombre, près du rocher,
trois figures? Ce sont sans doute nos adversaires.

— Il y a longtemps que nous vous attendions, me
dit le capitaine avec un sourire ironique.

Je tirai ma montre et la lui fis voir.

Il s'excusa en disant que la sienne avançait.

Quelques minutes s'écoulèrent dans un silence pénible. Enfin, le docteur, se tournant vers Grouchnitzki,
lui dit :

— Il me semble qu'après avoir montré l'un et l'autre que vous êtes prêts à vous battre et à satisfaire au
point d'honneur, vous pourriez, messieurs, avoir une
explication et terminer cette affaire à l'amiable.

— Je ne m'y oppose pas, répondis-je.

A ces mots, le capitaine fit un signe à Grouchnitzki,
Celui-ci, croyant que j'avais peur, prit un air hautain,
quoique au même instant une pâleur extraordinaire se
répandit sur son visage. Depuis le moment où je l'avais
rejoint, il levait pour la première fois les yeux sur moi,
mais son regard inquiet trahissait le trouble et l'agitation de son esprit.

— Que voulez-vous dire? murmura-t-il. Je ferai
pour vous tout ce que je pourrai ; soyez-en sûr.

— Voici, répliquai-je, ce que je veux dire : aujourd'hui, vous rétracterez publiquement les calomnies
que vous avez proférées, et vous me demanderez
pardon.

— Monsieur, je suis surpris que vous osiez m'adresser une telle proposition.

— Et quelle autre, s'il vous plaît, pourrais-je vous adresser?

— Alors, nous nous battrons.

Je haussai les épaules.

— Faites attention, ajoutai-je, qu'un de nous deux doit irrévocablement rester sur le terrain.

— Je désire que ce soit vous.

— Et moi, je crois le contraire!

Il se troubla de nouveau, rougit, puis affecta de rire.

Le capitaine le prit par le bras, le conduisit à l'écart, et chuchota longtemps avec lui.

J'étais arrivé à ce rendez-vous dans des dispositions assez pacifiques; mais tout ce manége commençait à m'irriter.

— Ecoutez, me dit le docteur en s'approchant de moi avec une visible inquiétude. Vous avez sans doute oublié le complot tramé par vos adversaires. Je ne sais pas charger un pistolet. Mais dans cette circonstance... Quel homme singulier vous êtes... Dites-leur donc que vous connaissez leurs intentions, ils n'oseront... Sinon, ils vont vous tuer comme un moineau.

— Soyez calme, cher docteur, répondis-je, et attendez... Je me conduirai de telle sorte qu'ils ne réussiront pas dans leurs combinaisons. Ne vous occupez pas de leurs chuchotements.

— Monsieur, criai-je à haute voix, ceci devient impatientant... Il s'agit de se battre, et vous avez eu hier assez de temps pour vous concerter ensemble.

— Nous sommes prêts, répliqua le capitaine. Messieurs, placez-vous. Docteur, voulez-vous bien mesurer six pas?

— Placez-vous! cria Ivan d'une voix glapissante.

— Permettez, monsieur, repris-je, encore une condition : comme ce duel est un duel à mort, nous devons prendre toutes les précautions possibles pour qu'il s'accomplisse très-secrètement et pour ne point compromettre nos témoins. N'êtes-vous pas de cet avis?

— Parfaitement.

— Voici donc ce que j'ai pensé. Voyez-vous à la cime de ce rocher taillé à pic une étroite plate-forme? Elle s'élève en ligne perpendiculaire à quelques centaines de pieds de hauteur, et dans le bas est un lit de pierres aiguës. Nous nous poserons au bord de ce roc, de façon que, pour l'un ou l'autre de nous, la moindre blessure sera un accident mortel. Je pense que cette proposition s'accorde pleinement avec vos idées, puisque c'est vous qui avez réglé le combat à six pas de distance. Celui de nous qui sera atteint par le coup de feu de son adversaire tombera nécessairement dans ce précipice et sera déchiré, lacéré. Le docteur lui enlèvera la balle qui l'aura frappé, et sa mort pourra très-aisément être attribuée à une chute fatale. Maintenant nous allons tirer au sort à qui fera feu le premier. Sinon, je vous déclare que je ne me bats pas.

—Soit! s'écria le capitaine en regardant d'un air sournois Grouchnitzki, qui faisait de la tête un signe d'assentiment. La figure du pauvre Grouchnitzki changeait à tout instant. Je n'aurais pas voulu être dans une situation comme la sienne. En se battant dans les conditions ordinaires, il pouvait me viser à la jambe, me blesser légèrement, et satisfaire ainsi son animosité sans imposer un trop lourd fardeau à sa conscience. Mais, d'après les dispositions que je venais de prendre, il fallait ou qu'il tirât en l'air, ou qu'il se rendît coupable d'un assassinat, ou qu'enfin, renonçant à son complot avec le capitaine, il s'exposât au même danger que moi. Non, en ce moment, je n'aurais pas voulu être à sa place. Il prit le capitaine à part et lui adressa avec véhémence quelques paroles. Je vis que ses lèvres tremblaient; mais le capitaine se détourna de lui avec un sourire de dédain.

— Tu es fou, lui dit-il, tu ne comprends rien!

Puis il ajouta :

— Allons, messieurs, en place!

Nous montons vers la place que j'avais indiquée par un sentier escarpé, à travers des fragments de rochers. Grouchnitzki marche le premier, derrière lui viennent ses témoins, puis le docteur, puis moi.

— Je vous admire, me dit le docteur en me serrant la main. Voyons que je tâte votre pouls... Un peu agité... mais la figure est calme. Seulement vos yeux brillent d'un éclat inaccoutumé.

Tout à coup des pierres roulent à nos pieds. Qu'arrive-t-il donc? Grouchnitzki a trébuché; une branche d'arbuste à laquelle il voulait se retenir a fléchi. Sans ses auxiliaires il serait tombé.

— Prenez garde ! lui dis-je. Ne tombez pas trop tôt; c'est un mauvais présage. Pensez à Jules César.

Nous voilà en haut du roc. La plate-forme est couverte d'un sable humide. On dirait un lieu disposé par la nature tout exprès pour un duel. Autour de nous s'élèvent les sommités des montagnes dans les nuages d'or du matin. Au sud, les masses blanches de l'Elborous ferment la chaîne de glaciers entre lesquels flottent des nuages qui viennent de l'orient. Je m'avance au bord du plateau; mes yeux plongent dans l'abîme. A le voir, on peut être pris par le vertige; il est sombre et froid comme le sépulcre. Les pierres aiguës amassées là par le temps et par les éboulements semblent attendre leur proie.

Le plateau sur lequel nous devons nous battre forme un triangle à peu près régulier. A la pointe extérieure, nous mesurons six pas, et il est convenu que celui qui devra d'abord essuyer le feu de son adversaire se placera à l'extrémité du terrain, le dos tourné du côté du précipice. S'il n'est pas tué, il changera de place avec son antagoniste.

Je voulais accorder tous ces avantages à Grouchnitzki pour l'éprouver. Dans son âme, il pouvait y avoir encore une étincelle de générosité, et, en ce cas, tout pouvait se terminer heureusement. Mais son orgueil et sa faiblesse de caractère devaient l'emporter en lui sur un bon sentiment... Je voulais aussi acquérir le droit de ne pas le ménager si le hasard me favorisait. A qui n'est-il pas arrivé de transiger ainsi avec sa conscience?

— Voyons la décision du sort, dit le capitaine.

Le docteur tira de sa poche une pièce d'argent, et la jeta en l'air.

— Pile! s'écria précipitamment Grouchnitzki, comme un homme qui est réveillé tout à coup par une violente secousse.

— Face! criai-je.

Le rouble tournoya et tomba sur le sol. Nous courûmes le regarder.

— C'est vous, dis-je à Grouchnitzki, que le sort pro-
tége. C'est à vous à tirer le premier. Mais songez que, si
vous me manquez, moi, je ne vous manquerai pas; je
vous en donne ma parole.

Il rougit. Sans doute il souffrait de tirer sur un
homme désarmé. Je le regardai fixement. Un instant il
me sembla qu'il allait tomber à mes pieds et implorer
son pardon. Mais comment avouer la lâche résolution
qu'il avait prise? Il ne lui restait qu'un moyen d'en finir :
c'était de tirer en l'air... Je crus réellement qu'il pren-
drait ce parti. Une seule raison pouvait l'en empêcher : la
pensée que je demanderais à recommencer le combat.

— Il est temps, me murmura le docteur en me tirant par le bras. Si vous ne leur dites pas que vous connaissez leur projet, tout est perdu. Regardez, le voilà
qui arme son pistolet. Si vous ne voulez pas parler, moi
je vais...

— Silence! lui répliquai-je en l'arrêtant; vous gâte-
riez tout, et vous m'avez donné votre parole de ne point
entraver mon affaire. Que vous importe? J'ai peut-être
envie de me laisser tuer.

Il me regarda avec surprise.

— En ce cas, dit-il, c'est différent. Seulement, vous
n'aurez point de reproches à me faire.

Cependant le capitaine venait de préparer les pistolets; il m'en donnait un et remettait l'autre à Grouchnitzki en souriant.

Je me plaçai au bord du rocher, appuyant fortement
le pied gauche sur le sol, et posant le pied droit en
avant pour ne pas tomber, dans le cas où je ne serais
que légèrement blessé.

Grouchnitzki se met en face de moi, et, au signal convenu, lève son pistolet. Ses genoux tremblaient; mais je remarquai qu'il me visait à la tête. Une fureur indicible bouillonna dans mon sein.

Tout à coup il abaisse son arme. Il était blanc comme la neige. Il se retourne vers son témoin et lui dit d'une voix sourde :

— Non, cela n'est pas possible!

— Poltron! répliqua le capitaine.

Le coup part. La balle m'effleure le genou. Je fais quelques pas en avant pour m'écarter au plus vite de l'abîme.

—Allons, mon ami, dit le capitaine, c'est dommage que tu aies manqué ton coup. A présent c'est à ton tour à te mettre là. Embrassons-nous. Peut-être ne nous reverrons-nous plus.

Ils s'embrassèrent. Le capitaine pouvait à peine s'empêcher de rire.

— Eh bien, ajouta-t-il avec un regard astucieux, résigne-toi à ton sort et n'aie pas peur. Tout n'est que mensonge en ce monde; la nature est une folle; le destin un oison; la vie un kopeck [1].

Après cette sentence philosophique prononcée d'un ton grave, il se remit à sa place. Ivan embrassa également, et avec les larmes aux yeux, Grouchnitzki, qui se posa en face de moi.

J'en suis encore à m'expliquer les sentiments qui se confondaient alors dans mon esprit. C'était à la fois

---

[1] Expression proverbiale très-usitée en Russie : *Natoura daura, Coudba-Indienka, a jisn-kopieka.*

le sentiment de l'orgueil offensé et le mépris et la colère que soulevait en moi la vue de cet homme, qui
osait me regarder avec une placide impudence, deux
minutes après avoir voulu me tuer comme un chien,
sans s'exposer lui-même au moindre péril, car, si sa
balle m'avait frappé plus fortement au genou, il est
certain que je roulais dans le précipice.

Je l'observai quelques instants fixement en silence,
cherchant sur son visage l'indice d'un repentir, et il
me parut qu'il réprimait un sourire.

— Je vous conseille, lui dis-je, de faire votre prière,
avant de mourir.

— Ne vous occupez pas plus de mon âme, répliqua-t-il, que je ne m'occupe de la vôtre. Je ne vous
demande qu'une chose, c'est de vouloir bien tirer au
plus vite.

— Et vous ne rétractez pas vos calomnies, et vous
n'implorez pas votre pardon?... Pensez-y! Votre conscience ne vous reproche-t-elle rien?

— Monsieur Petchorin, s'écria le capitaine, permettez-moi de vous faire observer que vous n'êtes pas
ici pour nous adresser un sermon. Finissez-en. Quelqu'un peut passer dans le ravin et nous voir.

— Très-bien. Docteur, approchez, je vous prie.

Le docteur s'avance. Pauvre homme! il était plus
pâle que ne l'était Grouchnitzki dix minutes auparavant.

Je pris un ton de voix grave, sonore, imposant comme
celui d'un homme qui va prononcer une sentence mortelle, et je lui dis :

— Ces messieurs auront sans doute, dans leur pre-

cipitation, oublié de mettre une balle dans mon pistolet.
Ayez la bonté de le charger, et comme il faut.

— Cela ne se peut, s'écria le capitaine, cela ne se
peut! J'ai moi-même chargé les deux pistolets. Peut-
être que la balle que j'avais mise dans le vôtre sera
tombée! Ce n'est pas ma faute, et vous n'avez pas le
droit de le charger de nouveau. C'est contre les règles
du duel. Je ne le souffrirai pas.

— Bien! répliquai-je. S'il en est ainsi, je me battrai
avec vous dans les mêmes conditions.

Il resta conius.

Grouchnitzki se tenait devant moi, le visage morne,
la tête baissée.

— Laissez-les faire, dit-il enfin au capitaine, qui voulait retirer le pistolet des mains du docteur... Vous
savez vous-même qu'ils ont raison.

En vain le capitaine lui fit différents signes, Grouchnitzki ne voulait pas les remarquer.

Pendant ce temps le docteur avait chargé mon pistolet, et il me le remit.

— Sot que tu es! dit le capitaine en frappant du
pied; triple sot! puisque tu t'étais fié à moi, tu devais
m'obéir en tout... A présent c'est ton affaire, si tu te
laisses abattre comme une mouche.

A ces mots, il se détourna en murmurant encore :

— C'est contre les règles du duel.

— Grouchnitzki, dis-je, il en est temps encore. Ré-
tracte tes impostures, et je te pardonne. Tu n'as pas
réussi à te jouer de moi; mon amour-propre est satisfait. Pense que nous avons été amis.

Sa figure tressaillit. Ses yeux étincelèrent.

— Tirez, répondit-il. Je me méprise moi-même, et je vous abhorre. Si vous ne me tuez pas, j'irai vous égorger la nuit. Il n'y a pas assez de place pour vous et moi dans le monde.

Je tirai.

Quand la fumée de mon pistolet fut dissipée, Grouchnitzki n'était plus sur la plate-forme. Au bord du précipice flottait une légère colonne de poussière.

Nous jetâmes tous un cri.

— *Finita la comedia*, dis-je au docteur.

Il se détourna avec une impression de terreur sans répondre un mot. Je secouai les épaules, et pris congé des témoins de mon adversaire.

En descendant l'étroit sentier, je vis au milieu des rocs le cadavre sanglant de Grouchnitzki. Involontairement, je fermai les yeux.

Au bas du coteau, je repris mon cheval et m'acheminai vers ma demeure. J'avais comme une pierre sur le cœur. Le soleil me semblait sombre, et ses rayons ne m'échauffaient pas.

Pour ne point passer par le village, je m'enfonçai dans le ravin. Je ne pouvais voir une créature humaine. Il fallait que je fusse seul. Je m'en allai au hasard, la tête baissée, abandonnant les rênes de mon cheval, et j'errai ainsi longtemps jusqu'à ce qu'enfin je m'aperçusse que j'étais dans un lieu inconnu, et que je devais revenir en arrière. Le soleil était couché quand je rentrai à Kislovodsk, épuisé de fatigue.

Mon domestique me dit que Werner était venu pour me voir, et avait laissé deux lettres pour moi.

L'une est de lui, l'autre de Véra.

J'ouvre la première, et je lis :

« Tout est disposé pour le mieux. On a enlevé le corps, qui est très-défiguré, et j'en ai retiré la balle. On croit que ce malheur est le résultat d'un accident. Le commandant seul, qui, à ce qu'il paraît, a entendu parler de votre querelle, a secoué la tête, mais il n'a rien dit. Point de preuves contre vous. Dormez... si vous pouvez dormir... Adieu. »

Longtemps j'hésite à ouvrir l'autre lettre. Que peut-elle me dire? Un douloureux pressentiment s'élève dans mon esprit.

La voici cette lettre, dont chaque mot est resté gravé en traits ineffaçables dans ma mémoire :

« Je t'écris avec la ferme conviction que nous ne nous reverrons plus. Quand nous nous quittâmes, il y a quelques années, j'avais déjà la même pensée. Mais il a plu au ciel de me soumettre à une seconde épreuve, et je n'ai point résisté à cette épreuve nouvelle. Mon faible cœur a cédé à la voix qu'il reconnaissait... Oh! dis-moi que tu ne me mépriseras pas... Cette lettre est à la fois un adieu et une confession. Je dois te dire tout ce qui s'est passé en moi depuis le jour où je t'ai aimé.

« Je ne veux pas t'accuser. Non. Tu as agi envers moi comme tout autre homme aurait peut-être agi en pareil cas. Tu m'aimais comme une propriété à toi, comme un élément qui te donnait alternativement les joies et les inquiétudes sans lesquelles la vie serait si monotone. Dès le commencement, je t'ai bien compris... Mais tu étais heureux, et je me sacrifiais à toi, espérant qu'une heure viendrait peut-être où tu sau-

rais reconnaître ce sacrifice, apprécier cette tendresse
et ce dévouement si absolus.

« Des années se sont écoulées depuis cette époque;
et, pourtant dans les plus secrets replis de ton cœur, je
vis que je m'étais trompée dans mes espérances... Ah!
ce fut une cruelle découverte; mais mon amour était
entré dans la substance même de mon âme : il pouvait
s'assombrir, il ne pouvait s'éteindre.

« A présent, nous nous quittons pour toujours. Sois
convaincu pourtant que je n'en aimerai jamais un autre. Mon âme a épuisé en toi tous ses trésors, toutes
ses espérances et toutes ses larmes. La femme qui t'a
aimé ne peut plus regarder qu'avec dédain les autres
hommes; non que tu sois meilleur, non; mais il y a
en toi une nature si distincte, si fière, si mystérieuse!
Il y a dans ta voix, quelles que soient les paroles que
tu prononces, un pouvoir invincible. Nul autre n'applique comme toi sa volonté à être aimé constamment;
nul autre ne donne au mal tant d'attraits; pas un regard ne promet autant de bonheur que le tien; pas un
être ne sait user comme toi de ses qualités et ne peut
être si malheureux, parce qu'il n'en est pas un qui
prenne autant de peines pour se persuader le contraire.

« Il faut maintenant que je te dise la cause de mon
départ. Tu y attacheras sans doute peu d'importance,
car il ne s'agit que de moi.

« Ce matin, mon mari est entré dans ma chambre
et m'a raconté ta querelle avec Grouchnitzki. Probablement, à ce récit, ma figure a pris une singulière expression, car il a fixé sur moi un long regard. J'ai

failli m'évanouir en pensant que tu allais te battre, et
que moi j'étais la cause de ce duel, et il m'a semblé
que cette idée me rendrait folle... A présent, quand j'y
réfléchis, j'ai la conviction que ta vie échappera à ce
péril, car tu ne peux mourir sans moi; non, cela n'est
pas possible.

« Longtemps mon époux s'est promené dans mon
appartement. Je ne sais ce qu'il me disait; je ne me
rappelle pas ce que je lui ai répondu... Vraisemblablement je lui ai avoué mon amour pour toi; car je
me souviens qu'à la fin de notre entretien il m'a adressé
les reproches les plus injurieux, puis il est sorti, et j'ai
entendu qu'il donnait l'ordre d'atteler la voiture...
Voilà trois heures que je suis assise à la fenêtre, attendant ton retour... Mais tu vis et tu ne peux mourir...
La voiture est prête... Adieu!... adieu!... je suis perdue... Qu'importe! Si seulement je pouvais croire que
tu te souviendras de moi... Je ne demande pas que tu
m'aimes, mais que tu penses à moi. Adieu! on vient...
il faut que je cache cette lettre.

« N'est-ce pas que tu n'aimes pas Marie et que tu
ne l'épouseras point? Écoute, il faut que tu me fasses
un sacrifice : ne t'ai-je pas tout sacrifié en ce monde? »

Je m'élançai comme un fou dans le vestibule. Je
sautai sur mon cheval de Circassie, que mon domestique promenait encore dans la cour, et me précipitai,
bride abattue, sur la route de Piatigorsk. Sans pitié je
pressais les flancs de mon pauvre cheval fatigué, qui,
haletant et couvert d'écume, m'emportait sur le chemin rocailleux. Le soleil se cachait derrière des nuages
noirs amassés sur les cimes des montagnes de l'ouest.

La vallée était sombre et humide. Le Podkomnok, en tombant sur les rocs, résonnait sourdement. Je galopais sans pouvoir apaiser mon impatience mortelle. La crainte de ne pas la retrouver à Piatigorsk était pour moi comme un coup de marteau sur le cœur... Oh! la revoir, une minute, une seule; lui dire adieu, lui serrer la main! Et, à cette pensée, je jure, je blasphème, je sanglote, et rien... non, rien ne peut rendre mon désespoir. — Dans la perspective de cette séparation éternelle, Véra est pour moi plus chère que tout au monde, plus chère que la vie, l'honneur, la félicité. Dieu sait quelles étranges et furieuses idées se pressent dans mon cerveau!

Cependant je continue à presser la marche de mon cheval... et je m'aperçois qu'il respire difficilement... puis, pour la première fois, le voilà qui trébuche sur un terrain uni... Je suis à cinq werstes d'Ecentookof. Il y a là un poste de Cosaques. Je puis y trouver une autre monture.

Encore un trajet de dix minutes, et je suis sauvé. Mais, au bas de la montagne, en faisant un effort pour sortir d'une crevasse, mon cheval s'affaisse et tombe. Je m'élance à terre; je veux le relever; je le tire par la bride. Peine inutile : un faible gémissement s'échappe à peine de ses dents serrées. Quelques minutes après, il exhalait son dernier souffle.

Je suis seul dans la steppe, privé de mon dernier espoir. J'essaye de poursuivre mon chemin à pied, mais mes jambes vacillent. Épuisé par les agitations de la journée, par la fatigue d'une nuit sans sommeil, je me jette sur l'herbe humide, et pleure comme un enfant.

Je restai là longtemps immobile, sanglotant et n'essayant point de retenir mes larmes ni mes sanglots. Il me semblait que ma poitrine allait se briser. En un instant j'avais perdu mon calme habituel et ma fermeté. Mon âme était sans force, ma raison paralysée, et quiconque m'eût vu en ce moment aurait détourné les yeux avec un profond dédain.

Quand la rosée de la nuit et l'air des montagnes eurent rafraîchi ma tête brûlante, quand j'en vins à coordonner mes idées, je me dis que c'est une folie, et une inutile folie, de vouloir poursuivre le bonheur qui nous échappe. — Que désirais-je? — La revoir! — Pourquoi? Tout n'est-il pas fini entre nous? Un douloureux baiser d'adieu n'enrichirait point mes souvenirs, et nous rendrait notre séparation encore plus difficile.

C'est cependant une satisfaction pour moi de voir que je puis encorer pleurer. Mais, peut-être, ces larmes ne sont-elles que la conséquence de l'ébranlement de mes nerfs, d'une nuit sans sommeil, de deux minutes passées sous le canon d'un pistolet, et d'un estomac à jeun.

Soit! La nouvelle commotion que je viens d'éprouver a été pour moi une heureuse diversion. Il est bon de pleurer, et probablement si je n'étais pas monté à cheval et si je n'avais pas dû faire, pour revenir chez moi, quelques werstes à pied, je n'aurais pas encore pu reposer cette nuit.

Quand je rentrai à Kislovodsk, il était cinq heures du matin; je me jetai sur mon lit et dormis d'un sommeil profond.

Je ne m'éveillai que le soir. Je m'assis à ma fenêtre, enveloppé dans ma redingote, respirant l'air des montagnes qui rafraîchissait ma tête alourdie par le sommeil et la fatigue. De l'autre côté du fleuve, à travers les rameaux de tilleuls, brillaient les feux du fort et du village. Dans la cour de ma maison, tout était silencieux; dans la demeure de la princesse, pas une lumière.

Le docteur entre, le front sombre. Contre son habitude, il ne me tend pas la main.

— D'où venez-vous? docteur.

— Je viens de voir la princesse Ligovska. Sa fille est malade... une petite crise de nerfs. Mais voici ce qui m'amène près de vous. L'autorité a des soupçons, et, quoiqu'elle ne possède point encore de preuves positives contre vous, je vous conseille d'agir avec prudence. La princesse sait que vous vous êtes battu pour sa fille. Elle me l'a dit aujourd'hui. C'est le petit vieillard qui lui a révélé ce secret. Il a été témoin de votre querelle avec Grouchnitzki chez un restaurateur, et je viens vous en prévenir. Adieu. Peut-être nous ne nous reverrons plus. On vous enverra je ne sais où !

Il s'arrêta sur le seuil de ma porte. Il avait envie de me donner la main. Si j'avais cédé quelque peu à son intention, il se serait jeté à mon cou. Mais je restai froid, impassible, et il sortit.

Voilà les hommes, les voilà comme ils sont tous! Ils devinent très-promptement le mauvais côté d'une affaire, ils s'y associent, ils vous conseillent, ils vous encouragent, ne pouvant agir autrement. Puis ils se lavent les mains dans leur innocence, et s'éloignent de celui qui a eu la hardiesse d'assumer sur lui toutes les responsabilités. Voilà comme ils sont, même les meilleurs et les plus intelligents !

Le lendemain matin, je reçus du commandant l'ordre de me rendre au fort de N..., et je me présentai chez la princesse pour prendre congé d'elle.

Elle me demande si je n'ai point quelque communication importante à lui faire, et paraît surprise quand je lui réponds par quelques phrases de simple politesse.

— Eh bien, moi, répond-elle, j'ai à vous parler sérieusement.

Je m'assois en silence.

Il me paraît évident qu'elle ne sait de quelle façon commencer. Sa figure est très-animée. Ses doigts frappent au hasard sur la table. Enfin, elle me dit d'une voix émue :

— Écoutez, monsieur Petchorin, je crois que vous êtes un homme d'honneur.

Je m'incline.

— Je le crois, répète-t-elle; j'en suis persuadée, quoique votre conduite soit assez singulière. Mais vous pouvez avoir été dirigé par des motifs que j'ignore et que je vous prie maintenant de me confier. Vous avez défendu ma fille contre des calomnies. Vous vous êtes battu pour elle, vous avez pour elle exposé votre vie... Ne répondez pas. Je sais que vous ne l'avouerez point, parce que Grouchnitzki a été tué. (En disant ces mots, elle fit le signe de la croix.) Que Dieu lui pardonne et à vous aussi ! Je ne puis vous accuser, parce que ma fille, si innocente qu'elle fût, a été la

cause de cette rencontre. Elle m'a tout raconté, oui,
tout, je crois. Vous lui avez témoigné votre amour : elle
vous a avoué le sien. (Ici la princesse soupira.) Mais
elle est malade, et j'ai peur que ce ne soit d'une maladie grave. Une douleur secrète la mine. Elle ne veut
pas en convenir; cependant je suis convaincue que vous
en êtes la cause... Écoutez. Vous pensez peut-être que
je cherche les titres, la fortune; vous êtes dans l'erreur.
Je désire seulement que Marie soit heureuse. Votre
situation actuelle n'est pas brillante, mais elle peut
devenir meilleure, car vous avez les moyens de vous
créer un autre avenir. Ma fille vous aime. Elle a été
élevée de façon à faire le bonheur de son époux. Je
suis riche, et je n'ai pas d'autre enfant. — Dites donc
ce qui vous arrête... Je n'aurais peut-être pas dû vous
parler si ouvertement, mais je me fie à votre cœur et à
votre honneur... Pensez que c'est ma fille... mon unique enfant.

A ces mots, elle sanglotait.

— Princesse, il m'est impossible de vous répondre.
Voulez-vous me permettre d'avoir un entretien particulier avec mademoiselle Marie?

— Jamais! s'écria-t-elle en se levant dans une vive
agitation.

— Comme il vous plaira.

Et je m'avançai vers la porte.

Elle réfléchit, me fit signe d'attendre et sortit.

Quelques minutes s'écoulèrent. Mon cœur battait
fortement; mais mes pensées étaient calmes et ma tête
froide. En vain je cherchais en moi une étincelle d'a-
mour pour la belle Marie : elle n'existait pas.

La porte s'ouvre, et Marie apparaît.

Dieu! comme elle est changée depuis le jour où je l'ai vue!... et il y a si peu de temps!

Elle s'avance d'un pas chancelant au milieu de la chambre. Je cours à sa rencontre, je lui prends la main, je la conduis à un fauteuil et me tiens debout devant elle.

Nous restons là quelques instants en silence. Il me semble que ses grands yeux, empreints d'une profonde expression de tristesse, cherchent sur mon visage une lueur d'espoir. Ses lèvres pâles essayent en vain de sourire. Ses petites mains croisées sur les genoux sont si blanches et si transparentes, qu'elles me font mal à voir.

—Princesse, lui dis-je, vous savez que je me suis joué de vous... et vous devez me mépriser.

Une teinte de pourpre maladive se répand sur ses joues.

— Donc, repris-je, vous ne pouvez m'aimer.

Elle se détourne, appuie ses bras sur la table, cache son visage dans ses mains, et des larmes brillent entre ses doigts.

— Mon Dieu! murmure-t-elle d'une voix à peine intelligible.

Cette scène devenait grave. Encore une minute... et j'allais tomber à ses genoux.

Je me recueille, et, d'une voix aussi faible que possible, et avec un sourire forcé, je continue :

— Vous voyez vous-même que je ne puis vous épouser, et, si vous en aviez encore le désir, bientôt vous vous en repentiriez. L'entretien que j'ai eu avec votre

mère m'oblige à trancher la question aussi rudement.
J'espère qu'il vous sera facile de dissiper l'erreur de
votre mère. Je joue à vos yeux un vilain, un misérable
rôle, et, il faut vous l'avouer, je ne puis près de vous
en avoir un autre. Quelle que soit votre opinion à mon
égard, je m'y soumets. Regardez, je me courbe devant
vous. N'est-il pas vrai que si réellement vous m'avez
aimé, à présent vous me méprisez?

Elle se leva, blanche comme le marbre ; mais ses
yeux avaient un éclat terrible.

— Je vous hais! dit-elle.

Je la remerciai, m'inclinai respectueusement et
sortis.

Une heure après, une troïka m'emmenait hors de
Kislovodsk. A quelques werstes d'Ecentookof, je vis
près du chemin le cadavre de mon cheval. Sa selle
avait été enlevée, probablement par des Cosaques, et
à la place de sa selle étaient posés deux corbeaux. Je
tressaillis et détournai les yeux.

Maintenant, dans cette triste, ennuyeuse retraite,
souvent mon esprit se reporte vers le passé, et je me
demande pourquoi je n'ai point voulu entrer dans la
voie que le destin m'ouvrait, et où j'aurais trouvé de
douces joies et le repos de l'âme. Mais non, je n'étais
point fait pour une telle existence. Je suis comme le
matelot qui est né et qui a grandi sur un bâtiment
de corsaire. Habitué au péril des combats, à la lutte
contre les tempêtes, quand il est à terre il souffre et
languit près des arbres en fleurs, sous les rayons d'un
ciel serein. Tout le jour il erre sur les sables du rivage,
l'oreille charmée par le monotone clapotement des va-

gues, l'œil fixé sur le lointain espace. Il regarde s'il ne verra pas poindre à l'horizon vaporeux, sur l'abîme des vagues, la voile désirée, qui d'abord apparaît comme l'aile d'une mouette, qui, peu à peu, s'élève au-dessus des flots, puis, dans son rapide essor, s'approche de la plage solitaire.

LE MANTEAU

PAR

NICOLAS GOGOL

NICOLAS GOGOL

———

M. L. Viardot a fait connaître en France, par une excel-
lente traduction, quelques-unes des meilleures nouvelles de
Gogol. M. P. Mérimée a traduit, du même écrivain, le *Revisor*
(l'*Inspecteur général*), cette vive et mordante comédie, cette
mémorable satire des ridicules et des vices de l'administration
provinciale de Russie, qui émut tout le théâtre de Pétersbourg, et dont l'empereur Nicolas lui-même encouragea, par
ses applaudissements, les représentations. Nous devons encore au docte académicien, au spirituel auteur de *Colomba*,
une très-fine et très-juste appréciation des œuvres de Gogol,
de cette nature caustique et souvent mélancolique qui parfois
rappelle, dans ses peintures, les images de Téniers, les détails d'analyse minutieuse de Balzac, les rêves fantastiques
de Hoffmann; qui parfois, comme Dickens, laisse entrevoir
sous son *humour* capricieuse une amère tristesse, mais qui
avant tout est russe, essentiellement russe.

Après la préface que M. Viardot a mise en tête de son recueil de nouvelles, après l'intéressante notice littéraire de M. Mérimée, il ne nous restait qu'à recueillir quelques détails biographiques sur la vie de Gogol. Nous les joignons comme une introduction à ce conte du *Manteau*, qui n'avait pas encore été traduit dans notre langue, et qui, selon nous, est une des productions caractéristiques de cet esprit original.

Nicolas Wassiliewitch Gogol naquit, en 1808, dans un village du gouvernement de Poultava, dans cette région méridionale de l'empire russe désignée sous le nom de Petite-Russie, qui, après avoir longtemps lutté contre les Tartares, les Mongols, les Turcs et les Polonais, finit par s'adjoindre à la puissante monarchie des tzars.

Le père de Nicolas était un pauvre petit propriétaire vivant assez péniblement du modique produit de son étroit domaine. Mais il avait le goût des lettres, surtout un penchant très-vif pour l'art dramatique et le talent de la déclamation. Dès son enfance, Gogol entendit réciter des vers, s'essaya lui-même a en réciter, et dans sa naissante imagination rêva peut-être l'éclat d'un grand rôle sur un vaste théâtre. Combien d'hommes dont la vocation a été déterminée par ces premières impressions et ces premiers élans du jeune âge!

Il entra, pour faire ses études, au gymnase du prince Bibedsko, un de ces établissements comme il en a été fondé plusieurs en Russie par la munificence de quelques grands seigneurs, pour l'éducation des gentilshommes pauvres. Gogol se fit remarquer, dans cette institution, par les idées littéraires dont il avait pris le germe dans la maison paternelle. Comme Gœthe avec ses sœurs, comme Œhlenschlæger, le poëte danois, avec ses compagnons, il organisa, avec les élèves du gymnase, des représentations scéniques, et composa même quelques pièces pour ces juvéniles solennités. A cette époque, la gloire de l'écrivain lui souriait moins pourtant que l'auréole de l'artiste dramatique; à cette époque, il n'aspirait qu'à être acteur. Dès qu'il eut fini ses études, il se rendit à Pétersbourg, comme le charmant conteur Andersen à Co-

penhague, pour être admis au théâtre. Comme Andersen, il
échoua dans ses débuts, de façon à ne plus pouvoir garder
dans cette direction aucun espoir. Dans l'affliction que lui
causait son échec, il partit avec le peu d'argent qui lui restait, résolu à faire un long voyage en pays étranger; mais il
avait, en vrai poëte, mal calculé ses ressources financières; à
Hambourg elles étaient épuisées. Il revint à Pétersbourg et se
mit à écrire. Plus heureux dans cette nouvelle tentative que
dans son ambition d'acteur, il attira l'attention par ses premières nouvelles, dans lesquelles il dépeignait les mœurs singulières de sa contrée natale. Plusieurs hommes distingués
s'intéressèrent à ce jeune écrivain qui, dans son inexpérience,
avec un défaut notable de composition et un style assez in-
correct, révélait pourtant du talent et une verve originale.
Pouschkin le prit sous son patronage et lui donna d'utiles
conseils. Pletnef, l'aimable et savant recteur de Pétersbourg,
lui fit obtenir une place de professeur à l'Institut patriotique.
Comme Schiller, il n'avait aspiré qu'à l'art dramatique, et,
comme Schiller, il devait enseigner l'histoire. La vie des
hommes à qui le ciel a donné la passion des lettres et refusé
les faveurs de la fortune est souvent pleine de divergences
pareilles. Avant de faire son *Vicaire de Wakefield*, Golds-
mith, emporté par l'amour des voyages, n'a-t-il pas traversé
la Suisse en jouant de la flûte?

La position de Gogol s'améliora par la sympathie qu'il
éveilla dans la pensée d'un ministre qui aimait les lettres, et
qui les cultiva lui-même avec succès, M. Ouwaroff. De l'Institut, où il n'avait qu'un si modeste traitement, que pour suf-
fire à ses besoins il était obligé encore de remplir les fonctions
de précepteur dans une maison particulière, Gogol fut, par
M. Ouwaroff, appelé à une chaire d'histoire à l'université
de Pétersbourg. En même temps son second recueil de nouvelles, publié sous le titre de *Mirgorod*[1], puis son *Revisor*,
illustraient son nom et l'affranchissaient de cette amère souf-

[1] Village de la Petite-Russie.

france de tant de pauvres écrivains, de l'appréhension de l'avenir, du souci des calculs matériels.

En 1836, il était assez riche pour entreprendre un nouveau voyage, sans crainte d'être arrêté en route par la note implacable d'un maître d'hôtel. Cette fois il alla jusqu'en Italie, puis à Jérusalem.

C'est vraisemblablement à son séjour sur la terre sainte qu'il faut attribuer, sinon le germe, au moins le développement des mystiques rêveries qui, peu à peu, s'emparèrent de son esprit, et le subjuguèrent entièrement.

En 1842, après l'éclatant succès de ses dernières nouvelles et de ses *Ames mortes*, nous l'avons vu à Pétersbourg apparaître comme une de ces âmes mortes dans un cercle d'amis dévoués, n'écoutant que d'une oreille indifférente tout ce qui se disait autour de lui, ne répondant que par un froid sourire aux éloges sincères que l'on faisait de ses œuvres, et sortant d'une intéressante soirée, sombre et morne comme il y était entré.

Il vécut encore quelques années dans cette absorption dont l'intensité ne faisait que s'accroître, et mourut à Moscou en 1852.

Depuis longtemps il avait terminé le deuxième volume de son curieux roman des *Ames mortes*. A ses derniers moments, il voulut lui-même le brûler, comme une œuvre trop profane. On en a cependant sauvé cinq chapitres, qui ont été réunis à la dernière édition de ses œuvres, publiée en 1855 à Saint-Pétersbourg.

LE MANTEAU

Dans une administration russe... mieux vaut ne pas
dire le nom de cette administration : il n'y a pas une
race plus irritable, en Russie, que celle des employés
de ministères, de chancelleries, de régiments, en un
mot, de tout ce que l'on appelle fonctionnaires. Chacun d'eux, s'il subit quelque offense, croit que toute la
corporation à laquelle il appartient est offensée en sa
personne.

Dernièrement un capitaine ispravnick [1] de je ne sais
quelle province rédigea un rapport spécial dans le but
de démontrer que les ordonnances impériales n'étaient
plus observées et que l'on osait même profaner le titre

---

[1] Officier civil d'un district, remplissant aes fonctions à peu
près analogues à celles de nos sous-préfets.

d'ispravnick. Comme preuve de conviction, il joignait
à son rapport un énorme roman où un ispravnick à
tout instant apparaissait dans un état complet d'ivresse.

Pour éviter toute espèce de récriminations, mieux
vaut ne pas désigner nettement la chancellerie à laquelle se lie notre histoire. Donc, dans une certaine
administration, se trouvait un certain employé, peu
important, il faut le dire. La taille minime, la figure
marquée de la petite vérole, les cheveux roux, le front
dégarni de cheveux, les tempes traversées par des rides,
et plusieurs signes d'infirmités : telle était la nature
physique de notre héros, altérée par le climat de Pétersbourg.

Quant à son titre (car avant tout, en Russie, il faut
mentionner le titre), cet employé avait celui de conseiller titulaire[1], un de ces malheureux employés dont
se moquent certains écrivains qui ont la triste habitude
d'attaquer celui qui ne peut se défendre.

Le nom de famille de notre héros était Bachmatchkin
(cordonnier)[2]; ses prénoms, Akakii Akakiewitch. Le
lecteur trouvera peut-être ces noms étranges et recher-
chés, mais je puis lui affirmer qu'on ne les a nullement cherchés, et que, par l'effet des circonstances,
on ne pouvait en adopter d'autres. Voici ce qui se
passa.

Akakii Akakiewitch naquit dans la nuit du 23 mars,

---

[1] Tous les titres civils, militaires, administratifs, ecclésiastiques,
sont, en Russie, divisés en quatorze classes. Le conseiller titulaire
appartient à la neuvième classe et a le rang d'un capitaine.

[2] Gogol fait sur ce nom un jeu de mots qu'il n'est pas possible
de rendre en français.

si ma mémoire ne me trompe pas. Sa mère, qui était la femme d'un fonctionnaire et une brave petite femme, s'occupa bien vite de le faire baptiser. Elle était dans son lit; à sa droite, se tenait le parrain, Ivan Ivano-vitch, personnage considérable, greffier du sénat; à sa gauche, la marraine, femme d'un quartier-maître. Comme la mère demandait un nom pour son enfant, on lui en offrit trois à choisir : Mokius, Coccius et Xosdaratius.

— Non, dit-elle, ceux-là ne me plaisent pas.

On ouvrit le calendrier à une autre page. Les noms de saints qui s'y trouvaient inscrits étaient encore plus durs et plus bizarres.

— C'est comme une punition de Dieu, dit la ma-lade, jamais je n'ai entendu des noms si difficiles à prononcer.

Nouvelle recherche dans le calendrier, non moins désolante que la première.

— Arrêtez! dit la mère découragée, je le vois, c'est le sort qui le veut. Mon mari s'appelait Akakii. Mon fils s'appellera Akakievitch [1].

L'enfant fut baptisé. Il pleura, cria et fit de violentes contorsions, comme s'il pressentait qu'un jour il serait conseiller titulaire. Nous avons raconté l'incident du baptême pour faire voir au lecteur comment le nom d'Akakii fut imposé au nouveau-né, et comment on en vint à ne pouvoir lui en donner un autre.

A quelle époque Akakievitch entra-t-il dans l'admi-

---

[1] Fils de Akakii. On sait qu'en Russie tous les enfants portent ainsi, avec leur propre prénom, celui de leur père.

nistration et par qui y fut-il placé? C'est ce dont **personne** ne se souvient. Mais tous les directeurs et les chefs de service qui se succédèrent dans cette administration le virent toujours à la même place, dans la même situation, appliqué au même travail, avec le même titre, en sorte qu'on pouvait croire qu'il était venu au monde avec son front chauve et son petit uniforme.

Dans l'administration à laquelle il appartenait, on n'avait pour lui aucun égard. Les garçons de bureau ne se levaient pas même en le voyant entrer, et ne faisaient pas plus attention à lui qu'au vol d'une mouche. Ses supérieurs le traitaient avec un froid despotisme. Son chef immédiat jetait devant lui des masses de papiers sans lui dire : « Voulez-vous bien copier ceci? » ou : « Voici un travail intéressant, » ou quelques-unes de ces paroles polies dont se servent les fonctionnaires qui ont reçu une bonne éducation. Le modeste Akakii prenait les papiers sans en calculer le nombre, sans s'inquiéter si l'on était en droit de les lui apporter. Il les prenait, et se mettait aussitôt à les transcrire. Ses jeunes collègues faisaient de lui l'objet constant de leurs épigrammes ou de leurs bouffonneries d'employés. Tantôt, ils racontaient devant lui des histoires inventées à plaisir sur sa conduite journalière, sur son hôtesse, une vieille femme de soixante et dix ans; ils disaient qu'elle le battait, et demandaient quand il l'épouserait. Tantôt ils lui faisaient pleuvoir sur la tête des lambeaux de papier, en lui criant que c'étaient des flocons de neige.

Akakii, insensible à ces agressions, continuait son

labeur et ne faisait pas une faute dans sa copie. Seulement, quand ces méchancetés devenaient par trop im-
portunes, quand on le prenait par le bras pour le détourner de son pupitre, il disait d'une voix plaintive :

—Laissez-moi, je vous en prie, pourquoi voulez-vous
me faire de la peine ?

Et il y avait un caractère touchant dans ces paroles
et dans le ton avec lequel il les prononçait.

Un jeune employé nouvellement admis dans les bureaux, qui, à l'exemple des autres, exerçait sur lui
sa causticité, resta un jour comme pétrifié de cet accent, et dès ce moment son esprit s'ouvrit à de nouveaux points de vue. Il éprouva une sorte de répulsion
invincible pour ses collègues, avec qui il avait fait connaissance, et qu'il s'était plu à considérer comme des
gens de bon goût. Longtemps après, au milieu des
réunions les plus joyeuses, il voyait encore devant lui
l'image du pauvre petit conseiller, avec ses plaques
chauves sur le front, et il entendait résonner ces mots :
« Laissez-moi, je vous en prie, pourquoi voulez-vous
me faire de la peine? » et il semblait qu'il devait y
ajouter ceux-ci : « Ne suis-je pas votre frère? » Alors
il cachait sa figure dans ses mains, alors il se disait
combien, dans le cœur des hommes, il y a peu d'hu-
manité, combien d'impulsions cruelles dans les rapports de ceux qui ont reçu de l'éducation, dans l'âme
même de celui que l'on cite comme un bon et honorable
citoyen.

Nulle part on n'aurait pu voir un employé aussi
appliqué à sa tâche que le pauvre Akakii. Il travaillait
non-seulement avec zèle, mais avec amour. Ses pièces

officielles à transcrire, c'était sa variété de tableaux, c'était son monde. La joie qu'il éprouvait à copier se reflétait sur son visage. Il y avait certains caractères qu'il se plaisait surtout à tracer. Quand il en venait à ce détail favori de calligraphie, on le voyait sourire, cligner des yeux, pincer les lèvres, de telle sorte que ceux qui le connaissaient pouvaient lire sur sa physionomie la lettre qu'il dessinait.

Si on l'avait récompensé selon son assiduité, il aurait été, à sa grande surprise, élevé au rang de conseiller d'État ; mais il ne devait, comme le disaient ses camarades, porter aucune croix à sa boutonnière, et gagner à son œuvre que des infirmités.

Cependant il attira une fois sur lui une bienveillante attention. Un directeur, qui était un brave homme, désirant le récompenser de son mérite, donna l'ordre de lui confier un travail plus important que celui de simple copiste. Ce nouveau travail consistait à préparer des rapports pour un tribunal, à changer les titres de certains actes, et, çà et là, à remplacer le pronom de la première par celui de la troisième personne.

Akakii entreprit cette tâche ; mais elle le troublait et le fatiguait tellement, que la sueur lui ruisselait du front, et qu'enfin il s'écria :

— Rendez-moi mes copies.

Il se remit à copier. Là était sa vie.

Un de ses moindres soucis, c'étaient ses vêtements. Son uniforme, de couleur verte dans l'origine, avait pris une teinte rougeâtre. Son collet était si mince et se rétrécissait tellement d'année en année, que son col **en**

sortait comme ces mobiles têtes de chat en plâtre que
des étrangers colportent sur leurs épaules dans les villages russes. Sans cesse quelque objet insolite s'accro-
chait à son habit : tantôt des brins de fil ou des pailles
flottantes. Il avait une étonnante aptitude à passer sous
les fenêtres, juste au moment où l'on jetait quelque
reste de cuisine, et il était rare qu'il ne reçût pas sur
son chapeau des rognures de melon ou d'autres saletés.
Jamais de sa vie il n'avait fait la moindre attention au
mouvement de la rue, où ses collègues observaient tout
avec un regard si pénétrant, qu'ils pouvaient distinguer sur un autre trottoir un pantalon déchiré et s'a-
muser de ce spectacle.

Akakii ne voyait, chemin faisant, que les lignes de
ses transcriptions si nettement, si correctement rangées. Seulement, lorsque tout à coup il allait se heurter au museau d'un cheval qui par ses naseaux lui jetait
au visage son souffle bruyant, le bon Akakii s'apercevait qu'il n'était plus au milieu d'une de ses lignes
brillantes, mais au beau milieu de la rue.

En rentrant chez lui, il se mettait à table, avalait en
toute hâte son *chtchi*[1], prenait ensuite, sans en sentir
la saveur, un morceau de viande assaisonnée d'ail,
parsemée de mouches et de tout ce que le hasard
pouvait y joindre. Puis, son appétit étant apaisé, il
s'asseyait devant son encrier, et se mettait à copier les
pièces qu'il avait apportées avec lui. S'il n'avait aucun
travail à faire pour son bureau, il transcrivait pour
son propre agrément les actes auxquels il attachait

---

[1] Soupe aux choux, mets national du peuple russe.

une importance particulière, non point à cause de leur rédaction plus ou moins éloquente, mais parce qu'ils s'adressaient à quelque personnage de distinction

Quand le ciel gris de Pétersbourg est enveloppé dans les voiles de la nuit, quand les innombrables employés de la capitale ont fini leur dîner, selon leur goût gastronomique ou selon leurs facultés pécuniaires, chacun d'eux ne songe plus qu'à se délasser du criaillement des plumes bureaucratiques, du soin des affaires et de toutes les préoccupations que l'homme s'impose souvent si inutilement; chacun d'eux veut consacrer à ses plaisirs le reste de la journée. Celui-ci se rend au théâtre, celui-là erre dans les rues, et s'amuse à regarder des chapeaux; cet autre va gazouiller quelque compliment près d'une jeune fille qui apparaît comme une étoile dans un cercle modeste de fonctionnaires. Il en est qui vont visiter un collègue à un troisième ou quatrième étage, dans un humble logis composé de deux pièces, avec une antichambre et une cuisine, et orné de quelques meubles prétentieux, d'une lampe, par exemple, ou de quelque autre objet acheté par de longues privations. A cette heure-là, enfin, tous les employés se distraient d'une façon ou de l'autre, ici jouant au whist, là prenant le thé avec des biscuits à un kopeck la pièce et fumant de longues pipes. Ceux-ci se racontent les chroniques scandaleuses empruntées au grand monde, car, dans toutes les conditions, les Russes ne peuvent détacher leurs pensées du grand monde; ceux-là répètent les vieilles anecdotes populaires, telles que celle du commandant de la ville à qui

l'on vient annoncer qu'un malfaiteur a coupé la queue
du cheval de Pierre le Grand.

A cette heure de mouvement et de fantaisie, Akakii
restait impassible dans ses habitudes. Personne ne pouvait dire qu'on l'eût jamais rencontré dans une soirée.
Après s'être délecté à écrire, il se couchait en pensant
aux joies du lendemain, aux belles copies que le bon
Dieu allait lui confier.

Ainsi s'écoulait son existence paisible. Avec ses quatre cents roubles [1] d'appointements, il était content de
son sort, et il aurait pu vivre longtemps sans les catas-
trophes auxquelles sont exposés non-seulement les conseillers titulaires, mais les conseillers intimes, les conseillers d'État, les conseillers auliques et tous ceux qui
ne donnent point de conseils et n'en reçoivent point.

Il y a pour les citoyens de Pétersbourg qui ne jouissent que d'un traitement de seize cents francs un ennemi terrible. Cet ennemi, c'est le froid boréal, quoiqu'on dise qu'il est favorable à la santé.

Vers neuf heures du matin, quand les employés des
divers services administratifs se rendent à leurs bureaux, il leur pince si vivement le nez, que la plupart
d'entre eux ne savent que devenir. Lorsqu'en ce mo-
ment-là les hauts fonctionnaires subissent tellement
eux-mêmes la rigueur du froid, que les larmes leur
sortent des yeux, quelle doit être la souffrance des conseillers titulaires qui n'ont pas le moyen de se garantir
contre les cruautés de l'hiver! Quand ils se sont enve-
loppés dans leurs légers manteaux, leur ressource est

[1] Environ 1,600 francs.

de traverser en toute hâte cinq ou six rues, et de faire une halte chez le concierge pour se réchauffer, pour attendre que leurs facultés bureaucratiques soient dégelées.

Depuis quelque temps, Akakii ressentait de vifs aiguillons au dos et sur les épaules, quoiqu'il franchît en courant de toutes ses forces la distance qui séparait son logis de son bureau. Après y avoir bien réfléchi, il en vint enfin à penser que son manteau pouvait être quelque peu avarié. De retour dans sa chambre, il le regarde avec soin, et reconnaît qu'à deux ou trois endroits cette chère étoffe est tellement amincie, qu'elle est devenue transparente, et que la doublure même est déchirée.

Il faut dire que ce manteau était depuis longtemps un perpétuel sujet de sarcasmes pour les impitoyables collègues d'Akakii. Ils lui avaient même enlevé son noble nom de manteau pour lui infliger celui de capote. Il est vrai que c'était un vêtement d'un étrange aspect. D'année en année, son collet avait été rapetissé, car d'année en année le pauvre conseiller en détachait quelque morceau pour raccommoder le reste, et ces raccommodages successifs n'annonçaient pas la main exercée d'un tailleur. Ils étaient très-grossièrement faits et très-laids.

Après sa douloureuse inspection, Akakii se dit qu'il fallait absolument porter son manteau chez Petrovitch le tailleur, qui demeurait à un quatrième étage au haut d'un sombre escalier. Avec son œil de travers et sa figure criblée par la petite vérole, Petrovitch n'en avait pas moins l'honneur de façonner des fracs et des pan-

talons pour plusieurs fonctionnaires, quand il était à
jeun, quand il ne se laissait pas aller à de plus douces
occupations.

Je pourrais me dispenser de parler de ce tailleur;
mais, comme il est convenu que chaque personnage introduit dans une nouvelle doit être représenté avec sa
physionomie distincte, il faut bien que je fasse le portrait de Petrovitch. Autrefois, quand il remplissait son
office de serf dans la maison de son seigneur, il s'appelait tout simplement Grégori. Lorsqu'il fut affranchi,
il crut devoir se parer d'un nouveau nom; en même
temps, il se mit à boire vaillamment, d'abord aux
grandes fêtes, puis, peu à peu, à toutes les fêtes mar-
quées sur le calendrier par une croix. Par cette célé-
bration des jours consacrés par l'Eglise, il pensait rester fidèle aux coutumes de son enfance, et, en querellant
sa femme, il s'écriait qu'elle n'était qu'une créature
mondaine et une Allemande. Nous n'avons rien à dire
de cette femme, si ce n'est qu'elle était l'épouse de Petrovitch et qu'elle ne portait pas un mouchoir sur la
tête, mais un bonnet. Du reste, elle n'était pas jolie; il
n'y avait que les soldats qui la regardaient en passant,
et alors ils se pinçaient la moustache et s'éloignaient
en riant.

Akakii se dirigea vers la mansarde du tailleur. On
y arrivait par un escalier noir, sale, humide et impré-
gné, comme toutes les maisons du peuple à Pétersbourg, d'une exhalaison de spiritueux qui attaque à la
fois l'odorat et les yeux. En gravissant ces marches
gluantes, le conseiller calculait en lui-même ce que
Petrovitch pourrait lui demander pour réparer son man-

teau, et se proposait de ne pas lui donner plus d'un rouble. La porte de l'ouvrier était ouverte pour donner
une issue aux tourbillons de fumée qui s'échappaient
de la cuisine, où la femme d Petrovitch faisait frire,
en ce moment, du poisson. Aakii, la vue troublée par
cette fumée, traversa la cuisine sans que cette femme
le vît, et entra dans la chambre où le tailleur était assis
sur une large table en bois grossièrement façonnée, les
jambes croisées comme un pacha turc, et les pieds nus,
selon la coutume de la plupart des tailleurs. Ce qui
frappait d'abord l'attention quand on s'approchait de
lui, c'était l'ongle de son pouce, un ongle quelque peu
mutilé, mais dur et fort comme l'écaille de la tortue.
A son cou, il portait plusieurs écheveaux de fil, et sur
ses genoux était posé un habit en lambeaux. Depuis
quelques minutes, il essayait d'enfiler son aiguille,
sans pouvoir y parvenir. D'abord il s'était mis en colère contre l'obscurité, puis contre son fil.

— Ne veux-tu donc pas entrer, infâme coquin que
tu es? s'écriait-il.

Akakii remarqua avec peine qu'il arrivait dans un
mauvais moment. Il eût voulu se présenter à Petrovitch à l'heure propice où celui-ci se donnait une nouvelle animation, où, comme le disait sa femme, il prenait une solide ration d'eau-de-vie. Alors le tailleur
accueillait avec une condescendance extrême les pro-
positions de son client et le saluait et le remerciait.
Quelquefois, il est vrai, la femme intervenait dans la
négociation, s'écriant que son mari était ivre et promettait à trop bas prix son travail. Mais alors quelques
deniers de plus terminaient l'affaire.

Par malheur pour le conseiller, en ce moment Petrovitch n'avait pas touché à la bouteille, et dans ces moments-là il était dluf, âpre, capable d'exiger une effrayante rétribution.

Akakii prévoyait bien le péril, et il aurait voulu retourner sur ses pas ; mais déjà il n'était plus temps ; l'œil du tailleur, son œil unique, car il était borgne, l'avait aperçu, et Akakii murmura involontairement :

— Bonjour, Petrovitch.

— Je vous salue, monsieur, répondit le tailleur en dardant son regard sur la main du conseiller, pour voir ce qu'elle portait.

— Je viens, Petrovitch... pour... je voulais...

Nous devons remarquer que, le plus souvent, le timide conseiller n'employait pour s'exprimer que des prépositions, des adverbes, ou des particules dont, en réalité, on ne pouvait tirer aucun sens précis. Si l'affaire qu'il voulait traiter était difficile, il ne pouvait plus terminer les phrases qu'il avait commencées. Ainsi il lui arrivait de s'aventurer avec son interlocuteur dans un formule comme celle-ci : « Oui... il est bien vrai que... » Là, il s'arrêtait, oubliant ce qu'il voulait dire, ou croyant l'avoir dit.

— Qu'y a-t-il, monsieur ? demanda Petrovitch en examinant d'un regard scrutateur du haut en bas, au collet, aux manches, à la taille, aux boutons, l'uniforme d'Akakii, que bien il connaissait, car c'était lui qui l'avait façonné.

C'est l'habitude des tailleurs de regarder ainsi les vêtements. C'est la première idée qui leur vient quand ils rencontrent une personne de leur connaissance.

— Voici, répondit Akakii en balbutiant selon sa coutume... je désirerais... Petrovitch... ce manteau... regarde... mais, du reste, il est encore très-bon, seulement un peu poudreux, ce qui le fait paraître vieux. Il est pourtant tout neuf... Là seulement il est un peu éraillé... au dos, puis à l'épaule, deux ou trois petites déchirures. Tu le vois, ce n'est rien; en quelques minutes, tu l'auras complétement réparé.

Petrovitch prit le malheureux manteau, le déploya sur la table, le regarda en silence et en secouant la tête, puis étendit la main vers la fenêtre pour y prendre sa tabatière, une tabatière ronde ornée du portrait d'un général, je ne sais lequel, car, cette héroïque image ayant été crevée par accident, l'ingénieux tailleur y avait collé un morceau de papier. Après avoir humé sa prise, Petrovitch regarda de nouveau la capote, en l'étalant au jour, et de nouveau secoua la tête. Ensuite il examina la doublure, souleva une seconde fois le couvercle de sa tabatière jadis embelli de la figure du général, huma une seconde prise, et enfin s'écria :

— Non, il n'y a pas moyen d'y remédier. Mauvaise garde-robe!

A ces mots, Akakii sentit son cœur défaillir

— Comment donc, dit-il avec l'accent plaintif d'un enfant, serait-ce une tâche impossible? Regarde encore, Petrovitch; tu vois qu'il n'y a que quelques éraillures, et tu as des morceaux de drap pour les réparer.

— Oui, des morceaux de drap, j'en trouverais aisément; mais comment les coudre? Le drap est usé, l'aiguille le déchirerait.

— Là où il se déchirera, tu mettras une nouvelle pièce.

— Nulle pièce ne peut le consolider. Après tout, ce n'est que du drap, et ce drap, dans l'état où il est, un coup de vent le mettra en lambeaux.

— Mais si tu lui donnes plus de force... voyons... en vérité...

— Non, répondit Petrovitch d'un ton déterminé, il n'y a rien à y faire. Cette étoffe est par trop abîmée. Mieux vaudrait qu'à l'approche de l'hiver vous en fissiez des chaussons, ce qui tient plus chaud que les bas. Ce sont les Allemands qui ont inventé les bas pour gagner de l'argent.

Petrovitch ne manquait jamais une occasion d'attaquer les Allemands.

— Il faut, ajouta-t-il, que vous achetiez un nouveau manteau.

— Un nouveau manteau !

Un nuage passa sur les yeux d'Akakii; il lui semblait que la chambre tournait autour de lui, et la seule chose qu'il vit distinctement, c'était le portrait du général, couvert d'un carré de papier, sur la tabatière du tailleur.

— Un nouveau ! murmura-t-il, comme s'il était à moitié endormi; mais je n'ai pas d'argent !

— Oui, un nouveau, répéta Petrovitch avec un flegme barbare.

— Et si je prenais une telle décision... combien...

— Vous voulez dire : Combien cela coûterait-il ?

— Oui.

— Cent cinquante roubles à peu près [1], répondit le tailleur en serrant les lèvres.

[1] Le rouble en papier vaut environ un franc de notre monnaie.

Il se plaisait, ce maudit tailleur, à produire de l'effet, à embarrasser ses pratiques et à observer avec son œil de travers l'expression de leur physionomie.

— Cent cinquante roubles pour un manteau !

Ces mots furent prononcés par le conseiller avec un accent qui résonnait comme un cri, probablement le premier cri qu'il eût proféré dès sa naissance, car il parlait toujours d'une voix timide.

— Oui, reprit Petrovitch, et, si l'on ajoute à ce manteau un collet de martre, une doublure en soie pour le capuchon, ce serait deux cents roubles.

— Petrovitch, je t'en conjure, dit Akakii d'un ton suppliant, n'écoutant plus et ne voulant plus écouter les paroles à effet du tailleur, tâche de réparer ce manteau pour qu'il puisse encore quelque temps me servir.

— Non, ce serait un travail perdu et une dépense inutile.

Après cette réponse, Akakii sortit atterré, tandis que Petrovitch restait sur sa table, les lèvres serrées, inactif, très-content de s'être montré si ferme et d'avoir si bien défendu la science du tailleur.

Akakii s'en alla au hasard à travers les rues comme s'il rêvait...

— Quelle affaire ! se disait-il à lui-même... en vérité, je ne pensais pas que cela dût se terminer ainsi... Non, reprenait-il après un instant de silence, je ne pouvais supposer que j'en vinsse à un tel point... Voilà une situation complétement inattendue... une circonstance...

En continuant ainsi son monologue, au lieu de se rapprocher de sa demeure, il marchait sans y prendre

garde dans une direction tout opposée. Un ramoneur
l'accrocha en passant et lui noircit le dos. Un panier
de plâtre tomba sur lui du haut d'une maison en con-
struction. Il ne voyait rien et n'entendait rien. Seulement il fut ébranlé dans sa rêverie quand il alla se
heurter contre le boudotchnik [1], qui, ayant déposé près
de lui sa hallebarde, secouait sur son poignet osseux
sa corne de tabac.

— Que cherches-tu ici? s'écria le rude surveillant,
ne peux-tu suivre le trottoir?

Cette brusque exclamation arracha enfin Akakii à
son état de torpeur. Il recueillit ses idées, il vit claire-
ment sa situation, et se mit à raisonner avec lui-même,
gravement, franchement, comme avec un ami à qui
l'on confie ses secrets de cœur.

— Non, se dit-il enfin, aujourd'hui je n'obtiendrai
rien de Petrovitch... aujourd'hui il est dans une mauvaise disposition... sa femme l'a peut-être battu. Je re-
tournerai chez lui dimanche. Le samedi, il est assoupi;
il a besoin le lendemain de se réconforter, sa femme ne
lui donne point d'argent... je lui glisserai dans la main
un grievenik [2], alors il sera plus souple, et nous parle-
rons du manteau.

Encouragé par ces réflexions, Akakii attendit pa-
tiemment jusqu'au dimanche. Ce jour-là, ayant vu de
loin la femme de Petrovitch sortir de la maison, il entra chez le tailleur, et le trouva, comme il l'avait prévu,
très-abattu de sa veillée du samedi. Mais, à peine eut-il
dit le premier mot de son affaire, que le diabolique

[1] Gardiens de Saint-Pétersbourg, en station dans chaque rue.
[2] Monnaie de dix kopecks, environ quarante centimes.

tailleur, se réveillant tout à coup de son assoupisse-
ment, s'écrie :

— Non, cela ne peut se faire. Il faut que vous achetiez un nouveau manteau.

Le conseiller lui donna son grievenik.

— Merci, mon digne monsieur, dit Petrovitch, ceci
me servira à reprendre un peu de force en buvant à
votre santé. Mais, quant à votre vieille nippe, voyez-
vous, il est inutile d'y songer, elle ne vaut pas un de-
nier. Laissez-moi faire. Je vous mettrai sur les épaules
un manteau superbe. Je vous en réponds.

Le pauvre Akakii persistait à demander le raccom-
modage de l'ancien.

— Non, encore une fois, répliqua Petrovitch, c'est
impossible ! Ayez confiance en moi, je vous traiterai de
mon mieux. Et même, comme c'est la mode, j'appli-
querai au collet des agrafes en argent.

Cette fois, Akakii vit qu'il devait se résigner à la
volonté du tailleur, et sentit de nouveau son courage
fléchir. Il fallait qu'il se fît faire un nouveau manteau ; mais comment le payer ? A la vérité, il devait
recevoir à son bureau une gratification ; mais déjà
l'emploi en était fixé. Il devait acheter un pantalon,
acquitter une dette chez le cordonnier, qui lui avait réparé deux paires de bottes, renouveler ses provisions
de linge. En un mot, tout ce qu'il devait recevoir était
dépensé d'avance. Que si, par un bonheur inespéré, le
directeur portait sa gratification habituelle de quarante
roubles à quarante-cinq ou cinquante roubles, qu'était-
ce que ce minime supplément dans la somme que lui
demandait Petrovitch ? une goutte d'eau dans la mer.

Il est vrai encore que quand Petrovitch se trouvait
en bonne humeur il diminuait quelquefois considéra-
blement ses prix, de telle sorte que sa femme lui disait :

— Es-tu fou, il y a des jours où tu travailles pour
rien, et d'autres où tu demandes plus que tu ne vaux !

Il pensait donc que Petrovitch pourrait bien en venir à lui livrer son manteau pour quatre-vingts roubles.
Mais ces quatre-vingts roubles, où les trouver ? Peut-
être qu'en y appliquant tous ses efforts il réussirait à
s'en procurer la moitié. Quant à l'autre, pas le moindre espoir.

Nous devons dire au lecteur comment l'honnête conseiller comptait pouvoir se procurer cette moitié. Chaque fois qu'il recevait un rouble, il avait coutume de
déposer un kopeck dans une petite boîte fermée. A la
fin du semestre, il recueillait cette monnaie de cuivre
et la changeait contre des pièces d'argent. Longtemps
il avait pratiqué ce système d'épargne, et, en ce moment, ses économies s'élevaient à quarante roubles.
Ainsi il possédait la moitié de la somme qu'il allait être
obligé de payer. Mais l'autre !

Akakii s'absorba dans de longs calculs, puis enfin se
dit que, pendant une année au moins, il pouvait res-
treindre plusieurs de ses dépenses journalières, se pri-
ver de thé le soir, et, s'il avait quelque travail à faire,
emporter ses papiers dans la chambre de son hôtesse
pour ne pas consommer de l'huile dans la sienne. Il se
promettait aussi d'éviter dans la rue les pavés angu-
leux afin de ménager sa chaussure et de diminuer le
compte de son blanchissage.

Au commencement, ce ne fut pas sans peine qu'il subit ces privations. Peu à peu il s'y habitua, et il finit par jeûner complétement le soir. Tandis que son corps souffrait de cette abstinence, son esprit se nourrissait de l'éternelle idée de son manteau. Dès cette époque, il semblait que sa nature s'était complétée, qu'il s'était marié, qu'il avait avec lui une compagne pour le suivre sur le chemin de la vie, et cette compagne, c'était l'image de son manteau, amplement garni d'ouate, et solidement doublé.

Il se montra dès lors plus animé et plus ferme, comme un homme qui s'est proposé un but et qui veut l'atteindre. Ce qu'il y avait d'incertain dans sa physionomie et dans sa démarche, d'irrésolu dans ses habitudes, disparut. Quelquefois un rayon tout nouveau brillait dans ses yeux, et, dans ses rêves audacieux, il en venait à se demander s'il ne ferait pas mettre à son manteau un collet de martre. De telles idées le jetaient parfois dans de singulières distractions. Un jour, en faisant ses copies, il s'aperçut tout à coup qu'il allait commettre une erreur...

— Oh! oh! s'écria-t-il.

Et il se hâta de faire le signe de la croix.

Une fois par mois au moins, il se rendait chez Petrovitch pour s'entretenir avec lui du précieux manteau, et délibérer sur plusieurs questions importantes, à savoir où l'on devait acheter le drap, et à quel prix, et de quelle couleur.

Chacune de ses visites lui donnait quelques nouvelles préoccupations; cependant il rentrait dans sa demeure plus heureux, songeant qu'un jour viendrait

enfin où tout serait acheté, et où le manteau serait
fini.

Cette grande affaire se termina plus tôt qu'il ne l'a-
vait espéré. Le directeur lui donna une gratification,
non pas de quarante ni de quarante-cinq, mais de
soixante-cinq roubles. Ce digne fonctionnaire devi-
nait-il que notre ami Akakii avait besoin d'un manteau, ou ce supplément n'était-il que le résultat d'un
hasard propice? Quoi qu'il en soit, Akakii était plus
riche de vingt roubles. Un tel surcroît de ressources
devait nécessairement accélérer sa mémorable entreprise.

Encore deux ou trois mois de jeûne, et Akakii aurait
réuni ses quatre-vingts roubles. Son cœur, toujours si
calme, commençait à battre violemment. Dès qu'il eut
complété cette grosse somme de quatre-vingts roubles,
il alla chercher Petrovitch, et tous deux se rendirent
ensemble dans un magasin. Ils achetèrent sans hésiter
un très-bon drap. Depuis plus de six mois, ils n'avaient
cessé d'y réfléchir, et chaque mois ils allaient dans les
boutiques s'informer du prix: Petrovitch, en palpant
cette étoffe, déclara qu'on ne pouvait en trouver une
meilleure. Pour doublure, ils prirent du calicot si ferme
et si serré, qu'au dire du tailleur, cette toile valait
mieux que la soie, et elle était aussi brillante. Ils n'a-
chetèrent point de martre, parce qu'elle était trop chère,
mais ils choisirent pour le collet la meilleure peau de
chat qu'il y eût dans le magasin, une peau qu'on pouvait prendre pour de la martre.

Petrovitch employa à la confection de ce vêtement
deux semaines entières, car il y faisait un grand nombre

de piqûres, autrement il en aurait fini plus vite. Il taxa
son travail à douze roubles : il ne pouvait moins demander, tout était finement cousu avec de la soie, et le
tailleur aplatissait les coutures avec ses dents, qui y
laissaient leur empreinte.

Enfin il arriva, le manteau tant désiré... Je ne pourrais dire au juste quel jour, mais ce fut sans doute le
jour le plus solennel de l'existence d'Akakii. Le tailleur apportait le manteau. Il l'apportait le matin avant
l'heure où le conseiller devait se rendre à son bureau ;
il ne pouvait venir plus à propos, car le froid commençait à se faire vivement sentir ; de plus, on était à
l'époque où les rigueurs de l'hiver allaient s'accroître.

Petrovitch s'avançait avec l'air de dignité d'un tailleur important. Sa figure avait une expression de gravité que le conseiller ne lui avait jamais vue. Il sentait
sa valeur, et mesurait en lui-même avec orgueil l'a-
bîme qui sépare l'ouvrier qui ne fait que raccommoder
de vieux habits, de l'artiste qui en façonne de nouveaux.

Le manteau était enveloppé dans un mouchoir neuf
tout récemment blanchi, que le tailleur dénoua et re-
plia avec soin pour le mettre dans sa poche. Puis il prit
fièrement le manteau entre ses deux mains, et le posa
sur les épaules d'Akakii; ensuite, il le tira par derrière
pour le voir descendre majestueusement de toute sa
hauteur; ensuite il voulut juger de l'effet qu'il produi-
rait sans être boutonné. Akakii cependant désirait es-
sayer les manches, et ces manches allaient à merveille.
En un mot, ce manteau était d'une coupe irréprochable
et d'une façon parfaite.

Le tailleur, en contemplant son œuvre, ne manqua pas de dire que, s'il l'avait faite à si bas prix, c'était parce qu'il n'avait qu'un modique loyer à payer, et parce qu'il connaissait depuis longtemps Akakii; puis il ajoutait qu'un tailleur vivant sur la perspective Newsky n'aurait pas demandé moins de soixante-quinze roubles pour confectionner un tel manteau. Le conseiller ne voulait point engager avec lui une discussion à ce sujet. Il le paya, le remercia, et sortit pour se rendre à son administration.

Petrovitch sortit avec lui, et s'arrêta dans la rue pour le voir, aussi longtemps que possible, marcher avec son manteau; et courut à la hâte par une ruelle transversale pour le revoir encore.

Akakii se dirigeait vers son bureau, l'esprit occupé d'agréables réflexions. A tout instant, il sentait qu'il avait sur les épaules un nouveau vêtement et se souriait à lui-même avec une douce satisfaction. Deux idées surtout récréaient sa pensée : la première, c'est que ce manteau était chaud, et la seconde, c'est qu'il était beau. Sans rien remarquer sur le chemin qu'il suivait, il arriva en droite ligne à la chancellerie, déposa dans l'antichambre son trésor, en le contemplant de tous côtés, et regarda le concierge d'un air extraordinaire.

Je ne sais comment le bruit s'était répandu dans les bureaux que la vieille capote avait cessé d'exister. Tous les collègues d'Akakii accoururent autour de lui pour examiner son splendide manteau, et se mirent à le féliciter et à le complimenter d'une façon qui d'abord le fit agréablement sourire, et qui ensuite l'embarrassa.

Mais quelle fut sa confusion quand ses cruels compagnons ajoutèrent qu'il devait inaugurer solennellement ce manteau et leur donner une soirée. Le pauvre Akakii, tout troublé et interdit, ne savait comment répondre ni comment s'excuser. Il balbutia en rougissant que ce vêtement n'était pas si neuf qu'on le pensait, que c'était une vieille étoffe.

Alors un sous-chef de bureau qui probablement voulait montrer qu'il n'était point trop fier de son titre et ne dédaignait pas de se rapprocher des employés inférieurs, prit la parole et dit :

— Messieurs, c'est moi qui vous donnerai une soirée à la place d'Akakii; je vous invite à venir aujourd'hui prendre le thé chez moi. Justement c'est aujourd'hui mon jour anniversaire de naissance.

Tous les employés remercièrent leur chef de sa bienveillante pensée et acceptèrent avec empressement son invitation. Akakii voulait la refuser, mais on lui dit que ce serait de sa part une impolitesse grossière, un procédé impardonnable, et il finit par se soumettre. Au reste, il éprouvait un certain plaisir à penser qu'il aurait par là une occasion de se promener le soir avec un manteau neuf. Toute cette journée était pour lui une journée de fête. Il retourna à son logis dans les plus heureuses dispositions d'esprit, ôta son manteau, le suspendit à la muraille après avoir encore examiné le drap et la doublure. Puis il alla chercher sa vieille capote pour la comparer au chef-d'œuvre de Petrovitch. Il regardait l'un et l'autre de ces vêtements en souriant : quelle différence ! Longtemps après, il souriait encore en pensant à la piteuse mine de sa capote.

Il dîna gaiement, et n'entreprit point de faire des
copies. Non, il s'assit comme un sybarite sur un canapé,
en attendant la nuit. Alors il s'habilla, prit son manteau et sortit.

Où demeurait le sous-chef qui avait fait une si belle
invitation, c'est ce que je ne saurais dire. Ma mémoire
commence à me faire défaut, et tout ce qu'il y a de
rues et de maisons à Pétersbourg se confond tellement
dans ma tête, que j'ai de la peine à m'y reconnaître.
Ce qu'il y a de sûr, c'est que cet honorable fonctionnaire habitait un des beaux quartiers de la capitale,
très-éloignés de celui d'Akakii.

D'abord le conseiller traversa plusieurs rues mal
éclairées et qui paraissaient désertes. Mais, à mesure
qu'il se rapprochait de la demeure de son chef, il entrait dans des rues plus brillantes, plus animées, il
rencontrait une quantité de passants et de belles dames
élégamment vêtues, et des hommes avec des collets en
peau de castor. Les traîneaux de paysans avec leurs
bancs en bois et leurs clous bronzés apparaissaient plus
rarement, tandis qu'à tout instant on apercevait d'a-
giles cochers avec des bonnets de velours conduisant
des traîneaux vernis et garnis de peau d'ours, et de
brillantes voitures glissant sur la neige.

Pour Akakii, une telle scène était toute nouvelle.
Depuis plusieurs années, il ne sortait pas le soir. Il
s'arrêta avec curiosité devant les vitrages d'un marchand de tableaux. Une des gravures exposées aux yeux
des passants attira un instant son attention. Elle représentait une femme qui ôtait son soulier et laissait voir
un joli pied, tandis que par une porte entr'ouverte un

jeune homme l'observait, un jeune homme avec de larges favoris et des moustaches. Akakii, après avoir regardé cette gravure française, secoua la tête et s'éloigna en souriant. Pourquoi donc souriait-il? Est-ce parce qu'il venait de voir une image toute nouvelle pour lui, mais dont cependant il avait l'instinct, ou pensait-il, comme la plupart de ses collègues, que les Français avaient de singulières idées? Peut-être qu'il ne pensait rien; et comment pénétrer dans le cœur d'un homme pour y découvrir ce qu'il pense?

Enfin le voilà à la maison où il est invité. Son chef est richement installé. Il a un fanal à sa porte, et occupe tout le second étage. En entrant dans l'antichambre, Akakii aperçoit une longue rangée de galoches. Sur une table fume et siffle le *samovar*[1]. A la muraille sont appendus les manteaux, dont plusieurs sont ornés de collets en velours ou de collets en fourrure. Dans la chambre voisine, résonne un bruit confus qui devient plus distinct quand un laquais ouvre la porte et en sort tenant sur ses mains un plateau avec des tasses vides, un pot à lait et une corbeille de biscuits. Évidemment les convives étaient déjà réunis depuis longtemps et avaient déjà pris leur première tasse de thé.

Akakii, ayant suspendu son manteau à un crochet, s'avança vers la chambre où brillaient les flambeaux, où ses collègues armés de longues pipes s'étaient groupés devant des tables à jeu, et d'où s'élevait une rumeur bruyante. A peine entré dans cette pièce, il s'arrêta, ne sachant ce qu'il devait faire. Mais ses cama-

---

[1] La bouilloire à thé qu'on trouve dans toutes les maisons russes.

rades le saluèrent par de grands cris et coururent dans
l'antichambre pour rendre hommage à son manteau.
Le bon conseiller, tout confus de cette scène, se réjouit
pourtant dans sa simplicité de cœur des éloges que l'on
faisait de sa précieuse cmplette. Un instant après, ses
joyeux camarades lui rendaient sa liberté et commençaient leurs parties de whist. Ce mouvement, cette agitation, cette vivacité d'entretien, jetaient un grand trouble dans l'esprit du craintif Akakii. Il ne savait que faire
de ses mains ni où se placer. Enfin, il s'assit près des
joueurs, tantôt les regardant, tantôt regardant les cartes, puis il bâilla, et il sentait qu'il avait depuis longtemps passé l'heure où chaque jour il se couchait. Il
voulait se retirer, mais on le retint et on lui déclara
qu'il ne pouvait s'éloigner sans avoir au moins bu, en
un jour aussi mémorable pour lui, un verre de vin de
Champagne.

Bientôt on servit le souper, qui se composait d'une
vinaigrette, d'une pièce de veau froid, d'un pâté, et de
diverses confiseries, le tout accompagné de plusieurs
bouteilles de vin de Champagne. Akakii fut forcé de boire
deux grands verres de cette petillante liqueur, après
quoi tout lui parut autour de lui plus riant. Cependant
il ne pouvait oublier qu'il était minuit, et qu'il devrait
déjà depuis plusieurs heures être rentré chez lui.

De peur d'être une seconde fois retenu, il se glissa à
la dérobée dans l'antichambre, vit avec peine son manteau étendu sur le parquet, le secoua soigneusement,
le mit sur ses épaules, et sortit.

Au dehors, il y avait encore des lumières. Les petites
boutiques fréquentées par les domestiques et les gens

du peuple étaient encore ouvertes; d'autres venaient
de se fermer; mais, à la lueur brillant à travers les in-
terstices de leurs portes, il était aisé de reconnaître
qu'elles renfermaient encore une société habituelle de
valets et de servantes qui continuaient tranquillement
leur entretien, sans s'inquiéter de leurs maîtres.

Akakii s'en allait indolemment dans une douce rêverie, et, sans y songer, il déviait de son chemin. Tout
à coup il s'aperçut qu'il se trouvait dans une longue
rue très-silencieuse dans le jour et encore plus le soir.
Tout, autour de lui, avait un aspect sinistre ; quelques
rares réverbères dont l'huile était épuisée, des maisons
en bois, des palissades, et pas une âme. A la pâle lueur
des lampes à demi éteintes, la neige seulement scin-
tillait dans la rue, et, de côté et d'autre, on distinguait
à peine les petites habitations plongées dans l'ombre.
Il se dirigea vers un endroit où la rue était coupée par
une vaste place pareille à un morne désert.

Au loin, Dieu sait où, brillait la lanterne d'une guérite qui paraissait reléguée à l'extrémité du monde. En
ce moment la gaieté de cœur du conseiller s'évanouit.
Il s'avança vers cette place avec un saisissement de
crainte et le pressentiment d'un malheur. En continuant sa marche, il tournait ses regards effarés autour
de lui. Le triste espace ressemblait à un sauvage océan.
« Non, se dit-il, mieux vaut ne plus regarder ; » et il
poursuivit son chemin les yeux baissés, quand soudain,
en les relevant, il voit devant lui plusieurs hommes
portant de longues moustaches, et dont il ne pouvait
distinguer la physionomie. Ses paupières se couvrent
d'un nuage. Son cœur se serre.

— Voici mon manteau! s'écrie un de ces hommes en le prenant au collet.

Akakii veut crier à la garde. Un autre lui applique une large main osseuse sur la bouche, en lui disant : « Essaye donc de crier! » Au même instant le malheureux conseiller sentit qu'on lui enlevait son manteau, et reçut un coup de pied qui le fit rouler sans connaissance sur la neige.

Quelques instants après, il revint à lui, se releva, mais ne vit plus personne. Dépouillé de son vêtement, saisi par le froid, il se mit à crier de toutes ses forces, mais ses cris ne pouvaient arriver jusqu'à l'extrémité de la place. Sans cesser de crier, il courut avec la rage du désespoir jusqu'à la guérite du gardien, qui, le bras appuyé sur sa hallebarde, se demandait qui diable faisait un tel vacarme et courait si vite. Akakii, en arrivant près de lui, l'accusa d'être ivre et de ne pas voir qu'à quelque distance de son poste on dévalisait les passants.

— Je vous ai vu, répondit le boudotchnick, au milieu de la place, avec deux hommes. J'ai cru que c'étaient vos amis. Il est inutile de s'emporter ainsi. Allez demain trouver l'inspecteur de police. C'est lui qui se chargera de découvrir les voleurs.

Que faire? L'infortuné conseiller regagna sa demeure dans un effrayant désordre, ses cheveux flottant sur son front, ses habits imprégnés de neige. Sa vieille hôtesse, entendant frapper impétueusement à la porte, se hâte de se lever et d'accourir à demi chaussée, à demi vêtue, et recule avec épouvante à l'aspect d'Akakii.

Quand il lui eut raconté ce qui venait de lui arriver, elle joignit les mains et lui dit : « Ce n'est pas à l'inspecteur de police qu'il faut vous adresser, c'est au
chef du quartier. L'inspecteur vous fera de belles promesses qu'il ne tiendra pas. Mais le chef du quartier,
je le connais depuis longtemps. Mon ancienne cuisinière Anne est maintenant à son service, et je le vois
souvent passer sous nos fenêtres. Chaque jour de fête
il se rend à l'église, et il est aisé de reconnaître que
c'est un brave homme. »

Après cette éloquente recommandation, Akakii se
retira tristement dans sa chambre. Quelle nuit il passa,
ceux-là le comprendront qui peuvent se figurer une
telle situation.

Dès le matin il se rendit chez le chef du quartier.
On lui dit qu'il dormait. Il revint à dix heures. L'es-
timable fonctionnaire dormait encore. A onze heures,
il était sorti. A l'heure du dîner, le conseiller se présenta de nouveau chez lui, mais ses secrétaires lui de-
mandèrent impérieusement quelle affaire l'amenait près
de leur chef. Alors, pour la première fois de sa vie,
Akakii montra un énergique caractère. Il déclara qu'il
devait de toute nécessité voir leur chef, qu'on n'essayât
point de l'en empêcher, car il s'agissait d'une mission
officielle, et que ceux qui seraient assez hardis pour
mettre le moindre obstacle à cette mission pourraient
s'en repentir.

A un tel langage il n'y avait rien à répondre. L'un
des secrétaires alla prévenir le chef. Celui-ci accueillit
d'une façon étrange la narration d'Akakii. Au lieu de
s'arrêter au fait principal, c'est-à-dire au vol qui avait

été commis, il demanda au conseiller par quelle raison il se trouvait si tard dans la rue, et s'il n'était point entré dans quelque maison dangereuse. Déconcerté par ces questions, le conseiller ne sut que répondre et se retira sans savoir si son affaire aurait ou non une suite.

Tout le jour, il avait été absent de son bureau, événement inouï dans sa vie. Le lendemain il y reparut, le visage pâle, décomposé, avec sa vieille capote, qui paraissait plus misérable que jamais. Quand ses camarades apprirent le malheur qu'il avait éprouvé, quelques-uns eurent encore la cruauté d'en rire; cependant la plupart en furent sincèrement émus, et ouvrirent une souscription pour lui venir en aide. Mais cette louable résolution n'eut qu'un insignifiant résultat, par la raison que ces mêmes employés avaient tout récemment contribué à deux autres souscriptions, l'une pour le portrait de leur directeur, l'autre pour un ouvrage publié par un ami de leur chef.

L'un d'eux, qui ressentait pour Akakii une véritable commisération, voulut au moins, à défaut de mieux, lui donner un salutaire avis. Il lui dit que ce serait une peine inutile que de retourner chez le chef du quartier, parce que, dans le cas où cet officier parviendrait à retrouver le manteau, la police le garderait jusqu'à ce que le conseiller pût démontrer pleinement son droit de propriété. Il l'engagea à s'adresser à un certain personnage important, lequel personnage important pourrait, à l'aide de ses rapports avec les magistrats, terminer plus promptement cette affaire.

Dans son embarras, Akakii se décida à suivre ce conseil. Quelles étaient les attributions de ce personnage,

14.

et d'où venait son importance, on l'ignore. Tout ce qu'on sait, c'est que son pouvoir était tout récent, et que naguère encore il existait à peine. Mais il avait devant lui des positions plus considérables que la sienne, et il cherchait à se grandir par tous les moyens possibles. Ainsi, quand il se rendait à son cabinet, il obligeait les employés à l'attendre au bas de l'escalier, et personne ne pouvait s'adresser directement à lui. Le secrétaire du collège communiquait la requête au secrétaire du gouvernement, lequel la transmettait à un fonctionnaire supérieur, qui enfin la présentait au grand personnage. C'est ainsi que les choses se passent dans notre sainte Russie. Dans cette rage d'imitation, chacun singe les façons de ses supérieurs. Il n'y a pas longtemps qu'un conseiller titulaire, ayant été placé à la tête d'un petit bureau, se fit aussitôt, dans la pièce qui lui était assignée, un cabinet sur lequel il mit cette inscription : *Salle du conseil*. Des domestiques avec des habits à collets rouges et des parements brodés se trouvaient là pour annoncer et introduire les solliciteurs dans ce cabinet, si étroit, qu'à peine pouvait-on y mettre une chaise.

Mais revenons-en au personnage important. Sa règle de conduite était grave, imposante, mais peu compliquée. Son système se résumait en un seul mot : sévérité, sévérité et sévérité. Ce mot sonore, il le répétait ainsi trois fois de suite, et, à la dernière fois, regardait fixement celui à qui il s'adressait. Il aurait pu se dispenser de le proférer avec tant d'énergie. Les dix employés soumis à ses ordres le craignaient assez. Dès qu'ils le voyaient venir de loin, ils se hâtaient de dé-

poser leurs plumes, et couraient se ranger respectueusement sur son passage. Dans ses entrevues avec ses
inférieurs, il avait une attitude superbe, et ne prononçait guère une autre phrase que celle-ci : « Que voulez-
vous dire? Savez-vous à qui vous parlez? Pensez-vous
devant qui vous êtes? » Du reste, bon homme, complai-
sant et affectueux envers ses amis. Seulement le titre
de général lui avait tourné la tête. Depuis le jour où ce
titre lui avait été conféré, il vivait le plus souvent dans
une sorte de vertige. Avec ses égaux il reprenait pourtant son équilibre, et alors on pouvait voir que sous
plus d'un rapport il ne manquait pas d'une certaine
distinction. Mais, dès qu'il se trouvait dans une réunion,
avec une personne d'un rang inférieur au sien, il se re-
tranchait dans un morne silence, et souffrait d'autant
plus de sa situation, qu'il sentait très-bien qu'il pourrait passer son temps plus agréablement. Aux yeux de
tous ceux qui l'observaient dans ces moments de contrainte, il était évident qu'il éprouvait le plus vif désir
de s'adjoindre à une conversation intéressante; mais il
était retenu par la crainte de faire des avances impru-
dentes, de se montrer trop familier, et de porter par là
une grave atteinte à sa dignité. Pour se soustraire à un
tel péril, il gardait une réserve extrême, ne proférant
que de loin en loin quelques monosyllabes. En un mot,
il avait mérité qu'on l'appelât l'ennuyeux titulaire.

C'était ce personnage dont l'humble Akakii allait
solliciter l'appui. Le moment où il entreprit cette démarche semblait choisi exprès pour flatter la vanité du
général, et en même temps devait être très-défavorable
à la cause du conseiller.

Le-haut personnage se trouvait dans un cabinet, causant gaiement avec un de ses anciens amis, qu'il n'avait pas vu depuis plusieurs années, lorsqu'on vint lui annoncer qu'un M. Bachmatchkin sollicitait l'honneur d'être admis en sa présence.

— Quel est cet homme? demanda-t-il d'un ton dédaigneux.

— Un employé, répondit l'huissier.

— Qu'il attende! Je n'ai pas le temps à présent de le recevoir.

Le noble fonctionnaire mentait. Rien ne l'empêchait d'accorder l'audience qui lui était demandée. Lui et son ami avaient déjà épuisé divers sujets de conversation. Plus d'une fois, il y avait eu entre eux de longs intervalles de silence, pendant lesquels ils se disaient en se frappant légèrement sur la cuisse :

— Voilà ce qu'il en est, mon cher.

— Oui, mon bon Étienne.

Mais le général refusait d'admettre le solliciteur pour montrer son importance de général à son ami, qui était retiré du service et vivait à la campagne, et pour lui faire voir que les employés attendaient son bon plaisir dans son antichambre.

Enfin, après plusieurs autres dialogues et plusieurs pauses silencieuses pendant lesquelles les deux vieux compagnons humaient la fumée de leurs cigares en se renversant dans de grands fauteuils, le général parut se rappeler tout à coup qu'on lui avait demandé une audience. Il appela le secrétaire qui était à la porte avec différents papiers, et lui donna ordre de faire entrer le postulant.

En voyant Akakii s'avancer avec son humble physionomie et son vieil uniforme, il se tourna brusquement de son côté, et lui dit : « Que voulez-vous? »
d'une voix impérieuse qu'il s'étudiait encore à faire vibrer en se plaçant devant une glace, huit jours avant
d'obtenir son titre pompeux de général.

Akakii, avec sa timide nature, se sentit tout troublé
par cette rude interpellation. Cependant il fit un effort
pour reprendre contenance et raconter comment son
manteau lui avait été enlevé, non sans surcharger son
récit d'une quantité de particules. Il ajouta qu'il avait
recours à Son Excellence dans l'espoir que, par sa bienveillante intervention près du chef de la police ou de
quelque autre fonctionnaire, le manteau serait re-
trouvé.

Le général trouva cette façon d'agir un peu leste.

— Eh quoi, monsieur! dit-il, ne connaissez-vous
pas la marche à suivre en une telle circonstance? D'où
sortez-vous donc? Ignorez-vous l'ordre à suivre dans
les affaires? Vous auriez dû déposer à la chancellerie
une requête qui aurait été remise entre les mains du
greffier, puis entre celles du chef de bureau, et qui ensuite m'aurait été présentée par mon secrétaire, et
mon secrétaire vous aurait...

— Permettez-moi, reprit Akakii en faisant un su-
prême effort pour recueillir le peu qui lui restait de
présence d'esprit, et en sentant la sueur lui ruisseler
sur le front, permettez-moi de faire observer à Votre
Excellence que si j'ai osé l'importuner de cette affaire,
c'est que... c'est que les secrétaires... sont des **gens**
dont il n'y a rien à espérer.

— Quoi? comment? est-il possible? s'écria le général; qui peut vous inspirer un pareil langage? Où avez-vous pris de telles idées? C'est une abomination que de voir des jeunes gens se révolter ainsi contre leurs supérieurs !

Dans son fougueux élan, le général ne remarquait pas que le conseiller avait passé la cinquantaine, et qu'on ne pouvait guère lui donner l'épithète de jeune que relativement, c'est-à-dire par comparaison avec un homme de soixante et dix ans.

— Savez-vous, continua-t-il, à qui vous parlez? Pensez-vous devant qui vous êtes? Y pensez-vous? je vous le demande.

En prononçant ces mots, il frappait du pied, et sa voix s'élevait à un diapason effrayant.

Akakii, épouvanté, bouleversé, frissonnait et tremblait, et pouvait à peine rester debout. Sans un huissier qui accourut à son secours, il serait tombé sur le parquet, et on l'emporta presque inanimé.

Le général, pourtant, était heureux de voir que l'effet produit par lui dépassait même son attente; et, ravi de reconnaître que ses paroles pouvaient émouvoir un homme au point de lui faire perdre connaissance, il jeta un regard de côté sur son ami, pour juger de l'impression qu'il ressentait de cette scène. Quelle fut sa satisfaction, quand il remarqua que son ami lui-même était agité et le regardait avec crainte.

Comment Akakii descendit l'escalier du général, et comment il marcha dans la rue, c'est ce dont lui-même ne pouvait se rendre compte; car il ne savait plus par quel ressort il se mouvait. De sa vie il n'avait

été réprimandé par un général, et par un général
étranger !

Il s'en alla par l'ouragan qui mugissait au dehors,
sans prendre la moindre précaution, sans chercher à
s'abriter sur le trottoir. Le vent qui soufflait de tous
côtés et par toutes les ruelles lui enflamma la gorge.
Quand il rentra chez lui, il était hors d'état de prononcer une parole. Il se mit au lit. Tel était le résultat de
la leçon du général.

Le lendemain, Akakii se trouvait en proie à une fièvre
violente. Grâce à l'action du climat de Pétersbourg, sa
maladie se développa rapidement. Quand le médecin
vint le voir, tous les remèdes étaient inutiles. L'honnête
docteur, après lui avoir tâté le pouls, lui prescrivit des
cataplasmes, uniquement pour ne pas le laisser mourir
sans l'action de la médecine, et en même temps il dé-
clarait que le patient n'avait pas deux jours à vivre.
Après cette sentence, il dit à l'hôtesse d'Akakii :

— Vous n'avez pas de temps à perdre, faites préparer un cercueil en sapin ; car, pour ce pauvre homme,
un cercueil en chêne coûterait trop cher.

Si le conseiller entendit ces paroles, si elles lui cau-
sèrent une violente commotion, et s'il regretta sa malheureuse existence, c'est ce qu'on n'a pas su, car il
était constamment dans un état de délire. D'étranges
visions agitaient sans cesse son cerveau affaibli. Tantôt
il se trouvait en face de Petrovitch, il le priait de lui
faire un manteau avec des pièges pour les voleurs qui
le poursuivaient sur son lit, et il priait sa vieille hôtesse
de chasser les bandits qui se cachaient sous sa couverture. Tantôt il était devant le général, écoutant une sé-

vère réprimande, et implorant le pardon de cette Excellence. Tantôt il s'égarait en de si étranges récits, que la bonne vieille femme se signait en les écoutant. De sa vie, elle n'avait rien entendu de pareil, et ces monstrueuses divagations la surprenaient d'autant plus, que le titre d'Excellence s'y trouvait joint à tout instant. Plus tard, il murmura des paroles confuses, sans suite, où il n'était pas possible de rien dévoiler, si ce n'est que la pensée désordonnée du pauvre malade flottait constamment autour d'un manteau.

Enfin Akakii exhala son dernier soupir. Ni sa chambre ni son armoire ne furent scellées, par la raison qu'il n'avait pas d'héritier, et qu'il ne laissait pas d'autre héritage qu'un faisceau de plumes d'oie, un cahier de papier blanc, trois paires de bas, quelques boutons de pantalon et la vieille capote. A qui échut cette propriété? Dieu sait. L'auteur de cette histoire ne s'en est point occupé.

Akakii fut enveloppé dans son linceul et enseveli dans le cimetière. La grande ville de Pétersbourg continua de subsister sans lui, comme s'il n'avait jamais existé. Ainsi disparut un être humain qui n'avait eu ni protections ni amis, qui n'avait inspiré aucun intérêt sympathique, qui n'attira pas même la curiosité du naturaliste, si empressé de piquer sur le liége un insecte rare et de l'examiner au microscope. Il avait supporté sans se plaindre les railleries de ses collègues. Il avait cheminé vers le tombeau, en dehors de tout événement extraordinaire; sur la fin de sa vie seulement, un manteau lui avait donné les émotions d'une nouvelle jeunesse, puis le malheur l'avait terrassé, comme il terrasse les grands de ce monde.

Quelques jours après son entrevue avec le général, comme on ne savait à sa chancellerie ce qu'il était devenu, son chef envoya un garçon de bureau pour lui intimer l'ordre de se rendre à son poste. Le garçon revint et dit qu'on ne reverrait plus le conseiller.

— Et pourquoi? lui demanda-t-on.

— Parce que depuis quatre jours il est enseveli.

Ce fut ainsi que les collègues d'Akakii apprirent sa mort. Le lendemain sa place était occupée par un autre fonctionnaire d'une nature plus robuste et qui ne se donnait pas tant de peine pour faire de belles copies.

Il semble que l'histoire d'Akakii soit terminée et qu'on n'ait plus rien à dire de lui; mais l'obscur conseiller était destiné à faire plus de bruit après sa mort qu'il n'en avait fait dans le cours de son existence, et maintenant notre récit prend un caractère fantastique.

Un jour, la nouvelle se répandit dans Pétersbourg que près du pont de Katinka un mort apparaissait la nuit, avec un uniforme d'employé de chancellerie, cherchant un manteau volé, et enlevant, sans respect pour les grades et les titres, tous les manteaux des passants, manteaux doublés d'ouate, garnis de peaux de martre, de chat, de loutre, d'ours, de castor; en un mot, tout ce qu'il pouvait prendre.

Un des anciens collègues du conseiller avait aperçu le revenant et avait parfaitement reconnu Akakii. En courant de toutes ses forces, il était parvenu à lui échapper; mais de loin encore il l'avait vu le menacer du doigt. De tous côtés on entendait dire que des conseillers, et non-seulement des conseillers titulaires, mais des conseillers d'État, souffraient d'un refroidissement par suite du rapt commis sur leurs honorables épaules.

Des dispositions furent prises par la police pour arrêter ce revenant mort ou vif, et lui faire subir un châtiment exemplaire; toutes les tentatives furent inutiles.

Un soir pourtant, un boudotchnik réussit à s'emparer du malfaiteur au moment même où il allait enlever le manteau d'un musicien. Le boudotchnik appelle aussitôt à grands cris deux de ses camarades, auxquels il confie le captif pendant qu'il cherche sa tabatière pour se raviver le nez à moitié gelé. Probablement son tabac était de telle nature qu'un mort même ne pouvait en supporter l'odeur. A peine en avait-il insinué quelques parcelles dans ses narines, que le prisonnier éternua avec une telle force, qu'une sorte de brouillard se répandit sur les yeux de ses trois gardiens. Tandis que tous trois se frottaient les paupières, le prisonnier disparut. Dès ce jour les boudotchniks conçurent une telle frayeur des morts, qu'ils n'osaient même plus arrêter les vivants, et que de loin ils leur criaient : Passez votre chemin. Le revenant alla jusqu'au delà du pont de Katinka continuer ses déprédations nocturnes, et répandit l'effroi dans tout le quartier.

Mais il faut que nous en revenions au général qui a été la cause décisive de notre fantastique et pourtant très-véridique histoire. Nous devons lui rendre d'abord cette justice, qu'après le départ d'Akakii il s'était senti ému de compassion. La justice n'était point étrangère à son cœur, non, il avait même plusieurs bonnes qualités. Seulement l'infatuation de son titre l'empêchait

de les laisser voir. Quand son amie eut quitté, sa pensée se reporta vers le malheureux conseiller, et, dès ce
moment, à toute heure, il le voyait accablé par la re-
montrance qu'il lui avait adressée. Cette image le poursuivit de telle sorte, qu'un jour enfin il chargea un de
ses employés d'aller s'informer de ce qu'était devenu
Akakii, et de ce qu'on pouvait faire pour le secourir.
Quand ce messager revint lui annoncer la mort si
prompte du pauvre fonctionnaire, le général sentit
l'aiguillon du remords pénétrer dans sa conscience, et
toute la journée il resta pensif et sombre.

Pour se distraire de ses pénibles impressions, le soir
il se rendit dans la maison d'un de ses amis, où il devait
trouver une société agréable, et, chose essentielle, peu
d'autres personnes que des personnes de son rang, en
sorte qu'il ne serait point gêné. Là il se sentit, en effet,
bientôt l'esprit soulagé de ses mélancoliques réflexions,
s'anima, se dilata, s'adjoignit sans façon entièrement à
la conversation, et passa une très-bonne soirée. A souper, il but deux verres de vin de Champagne, ce qui
est encore, comme chacun sait, un moyen assez efficace de reprendre la gaieté. Sous l'influence de la petillante boisson, l'idée lui vint de ne pas retourner directement chez lui, mais d'aller faire une visite à une
dame d'origine allemande, nommée Caroline Ivanovna,
avec laquelle il avait d'affectueuses relations.

Il faut dire que le superbe général n'était plus jeune,
que, de plus, on le considérait comme un bon époux
et un honorable père de famille. Deux fils, dont l'un
travaillait déjà dans les bureaux, et une fille de seize
ans, avec un nez crochu, mais, du reste, jolie, venaient

chaque matin lui baiser la main en lui souhaitant le
bonjour. Sa femme, qui était encore brillante et belle,
lui donnait d'abord sa main à baiser, puis ensuite lui
prenait la sienne pour la porter à ses lèvres. Très-heu-
reux de ses liens domestiques, il croyait pourtant devoir en garder encore un dans un autre quartier de la
ville. La femme à laquelle il allait demander ce surcroît d'affection n'était ni plus aimable ni plus jeune
que la sienne; mais telles sont les énigmes de ce
monde !... Nous n'essayerons pas ici de les résoudre.

Le général descendit donc l'escalier, se jeta dans son
traîneau et dit à son domestique: Chez Caroline Ivanovna.
Enveloppé avec soin dans un chaud manteau, il s'en
allait faire sa visite dans une des plus douces situations
qu'un Russe puisse imaginer, cette situation où l'esprit
flotte mollement dans un cercle de pensées toutes plus
agréables l'une que l'autre, sans se donner la peine de
les chercher. Il songeait à la soirée qu'il venait de passer, à tous les mots heureux qui avaient fait rire sa société. Il en répétait quelques-uns à demi-voix et en riait
encore.

De temps à autre, cependant, sa satisfaction était
troublée par un vent impétueux qui s'était levé subitement, on ne sait où, lui lançait au visage des flocons
de neige, et, s'engouffrant dans les plis de son manteau,
l'enflait comme une voile, de telle sorte qu'il était
obligé d'employer tous ses efforts pour le retenir sur
ses épaules.

Tout à coup il sent une main qui le saisissait vigoureusement au collet. Il se retourne, il aperçoit un petit
homme vêtu d'un vieil uniforme et reconnaît avec effroi

la figure d'Akakii, et cette figure était pâle et défaite
comme celle d'un mort. Le conseiller ouvre la bouche,
il s'en échappe une sorte d'exhalaison cadavéreuse ; et
en même temps le général entend avec un indicible
saisissement prononcer ces paroles : — Enfin te voilà !... Je puis donc te prendre au collet... J'ai besoin
de ton manteau. Tu ne t'es pas soucié de moi un jour
où je souffrais, et tu as cru encore devoir m'adresser des
remontrances... A présent livre-moi ton vêtement.

Le grand fonctionnaire respirait à peine. C'était un
homme superbe à voir dans ses bureaux et surtout en
face de ses inférieurs : lorsqu'il fixait seulement ses regards sur un de ses subalternes, chacun autour de lui
s'écriait : Quel caractère! Mais, comme beaucoup de gens
hautains, il n'avait que les apparences du héros, et, en
ce moment, son émotion était telle, qu'il craignait de
tomber gravement malade.

Il détacha lui-même d'une main fiévreuse son manteau
et cria à son cocher : A la maison, en toute hâte ! Le
cocher, entendant cette voix qui ne résonnait ainsi que
dans les moments décisifs et qui souvent était accom-
pagnée de coups de fouet, courba la tête par précaution
et fit voler son traîneau comme une flèche. En un instant, le général était sous son vestibule. Au lieu d'aller
voir Caroline Ivanovna, il rentra dans son appartement, dépouillé de son manteau, le visage pâle, l'œil
effaré, et passa la nuit dans une telle agitation, que le
lendemain matin sa fille s'écria : Tu es donc malade?

Mais il ne dit pas un mot ni de ce qu'il avait vu, ni
du lieu où il voulait aller. Cet événement produisit sur
lui une forte impression. Dès ce jour, il n'adressa plus

à ses employés ses rudes interpellations : Savez-vous à qui vous vous adressez? savez-vous devant qui vous êtes? Ou, s'il en venait encore à leur parler d'un ton impérieux, ce n'était pas du moins sans avoir pleinement écouté leur requête. Et, chose étrange! à partir aussi de ce jour, le revenant cessa de se montrer. Probablement ce qu'il avait tant cherché, c'était le manteau du général; il l'avait et n'en demandait pas plus. Plusieurs personnes affirmaient cependant que ce redoutable mort apparaissait encore dans d'autres quartiers de la ville. Un boudotchnik racontait même qu'il l'avait vu de ses propres yeux se glissant comme une ombre derrière une maison. Mais ce gardien était d'une nature si peureuse, que plus d'une fois, par ses appréhensions, il se fit moquer de lui. N'osant arrêter l'ombre fugitive qu'il voyait passer près de lui, il se glissa derrière elle dans l'obscurité. Tout à coup cette ombre se retourna, et lui cria : Que veux-tu? en lui montrant un poing comme il n'en existe pas dans le monde des vivants. — Je ne veux rien, répondit le boudotchnick, et il s'éloigna à la hâte.

Cette ombre était cependant plus grande que celle du conseiller, et elle portait d'énormes moustaches. Elle s'avança à grands pas vers le pont d'Obouchof et disparut.

LA PHARMACIENNE

PAR

LE COMTE SOLLOHOUB

LE COMTE SOLLOHOUB

M. le comte Vladimir Alexandrovitch Sollohoub est l'un des hommes distingués de la nouvelle pléiade de romanciers et de nouvellistes russes qui commence à Pouschkin, et qui s'est continuée, avec une remarquable variété de talents, par Lermontoff, Gogol, Koukolnik, Polevoi, Dal, Bestucheff, qui publia ses œuvres sous le pseudonyme de Marlinski, Tourgiéneff, l'auteur des *Mémoires d'un Chasseur*, Vonlianliarskoi, dont on déplore la fin prématurée, et plusieurs autres écrivains d'un mérite réel, dont les publications circulent rapidement des salons de Pétersbourg et de Moscou jusqu'aux extrémités de l'empire, par delà le Caucase et par delà les monts Ourals, dans les solitudes silencieuses de la Sibérie.

La noblesse russe a pris une très-grande part à ce mouvement littéraire, qui déjà n'est plus renfermé dans les frontières et les liens de sa nationalité slave, qui peu à peu se répand au dehors et attire les regards de l'Allemagne, de la France et de l'Angleterre.

Le prince Viasemski, le prince Odojeski, le gracieux poëte Venevitinoff, le fameux comte Rostopchin, à qui l'on a attribué en 1812 l'incendie de Moscou, et sa belle-fille, madame la comtesse Rostopchin, se sont plu à inscrire leur nom nobiliaire dans le livre d'or des lettres et de la poésie de leur terre natale.

Par sa naissance, par sa position et ses relations sociales, par le caractère distinct de la plupart de ses productions, M. Sollohoub représente encore l'élément aristocratique dans la littérature récente de son pays.

Par sa naissance, il appartient à une ancienne famille de Lithuanie, dont les chefs s'illustrèrent en diverses occasions, et notamment dans les guerres du seizième siècle, où l'audacieux petit État de Lithuanie défendait intrépidement son indépendance contre les agressions des tzars moscovites.

Sous les auspices de son oncle, le grand maréchal Narischkin, le père de Vladimir Sollohoub entra au service de la Russie, occupa à la cour impériale le titre de maître des cérémonies, puis s'éleva jusqu'au rang de conseiller intime.

Né à Pétersbourg en 1815, son fils, après avoir brillamment achevé son éducation dans une des principales institutions de la capitale, fut admis dans la diplomatie et envoyé à Vienne en qualité d'attaché à l'ambassade. On retrouve dans plusieurs de ses œuvres un vivace souvenir de son séjour en Allemagne. Plus tard, il est entré avec le titre de conseiller dans l'administration des provinces transcaucasiennes.

En 1841, M. Vladimir Solohoub fit paraître deux volumes de nouvelles (*Na son*) qui furent accueillis avec une vive sympathie. L'espérance qu'il avait fait concevoir par ses premiers

essais, il l'a réalisée. Il s'est signalé successivement par sa
collaboration à quelques-unes des revues importantes de Pétersbourg et de Moscou[1], par deux pièces de théâtre qui ont
été fort applaudies, par la publication de plusieurs volumes
de nouvelles, qui non-seulement ont obtenu en Russie un très-
grand succès, mais qui ont popularisé son nom dans les autres
régions de l'Europe[2]. Enfin, depuis qu'il occupe un emploi
dans les provinces du Caucase, il s'est très-activement associé
aux travaux de la Société géographique de Tiflis.

On ne trouvera point dans les œuvres d'imagination de
M. Sollohoub l'habileté de composition de Pouschkin, ni le
profond sentiment de Lermontoff, ni le caractère humoristique
de Gogol, ni le scintillant essor de Pauloff, ni les songes fantastiques d'Odojeski, mais des scènes d'une grâce charmante,
des portraits dessinés et colorés avec un vrai talent, des récits tantôt animés comme une causerie de gens d'esprit, tantôt empreints d'une touchante mélancolie, et surtout des peintures de la vie du grand monde, dans l'ennui de sa fortune et
les caprices de son oisiveté, dans le luxe de ses habitudes et
l'élégance réelle de son langage, de ce langage si difficile à
saisir pour ceux qui n'ont point vécu dans l'atmosphère des
salons, qui croient les comprendre pour les avoir quelquefois
entrevus, et qui le plus souvent n'en reproduisent qu'une
image grotesque.

[1] La nouvelle que nous publions est empruntée à une de ces revues
Rouskaïa beciéda.

[2] La plupart de ces nouvelles ont été traduites en allemand par
M. Lippert; en français par M. de Lonlay. Les Anglais ont fait une
charmante édition de sa *Tarentas;* M. Moreau a traduit récemment
cet intéressant roman dans la *Revue Française.*

M. Sollohoub appartient à ce monde aristocratique. Il peut le peindre à coup sûr, car il en connaît toutes les qualités et toutes les faiblesses. Il mérite lui-même d'être cité parmi les hommes les plus aimables de cette société russe si attrayante et si hospitalière, si courtoise et si lettrée, que quiconque aura eu le bonheur de la connaître dans ses fastueuses résidences de province, dans ses cercles de Pétersbourg et de Moscou, ne l'oubliera jamais.

Si ces quelques lignes tombent un jour par hasard sous les yeux de M. Sollohoub, je désire qu'il les agrée comme un témoignage de l'heureux souvenir que j'ai gardé de nos soirées chez le prince Viasemski et de nos promenades du dimanche à Paulovski.

LA PHARMACIENNE

I

La petite ville de C. est l'une des plus tristes villes
de province de la Russie. De chaque côté d'une rue
solitaire et bourbeuse s'étendent des maisons basses,
d'une couleur de cannelle, couvertes de planches grossièrement taillées, et à moitié brisées, assez sembla-
bles dans leur aspect à des mendiants en haillons qui,
d'une voix piteuse, sollicitent la commisération des
passants. Deux ou trois églises, ce luxe religieux du
progrès russe, se détériorent sur un terrain fangeux.
Au bord d'une large mare qui jamais ne se dessèche,
s'étale un vieux bazar en bois qui n'est qu'un dépôt de
ferrailles, de farine et de suif. Çà et là, aux fenêtres des
petites maisons, apparaissent les figures avinées de
quelques reclus de la bureaucratie. A gauche, se pa-
vane un cabaret avec son sapin; près de là une sombre

prison ; à droite, sur une façade à demi dégradée, est
clouée une planche noire sur laquelle on lit cette inscription : Pharmacie.

Par un de ces vilains jours où le ciel semble faire la
grimace à la terre, un jeune homme était assis à la
fenêtre d'une de ces pauvres habitations, fumant d'un
air morose un cigare. Son bonnet, coquettement posé
sur l'oreille, sa robe de chambre, taillée en forme de
redingote et garnie de bandes de velours, indiquaient
ses habitudes de petit-maître, tandis que, par la pré-
cipitation de ses bouffées de tabac, se révélait l'agitation de son esprit.

Dans la rue, sous sa fenêtre, était une calèche de
voyage non attelée et plongée dans la boue jusqu'à
l'essieu. Un valet de chambre, sans se soucier de la
changer de place, en tirait des hardes avec une figure
rébarbative et en grommelant entre ses dents. Quelques enfants groupés autour de la voiture la contem-
plaient dans une muette admiration, et une vieille
femme portant un seau sur l'épaule la regardait avec
de grands yeux.

Le jeune homme était absorbé dans de sombres réflexions. A présent, se disait-il, les illuminations flam-
boient au Vauxhall de Paulovski. Hermann joue des
valses, des galops et toutes sortes de pots-pourris. Les
chanteurs étrangers entonnent leurs mélodies, les dames montent dans les galeries. A présent, mes camarades poursuivent leurs galanteries, et moi je suis dans
ce trou sauvage. A présent, le Théâtre-Français est
rempli de monde. Madame Allan apparaît. Mes camarades écoutent, applaudissent, et moi je suis dans cette

tanière. Et samedi, samedi un grand bal ! O... y sera,
et B .., et V... Mes amis danseront avec elles, et elles
leur souriront, et elles coquetteront; elles co...quet...
teront avec eux, et moi je suis dans ce lieu d'exil, de
déportation, dans ce cachot.

Tout à coup un bruit inaccoutumé interrompit l'ex-
plosion de son mécontentement. Il mit la tête à la fenêtre, et vit son domestique Jacob se disputant avec
un homme qui, à en juger par sa casquette en peau
de castor et son vêtement garni de brandebourgs,
devait avoir de notables prétentions à l'élégance provinciale.

— Je te demande, disait l'inconnu, à qui appartient
cette calèche ?

— Et moi, s'écriait Jacob en colère, je vous réponds
qu'elle est à mon maître.

— Et qui est ton maître ?

— C'est mon maître.

— Coquin ! je vais te... Mais non, tiens, mon ami,
voici un grivenick [1]. Dis-moi qui est ton maître.

— Je n'ai pas besoin de votre grivenick. Vous êtes
trop curieux. Passez votre chemin.

— Cette calèche est à moi, dit le jeune homme. Que
voulez-vous ?

L'homme à la casquette leva la tête vers la fenêtre,
s'inclina, puis en s'approchant du maître de Jacob :

— Excusez-moi, dit-il, je prenais plaisir à regarder
cette voiture. Un beau travail, ma foi ! Oserais-je vous
demander combien elle vous a coûté ?

---

[1] Petite monnaie de dix kopecks.

— Trois mille cinq cents roubles.

—Eh! une jolie somme! Oserais-je vous demander à qui j'ai l'honneur de parler?

— Au baron Firengeim.

— Ah! vraiment. J'ai particulièrement connu autrefois un de vos parents. Permettez-moi de faire connaissance avec vous.

Sans attendre de réponse, il s'élança sur le seuil de la maison et monta précipitamment dans la chambre du jeune étranger.

— Puis-je vous demander, dit-il, des nouvelles du baron Gasenkampf, qui était capitaine dans mon régiment?

— Je ne suis point, répondit le jeune homme, de la famille des Gasenkampf, mais des Firengeim.

— Ah! j'avais mal entendu! Excusez-moi, je vous prie. Quelle charmante robe de chambre! Est-ce ainsi qu'on les porte à présent à Saint-Pétersbourg?

— Je ne sais... Cela dépend des goûts.

— Quelle gracieuse façon! je vous prierai de m'en laisser prendre le modèle... C'est sans doute pour affaire de service que vous êtes venu dans notre ville?

— Oui.

— Je dois vous avouer que je n'ai aucun rapport avec les fonctionnaires de la localité et que je les connais à peine de vue. Notre maire, Athanase Ivanovitch, est un bon homme, un peu faible, très-indulgent, surtout envers les marchands, et ces marchands ne pensent qu'à leur intérêt. Je pense qu'il vous soucie peu de les connaître. Notre chef de police est aussi un bon homme, un peu trop adonné à la bouteille. Nos juges

sont des gens très-bornés et très-portés à la boisson.
Notre commissaire de justice est un coquin... Je vous
le répète, je ne m'occupe point de ce monde-là. C'est
votre montre qui est là sur la table?

— Oui.

— Voulez-vous me permettre de la regarder? Ah!
la jolie montre! et quelle jolie chaîne! Nous autres
provinciaux nous ne sommes pas habitués à voir de tels
objets.

— Il me semble que dans votre ville l'existence n'est
pas récréative?

— Non, en vérité. A T., à cent verstes d'ici, c'est
autre chose. Là les nobles ont leur résidence et le
commerce prospère ; mais ici, c'est un désert. Je me
rappelle pourtant qu'il y a vingt ans nous avions ici
les sessions de recrutement, et que tout était fort animé.
La noblesse se réunissait dans cet édifice, qui est maintenant occupé par la pharmacie. Il y avait de brillantes
assemblées, des bals, des concerts. Ah! on se souvient
de ce temps-là!

— Et maintenant il n'y a pas ici une seule maison
où l'on puisse passer la soirée?

— Non. Depuis de longues années pas un noble n'a
demeuré ici, excepté le maréchal de la noblesse, qui y
vient quelquefois.

— Il est marié? demanda avec empressement Firengeim.

— Non ; garçon. C'est à vous ce nécessaire qui est
là sur la table?

— Oui.

— En argent ou en plaqué?

— En argent.

— Vous me permettez de regarder ? Quel délicieux travail ! Vous avez payé cela cher ?

— Je ne me rappelle pas.

— Charmantes choses ? Je n'avais encore rien vu de pareil. Et cette petite lime, à quoi sert-elle ?

— C'est pour les ongles.

— En vérité ! Eh bien, c'est la première fois que je vois un objet semblable.

— Mais, dites-moi, que faites-vous dans cette ville ?

L'homme à la casquette regarda le jeune étranger d'un air ébahi.

— Moi, répondit-il, je ne fais rien.

— Et comment donc vivez-vous ici ?

— Le plus souvent, je suis en visite chez les propriétaires. J'ai vendu mon domaine. Il faut bien que je reste en ville, et je vais tantôt chez l'un, tantôt chez l'autre.

— Mais vous me disiez que vous n'aviez point ici de connaissances.

— C'est-à-dire que je ne connais point particulièrement les fonctionnaires. Mais je vois fréquemment Franz Ivanovitch.

— Qui est ce Franz Ivanovitch ?

— Franz Ivanovitch ?

— Oui.

— C'est notre pharmacien.

— Un homme instruit ?

— Dieu sait ! Mais un bon homme. Il a une femme très-agréable : une Allemande que l'on trouverait jolie même dans la capitale.

— Jolie !

— En tout cas, elle n'est pas mal. C'est dommage seulement qu'elle ne puisse parler russe. Elle comprend quelque peu ; mais, pour parler, votre très-humble serviteur !

La figure du baron s'était éclaircie, tant est grande la puissance de la femme dans nos jeunes années. Aux yeux de l'étranger, la ville ne semblait plus si lugubre ; ses maisons s'animaient, et dans ses rues fangeuses se déroulaient de commodes sentiers. Le baron respirait plus librement.

En ce moment un drewschki s'arrêta à la porte.

— C'est la voiture du maire, dit le petit-maître provincial d'un air quelque peu embarrassé. Pardonnez-moi de vous avoir dérangé, et permettez-moi de revenir vous voir.

A ces mots, s'inclinant respectueusement devant le baron, plus respectueusement encore devant le maire qui entrait, le curieux sortit, regarda de nouveau de tout côté la calèche, leva le tablier pour la voir à l'intérieur, et enfin s'éloigna, suivi de la malédiction de Jacob, le valet de chambre.

Le maire était un ancien officier qui, ayant été en garnison sur les frontières de la Pologne, prenait à tâche de vanter perpétuellement les Polonaises.

Dès qu'il eut terminé sa visite, le baron sonna son domestique pour s'habiller. Une demi-heure auparavant il ne se serait pas soucié du choix de ses vêtements ; mais maintenant il désigna lui-même à Jacob l'habit, le gilet qu'il voulait mettre, et tira d'un écrin une grosse perle montée en épingle pour l'appliquer à

sa cravate. Ainsi paré, il sortit comme pour prendre
l'air, et insensiblement il se dirigea vers la pharmacie.
D'abord il examina la singulière architecture de cet
édifice, où la noblesse du district avait jadis dansé aux
sons d'une musique hébraïque ; puis il lut plusieurs
fois ce nom de pharmacie écrit sur l'enseigne ; il fit
deux fois le tour de la maison et s'éloigna ensuite. Il
ne se sentait pas le courage d'entrer dans cet établis-
sement sans un motif plausible. En ce moment, il eût
volontiers acheté une petite maladie qui l'aurait obligé
à rechercher les secours de la médecine.

Parmi les hommes du monde, doués d'ailleurs d'une
bravoure naturelle, il n'est pas rare d'observer ces ir-
résolutions passagères dont ils se repentent ensuite et
qu'ils se gardent bien d'avouer. Un instant après, le
baron, entraîné comme par un magnétisme irrésistible, revenait près de la pharmacie, en regardait les
fenêtres, s'arrêtait devant le seuil de la porte, comme
s'il se disposait à le franchir, puis s'éloignait encore
avec une palpitation de cœur. Enfin, il se sentit honteux de lui-même, et, s'accusant de lâcheté, il revint
brusquement sur ses pas et rencontra son obséquieux
visiteur qui sortait de la pharmacie.

— Je viens de voir Franz Ivanovitch, lui dit le singulier personnage, je voulais lui annoncer votre arrivée. Il dit qu'il a été à l'Université, il y a six ans, avec
un baron Firengeim.

— C'est moi, il n'y a pas d'autres Firengeim.

— Alors il vous connaît.

— Vraiment !

— C'est une perle que vous portez là à votre cravate ?

— Oui.

— Voulez-vous me permettre de la regarder? Quel charmant bijou! On n'a pas idée d'un tel luxe. Cela doit vous coûter cher? Charlotte, la femme de Franz, vous connaît aussi.

— Vraiment! s'écria le baron en s'élançant précipitamment vers la porte de la pharmacie, tandis que son nouvel ami réfléchissait en le regardant à la pauvreté des élégants de province.

Cette pharmacie était arrangée avec une certaine élégance. Ici des rayons chargés de flacons et de bouteilles avec des étiquettes latines; là des tiroirs, puis le comptoir; tout annonçait un esprit d'ordre et de précision. A l'entrée, une vieille femme pilait une drogue dans un mortier. Près de là, deux enfants demandaient, l'un du sureau pour dix kopecks, l'autre de la rhubarbe pour un grivenick.

Au comptoir était assis le pharmacien, un petit homme avec des cheveux roux frisés et une honnête expression de physionomie. Il inscrivait ses dépenses et ses recettes de kopecks, et s'acquittait de cette tâche avec autant de soin que s'il eût enregistré des millions. En levant la tête, il aperçut avec surprise le dandy de la capitale, qui, ayant déjà perdu l'ardeur de son impétueuse résolution, hésitait et ne savait comment engager l'entretien.

— Que désirez-vous? lui demanda le pharmacien.

A cette question, notre héros se sentit encore plus embarrassé. Il fallait qu'il dît pourquoi il venait dans la pharmacie. Tout à coup il répondit :

— Je voudrais avoir des poudres de soda.

— Dans notre petite ville, reprit le pharmacien, on ne demande point de ces poudres, et je n'en ai point. Nous ne sommes pas, ajouta-t-il en souriant, dans une capitale. On n'achète ici que ce qui coûte le moins cher.

— Il me semble, dit le baron en reprenant courage, que nous avons été ensemble à l'Université.

— Oui... Mais nous y sommes restés sans nous connaître... Je m'en souviens. Vous étiez dans les *landmann*, et moi dans les *bursches* [1]. De plus, nous n'appartenions pas aux mêmes facultés. Je vous ai vu à la salle d'armes; mais vous êtes tellement changé, que je ne vous aurais pas reconnu. Vous étiez à l'Université un vrai *bursche*, à présent vous êtes d'une élégance!...

— Je vis dans un autre monde, et c'est malgré moi que je suis changé.

— Mais savez-vous, monsieur le baron, que vous rencontrerez ici une autre personne de votre connaissance?

— Comment?

— Vous allez voir... Eh! Charlotte, veux-tu avoir la bonté de venir ici?

— Je suis encore en négligé, répondit une voix de femme.

A cette voix, le baron sentit battre son cœur.

— Point de cérémonie, Charlotte! reprit Franz, tu verras quelqu'un que tu connais.

---

[1] Dénomination de diverses corporations d'étudiants dans les universités d'Allemagne et dans les provinces allemandes de la Russie.

Le baron tourna ses regards vers la porte. Des pas se firent entendre dans la chambre voisine, puis le léger bruit d'une toilette qu'on achève à la hâte, puis les pas se rapprochèrent, la porte s'ouvrit, et la pharmacienne apparut.

— Vous ici ! s'écria le baron.

— Oui, répondit Charlotte en rougissant et en soupirant, c'est moi. Il y a longtemps que nous ne nous sommes vus, monsieur le baron.

II

Transportons-nous un instant dans une autre contrée, dans une autre ville, dans un autre temps.

Cette ville où je vais vous conduire, cher lecteur, ne ressemble point à celle dont j'ai fait une triste description en commençant ce récit. Elle est animée par le travail de l'intelligence, par le mouvement d'une vive jeunesse. Dans les rues circulent des jeunes gens revêtus de longs manteaux et qui causent amicalement entre eux. D'autres, portant sous le bras des livres et des cahiers, s'en vont écouter la voix salutaire de la science, tandis que de riantes figures roses, à demi cachées derrière de blancs rideaux, les regardent passer.

Années universitaires, années de jeunesse, de confraternité, heureuses années où dans chaque condisciple apparaît un ami, dans chaque étude un noble but à atteindre, dans chaque femme la réalisation d'un doux idéal! Bientôt, ô chères années! vous nous fuyez dans votre cours inexorable; mais longtemps notre âme reste attachée à vos traces, elle vous garde dans son souvenir comme un précieux trésor, comme un trésor d'ardentes aspirations, de sages enseignements, de graves pensées.

Dans une rue étroite, tortueuse, non loin d'un pont en bois, existe probablement encore aujourd'hui une maison basse avec une vaste cour et quelques humbles constructions au fond de cette cour.

Dans cette petite maison, il n'y a que quelques chambres meublées sans luxe, ou, pour mieux dire, pauvrement meublées. Mais là règne une tranquillité qu'on n'acquiert ni par les rideaux de satin ni par les tentures de Lyon. De la première pièce, on entre dans le salon, décoré selon les simples coutumes d'autrefois. Au pied des murailles nues, au milieu de la salle, est placé avec une rectitude géométrique un divan recouvert d'une étoffe de crin noir, avec un dossier en acajon fort avarié. Devant ce divan est une table ovale revêtue d'une toile cirée sur laquelle sont posés deux chandeliers avec leurs mouchettes. De chaque côté de ce même divan sont rangées trois chaises également recouvertes en crin; entre les fenêtres, deux tables à jeu, et dans l'angle un piano; çà et là, encore quelques chaises; sur une des faces du salon, deux lithographies représentant deux illustres savants allemands, et deux lampes en cuivre. Ni peinture ni ornement de fantaisie, mais une grande propreté, et les murs parfaitement blanchis. Tel est le salon. Entrons dans une autre pièce. Ici, du parquet jusqu'au plafond, de tous

les côtés, s'élèvent des tablettes en bois ordinaire, char-
gées de livres de toute sorte; sur les tablettes inférieures, une masse d'in-folio posés là comme les fon-
dements de la science, et plus haut des séries d'autres
volumes serrés contre les murailles. Au milieu de cette
chambre est un bureau encombré de livres et de papier.
C'est le cabinet de l'érudit, le sanctuaire du professeur
allemand. C'est avec sa coquetterie pédantesque la prin-
cipale pièce de la maison. Près de là est une autre petite pièce où le professeur se repose de ses travaux de
la journée, et plus loin la chambre de sa fille, une
charmante fille de quinze ans qui fait la joie de son
père et l'admiration des étudiants.

Dans la cour, en face de l'habitation de cette jeune
fille, un ingénieux propriétaire a meublé des petites
chambres qu'il loue par semestre, pour un prix modique, à des étudiants. Près de ces humbles cellules, le
modeste appartement du professeur est une demeure
splendide.

Si vous avez été étudiant, cher lecteur, vous vous
rappellerez les meubles que vous aviez dans votre logis, et vous ne pourrez y songer sans sourire et sans
soupirer, car vous ne donneriez pas pour un riche
magasin de Pétersbourg ces livres déchirés, ces chaises
à demi rompues, témoins de votre jeunesse ardente, de
votre jeunesse pleine d'espoir et d'enthousiasme. Que
de vie et de mouvement dans ces pauvres retraites!
Que de scènes imposantes et burlesques! Quel mé-
lange de combinaisons profondes et d'images singulières! Ici, des crânes et des ossements humains, d'é-
normes pipes, des rapières et des caricatures; là, des

amas de livres et de cahiers; plus loin, des verres et des bouteilles, des cartes et des vêtements, et un gros barbet blanc qui, levant d'un air grave son museau, regarde tranquillement les amis de son maître.

Au commencement de l'année scolaire, en 18.., arriva dans le quartier des étudiants le jeune baron Firengeim de Courlande, qui, selon les usages traditionnels de l'Université, fut reçu par ses condisciples à titre de *mulet*. Bientôt, en vertu des mêmes règles académiques, il passa à l'état de *renard*[1], c'est-à-dire qu'il reçut son premier titre de bourgeoisie dans ce monde fantastique, où l'élément sérieux et l'élément comique se confondent de telle sorte, qu'ils deviennent presque inséparables. Après avoir fait un minutieux examen de sa personne, après s'être signalé par ses libations à sa réception solennelle dans sa confrérie, après avoir mis sur sa tête la casquette bariolée, et appliqué sa main vigoureuse au maniement de la rapière, le jeune homme se dit que, pour avoir toutes les qualités de l'étudiant, il ne lui manquait plus que d'être amoureux. Le baron était ce que, dans les régiments et dans les écoles, on appelle un bon garçon, c'est-à-dire qu'il était toujours prêt à boire avec les buveurs, à jouer avec les joueurs, à s'escrimer avec les ferrailleurs, à étudier avec les élèves laborieux, et à rester dans l'indolence avec les paresseux. Par de telles condescendances, on compromet son indépendance et l'on s'amoindrit peut-être dans l'estime d'une corporation

---

[1] Expressions empruntées à la terminologie des universités allemandes et employées à désigner les étudiants des différents degrés.

d'étudiants qui se laissent surtout séduire et entraîner par les caractères déterminés. Mais le baron rachetait ce défaut par un cœur chaleureux et poétique, par l'amour du beau, par un esprit pénétrant qui, à l'aide de quelques efforts, pouvait aller fort loin. En un mot, il était d'une nature noble, élevée et essentiellement aristocratique. Que les démocrates me pardonnent cette expression, qui peut seule rendre pleinement ma pensée !

Pour atteindre au complément de son existence d'étudiant, le baron n'avait pas à faire un long trajet. En face de ses fenêtres flottaient deux rideaux blancs, et derrière ces rideaux apparaissait une figure printanière avec des joues roses, de grands yeux bleus, de longues boucles de cheveux soyeux, et une douce et rêveuse expression de physionomie. A tout instant, le jeune Courlandais pouvait la suivre dans tous ses mouvements. Le matin, elle sortait avec son pauvre petit chapeau et son tablier noir, portant ses livres dans un sac, pour se rendre à l'école, baissant timidement les yeux devant le regard hardi des étudiants. De retour au logis, elle entrait à la cuisine et s'occupait des travaux du ménage. Dès son bas âge, elle avait perdu sa mère et était restée seule avec son père, qui, absorbé dans ses études et ses devoirs de professeur, lui abandonnait pleinement la direction de la maison. Après le frugal repas qu'elle avait préparé, elle s'asseyait à son piano, jouait quelque vieille sonate et chantait assez mal quelques romances allemandes. Parfois elle faisait une promenade avec son père. Le soir, le vieillard allumait un cigare et se plongeait dans la lecture

des journaux scientifiques. La jeune fille alors prenait
une chandelle et se retirait dans sa chambre, pure et
paisible comme un sanctuaire. Là elle préparait sa
leçon du lendemain, ou écrivait à une de ses amies,
ou s'appliquait à quelque travail de broderie, ou lisait
les œuvres d'un poëte aimé. Quelquefois la plume s'arrêtait entre ses doigts, le livre s'échappait de ses
mains ; sa tête, voilée par sa riche chevelure, s'inclinait sur son sein, et elle s'abandonnait à une énigma-
tique rêverie, comme si elle eût été dominée par un
pressentiment à la fois sombre et agréable. Parfois
elle restait ainsi longtemps immobile et silencieuse,
dans l'attraction d'une riante pensée ou les appréhensions d'une douleur inexprimable. Tantôt un léger
sourire animait sa figure virginale, tantôt une larme
furtive s'échappait de ses yeux. Puis enfin elle se levait, éteignait sa lumière, et tout dormait dans la maison du professeur.

Pourquoi notre étudiant aurait-il été chercher ailleurs ce qu'il désirait? Pour fixer son attention, pour
captiver son cœur, que lui fallait-il de plus que cette
jeune fille avec ses quinze ans, sa jolie figure, sa modeste démarche, son regard touchant, et sa poétique
nature allemande?

Hélas! notre héros était né baron, baron des provinces allemandes, avec des armoiries ciselées sur les
colonnes de sa vieille église. De plus, il était riche, ce
qui, soit dit en passant, n'est pas chose commune parmi
les barons allemands.

Par suite de ces diverses circonstances, par son élément aristocratique, Firengeim éprouvait un sentiment

de répugnance invincible pour tout ce qui pouvait le
mettre en contact avec des existences plébéiennes, pour
tous les incidents de la vie journalière des pauvres
gens. Ce cher baron! Lorsque dans les rêves de sa
jeune imagination il se créait à lui-même une compagne, il parait cet idéal de sa couronne nobiliaire, il
le revêtait de velours et de satin, il lui mettait sous
les pieds des tapis anglais, il lui donnait, à la place du
vif accent de la passion, l'élégant et léger langage du
monde.

Avec de tels penchants, s'il ne pouvait rester complétement indifférent à la beauté de sa jeune voisine,
il n'éprouvait cependant pas pour elle un ardent enthousiasme. Le petit chapeau qu'elle posait sur sa
tête outrageait à ses yeux d'une façon scandaleuse les
lois de la mode, et le sac où elle mettait ses livres lui
apparaissait comme la tombe de la poésie. De plus, il
avait remarqué que la jeune fille faisait elle-même le
matin ses provisions pour la cuisine. Il la voyait peser
le poisson, examiner les légumes, marchander et payer
sa dépense avec une grosse monnaie de cuivre. Il savait, en outre, que pour tous les jours de la semaine
elle n'avait qu'une simple robe d'indienne, et pour les
jours de fête une seule robe en percale blanche. Quoiqu'elle fût belle comme un ange, quoiqu'elle charmât
tout le monde, depuis le surintendant jusqu'au dernier écolier, le baron ne pouvait oublier cette robe
qu'elle avait cousue elle-même et qu'elle gardait comme
la prunelle de ses yeux parce qu'elle n'en possédait pas
d'autres.

Lorsque, fatiguée de ses études ou de son labeur,

16.

elle se retirait dans sa cellule, et que son flambeau
brillait derrière ses blancs rideaux, à un cœur enthousiaste il eût semblé qu'on ne pouvait pénétrer ni par
les yeux ni par la pensée dans cette mystérieuse retraite, ou qu'on ne pouvait s'élancer là, dans son rêve,
sans vouloir se prosterner devant cette douce, chaste,
céleste image. Mais le baron pensait qu'elle avait pris
à la main un flambeau où brûlait une chandelle de
suif, qu'elle avait un vilain bois de lit, des draps gros-
siers, et qu'elle déployait sur elle une couverture éraillée.

Cependant il voulut user de son privilége de voisin,
et, un jour férié, après avoir fait sa barbe, revêtu un
frac noir et mis des gants blancs, il se rendit, à midi,
chez le professeur pour lui rendre visite. En entrant,
il aperçut la jeune fille à travers la porte entr'ouverte,
et la vit à regret disparaître.

— Soyez le bienvenu, mon jeune ami, dit le bon
professeur *utriusque juris* en ôtant ses lunettes et en
s'arrachant à un amas de papiers poudreux. Vous vous
consacrez, je crois, aux finances?

— Non, à la diplomatie.

— Ah! *diplomatiæ cultor!* Vous suivez les leçons de
mon savant ami Bekkern?

— Précisément.

— Et vous êtes laborieux?

— Quelquefois.

— Il faut être laborieux, mon ami. Dans la science
est la semence du grand et du beau. Ne perdons pas
notre temps; notre temps, c'est notre capital, notre
trésor. *Ars longa, vita brevis.* Il me semble que vous
êtes notre voisin?

— J'ai cet honneur.

— Je vous en prie, pas de cérémonie. Nous ne sommes point ici dans la capitale, et, franchement, si je puis vous être agréable en quelque chose, disposez de moi. J'ai quelques rares ouvrages, des livres qu'on ne trouve pas sans les chercher... sans les bien chercher, ajouta le digne professeur avec une naïve vanité de bibliomane. Vivons en bons voisins.

Et, à ces mots, il tendit la main à l'étudiant avec une franche cordialité.

— Un brave homme! se dit le baron, qui se sentait, sans le vouloir, ému d'une telle réception.

— Écoutez, reprit le professeur, si vous n'avez pas peur de passer quelques instants près d'un vieillard, voulez-vous dîner avec nous?

Par une singulière contradiction, Firengeim fut à la fois réjoui et inquiet de cette invitation.

— Je la verrai, se dit-il.

Ce fut sa première réflexion. Puis il ajouta :

— Peut-être que ce rongeur de livres désire me rapprocher d'elle dans l'espoir de me marier avec elle. Car, sans doute, il sait que j'ai un bel héritage en perspective, que je serai riche.

Mais l'honnête Allemand n'avait pas la moindre idée de cette situation. Il aimait les jeunes gens et désirait autant que possible leur être agréable. L'étudiant allemand accepta l'invitation, se retira, et une heure après il était de retour. Une grossière servante mettait la nappe sur la table. Le professeur, vêtu d'une longue redingote couleur olive et paré d'une cravate blanche, se promenait dans sa chambre, tandis que sa fille, as-

sise près de la fenêtre, regardait ce qui se passait dans
la rue. A l'approche du baron, elle rougit, se leva et fit
un salut qui n'était pas sans grâce. Le professeur,
après quelques réflexions banales, invita son convive à
se mettre à table.

La grosse servante apporta dans une soupière une
bouillie d'avoine au lait. Le professeur et sa fille sa-
vourèrent ce mets rustique; le baron n'y touchait qu'à
contre-cœur. Quand on a faim, un mauvais dîner près
de la personne qu'on aime est un accident fort désagréable. L'amour s'affaiblit et l'appétit reste. C'est
triste à dire, mais c'est vrai. A ce hideux potage succéda un plat de morceaux de bœuf nageant dans la
graisse, avec des pommes de terre à moitié crues; puis
un plat de beignets compléta ce dîner, pendant lequel
il n'avait été question que des qualités des différentes
sauces.

—Et maintenant, Charlotte, dit le professeur quand
le repas fut fini, va me chercher une bouteille de vin
pour fêter mon jeune ami.

Charlotte sortit, et revint un instant après, apportant un flacon de vin du Rhin, pour lequel son savant
père, comme tous les savants d'Allemagne, avait un
goût particulier.

Le vin du Rhin et les cigares étaient l'unique joie
sensuelle et l'unique prodigalité du vieux professeur.
C'était pour lui procurer ces deux denrées de luxe que
sa fille ménageait avec soin les kopecks toute l'année,
renonçait pour elle-même à toutes les fantaisies natu-
relles à son âge, n'avait qu'une robe d'indienne pour
les jours de la semaine, une robe de percale pour les

dimanches, et discutait longtemps, minutieusement, le
prix des provisions. Les cigares venaient de Hambourg;
le vin du Rhin était acheté par un ami qui s'y connaissait. Le baron ignorait ces détails.

En humant avec un sentiment patriotique la liqueur de son pays natal, le professeur se ravivait;
comme les enfants jouissent de leurs jouets, il jouissait de sa vieillesse. Deux heures s'écoulèrent rapidement, pendant lesquelles il raconta son existence de
jeune homme, ses études, ses examens, les amitiés
qu'il avait formées parmi les lettrés de l'Allemagne,
et son amour timide, et son mariage, et toute sa vie
silencieuse, laborieuse; puis, à la fin de son récit, une
larme descendait sur ses joues comme un hommage à
ceux qu'il avait aimés. Le baron l'écoutait avec attention. Le bon côté de son esprit s'ouvrait à la séduction
de cette calme, honnête existence, à l'idée du bonheur
qu'on pouvait éprouver dans une sphère si tranquille,
en face de cette charmante jeune fille. Apaisée dans ses
tumultueux mouvements, affranchie de ses vains désirs, son imagination s'élançait vers une source ra-
fraîchissante d'une pureté idéale. Puis bientôt il se
trouvait en proie à un conflit d'impressions et de sentiments qu'il ne pouvait surmonter. En regardant Charlotte, il se disait qu'il devait l'aimer. En observant les
détails de son intérieur, il ne pouvait plus admettre la
possibilité de cet amour. Sans elle, tout lui semblait
affligeant; avec elle, tout devenait triste. Assis en face
d'elle, les regards fixés sur ses beaux yeux bleus, om-
bragés par de longs cils, il l'emportait sur les ailes de
son imagination dans un monde merveilleux où tout

respirait la poésie et le bonheur. Puis, soudain, ses rêves s'évanouissaient à l'aspect de cette pauvre habitation, et l'idée de la bouillie d'avoine, des vêtements rapiécés, des mouchettes près de la chandelle de suif, des choux dont on avait longtemps marchandé le prix, était pour lui comme une ondée glaciale.

Avec cette dernière impression, Firengeim se promettait chaque soir de ne pas continuer le cours de ses visites chez le professeur, et le lendemain il y retournait, buvait avec lui le vin du Rhin, fumait avec lui des cigares, et jouait avec Charlotte des sonates à quatre mains.

Quelques mois s'écoulèrent ainsi. Dans les villes universitaires, pas plus que dans les autres villes, la médisance n'est endormie. Bientôt le bruit se répandit que le baron allait épouser la jeune Allemande, et à cette nouvelle s'adjoignirent, comme de coutume, toutes sortes de commentaires. Quand le baron apprit de quelle rumeur il était l'objet, il en fut très-mortifié. Le mariage ne lui apparaissait que comme un port après une longue traversée, et il commençait seulement son voyage. En même temps, il s'effrayait à l'idée qu'un autre que lui pût épouser Charlotte. Cependant nous devons lui rendre justice, il eut la force de se vaincre, peut-être parce qu'il était jeune et animé d'un généreux sentiment, ce qui, par malheur, s'en va avec l'âge. Il cassa tout à coup d'aller chez le professeur, et, pour se distraire, se jeta dans le tourbillon de la vie d'étudiant.

Cette vie d'étudiant, n'est-ce pas, mes amis, la coupe pétillante qu'on ne peut quitter et qui ne désaltère pas?

Firengeim voulut en faire l'expérience. On le vit, la
casquette sur l'oreille, la main armée d'un lourd bâ-
ton, se rendre aux réunions les plus turbulentes, et
lutter dans la salle d'armes avec les *burschen* les plus
redoutés. Son nom, qui était resté longtemps obscur,
devint célèbre dans tous les carrefours. Les novices de
l'Université le regardaient avec respect, et les jeunes
filles avec curiosité. Mais le baron n'avait nulle envie
de devenir amoureux et trouvait à chaque rencontre
quelque préservatif à un rêve de galanterie. Cette jeune
personne était assez jolie, mais son père exerçait le
métier de boulanger; cette autre lui avait d'abord paru
très-séduisante, mais un jour il remarqua qu'elle ne se
lavait pas les mains. Celle-ci était trop petite, celle-là
trop grande; l'une pas assez brune, l'autre trop blonde.
Bref, après les avoir toutes passées en revue, il ne trouvait encore rien de mieux que la fille du professeur;
mais il ne s'était occupé d'elle qu'à ses moments de
loisir, et en souffrant à tout instant du ridicule pro-
saïsme de sa situation.

Que se passait-il alors dans le cœur de la douce
Charlotte? Il est aisé de le deviner. Elle était retombée
dans son premier isolement. Elle évitait soigneusement le baron quand par hasard elle l'apercevait dans
la rue, et restait plus longtemps seule le soir à rêver
dans sa chambre. Lorsque Firengeim la rencontrait,
il lui semblait qu'elle était irritée contre lui, et il s'en
affligeait.

— De quel droit, se disait-il, se montre-t-elle mécontente de moi? — Il est probable pourtant qu'il eût
été plus offensé de la croire indifférente.

Au reste, sa vie s'écoulait dans un perpétuel entraînement. Le matin, il assistait d'un air distrait à quelques leçons, puis se rendait à la salle d'armes, dont les exercices étaient pour lui un enseignement de premier ordre ; puis, le soir, il se réunissait à ses joyeux compagnons pour boire et chanter, et, toute la nuit, on entendait résonner ses cris bruyants.

Il arriva que l'Université célébrait l'anniversaire de sa fondation. Les étudiants se réunirent avec une ample provision de bouteilles dans leurs cabarets. Le baron était le chef d'une de ces jeunes cohortes, il les conduisit dans une taverne et y resta tout le jour. Cachée derrière ses rideaux, Charlotte, inquiète de ne pas le voir, épiait son retour avec impatience. Le soir, les bourgeois de la ville illuminèrent leurs maisons, en l'honneur de l'Université, et par la crainte aussi qu'on ne brisât leurs vitres. Bientôt de tout côté apparurent les diverses corporations d'étudiants qui s'avançaient avec des flambeaux chantant en chœur et se réunissaient devant l'édifice de l'Université pour le saluer par de nombreux vivats.

Tous les habitants de la cité étaient sur leurs portes et assistaient avec curiosité au spectacle de cette fête bruyante. Les cris, les chants, les acclamations, se succédaient sans interruption. Près de la demeure du professeur s'arrêta une bande tumultueuse qui avait eu trop de vin à sa disposition.

— Savez-vous, s'écria d'une voix rauque l'un de ceux qui en faisaient partie, savez-vous que le vieux barbon qui demeure là a été hier fort impoli envers moi.... ; oui, fort impoli.... Je frappais sur le plan-

cher avec mes pieds...., c'était mon caprice.... Ne pouvais-je avoir un caprice? Eh bien, tout à coup le vieux
me dit que j'empêche les autres d'écouter.... Voyez-
vous cette grossièreté?

— Une véritable grossièreté! dirent quelques-uns
de ses compagnons.

— Qu'il soit donc puni comme il le mérite! Un vigoureux *pereat !*

— *Pereat !* s'écria toute la bande d'une voix si formi-
dable, que les murs des maisons voisines semblaient en
être ébranlés.

En ce moment, le professeur était paisiblement assis
dans sa chambre devant son bureau. A ces vociférations
désordonnées, il pâlit, puis se dit :

— Ce n'est pas à moi que s'adresse cet outrage.
Non; c'est, vraisemblablement, à mon pauvre savant
voisin.

— *Silentium! Burschen !* s'écria d'une voix impérieuse un autre étudiant. C'est une honte que d'offenser ainsi un innocent vieillard !

— Comment donc ! Qu'est-ce que cela signifie ? dirent plusieurs jeunes gens, émus de cette apostrophe.

— A-t-il jamais, reprit la même voix, insulté quelqu'un d'entre vous? A-t-il jamais été hostile aux étudiants ? Ne s'est-il pas, au contraire, tout entier consacré à vous? Et vous, au lieu de le remercier, vous l'ou-
tragez par vos injures. C'est une honte, enfants.

— C'est Firengeim, murmura un des étudiants,

— Il y a, dit un autre, une belle fille chez le professeur.

Mais, au même instant, toutes les voix réunies proférèrent un autre cri : — *Vivat ! vivat ! vivat ! crescat, floreat in æternum !*

— Monsieur le baron, dit l'étudiant qui avait provoqué l'offense faite au digne professeur, nous aurons un petit compte à régler ensemble, : vous plairait-il de venir faire une promenade avec moi ?

— Avec des pistolets ? répondit Firengeim.

— Oui, s'il vous plaît, avec des pistolets.

— Non, dit un des anciens de la corporation, avec des fleurets.

Un nouveau *vivat* résonna dans les airs.

Une fenêtre s'ouvrit dans l'habitation saluée par ces enthousiastes acclamations, le professeur apparut aux regards des étudiants, et d'une voix émue prit la parole.

Aux premiers mots de son discours, il se fit dans la troupe turbulente un grand silence. L'honnête Allemand disait comment il était entré dans la carrière universitaire, quelle prédilection il avait toujours eue pour les étudiants ; et, en terminant sa harangue, il déclara que la plus douce joie qu'il pût éprouver au déclin de sa vie, c'était de penser que ses efforts n'avaient point été complétement inutiles à ses disciples. Pendant que les premières cohortes d'étudiants s'écoulaient avec regret, d'autres encore vinrent se joindre à celle-ci, et, lorsque le professeur eut fini de parler, des *vivat* retentirent avec le fracas de la foudre. Puis, tous les flambeaux jetés sur le sol et rassemblés en un même bûcher éclairèrent de leur feu la troupe joyeuse. Le professeur courait à sa cave avec une gaieté d'enfant. Il s'approcha des étudiants, leur serra la main, leur distribua ses

meilleurs cigares, et pour eux épuisa sa provision de
vin du Rhin.

Quelques jours après, on rapportait sur un brancard
Firengeim grièvement blessé et sans connaissance.

Quand il commença, à revenir à lui, un nuage s'é-
tendait encore sur ses regards et sur sa pensée. Dans
cette ombre confuse, il entrevit un doux visage et deux
yeux humides pareils à des étoiles voilées qui semblaient le rappeler à la vie. Peu à peu cette vision flottante entre le rêve et la réalité prit plus de consistance,
ces traits devinrent plus distincts. C'était elle. C'était
la fille du professeur, qui se tenait debout, inquiète et
tremblante, au chevet du malade.

— Il a recouvré le sentiment, dit-elle à voix basse
en rougissant. Je ne dois plus rester ici.

Et elle soupira.

Son père, qui était près d'elle, observait la blessure
de l'air d'un homme qui s'y connaît.

— Quel beau coup d'épée ! dit-il. Mon pauvre ami,
si vous avez besoin de quelque chose, c'est à moi qu'il
faut vous adresser.

Le baron resta trois mois au lit. Sa jeune voisine n'o-
sait plus venir le voir, mais à tout instant il reconnaissait sa sollicitude à ses ingénieuses attentions. De la demeure du professeur, il lui arrivait chaque jour des
aliments délicats, du linge, des livres, des fleurs, et
toutes sortes de choses inconnues à un insouciant garçon. Charlotte était sa providence invisible, et c'était à
sa chaste image qu'il rejoignait toutes les vagues rêveries de ses longues insomnies. Quant à elle, l'innocente
fille, elle faisait une heureuse habitude de cette œuvre

de tutelle, et attribuait le secret penchant de son cœur
à un sentiment de commisération.

Fatigué de ses folies d'étudiant, le baron retourna
avec joie chez le vieux professeur, reprit ses livres et se
remit à travailler. Par l'effet de sa maladie, et par suite
de ce nouveau genre d'existence, ses idées étaient bien
changées. Il en était venu à reconnaître que les qualités du cœur et de l'esprit valent mieux que l'élégance
des formes. Affranchi de ses anciens préjugés, il se rapprochait de plus en plus du vénérable professeur; il
éprouvait pour lui une affection filiale, et il aimait Charlotte comme une sœur. Dans le cours régulier et uniforme des heures qu'il passait près d'elle, rien n'excitait le feu de la passion, mais à tous deux il semblait
qu'ils fussent nés l'un pour l'autre. Avec elle, à ses moments de loisir, il s'occupait de musique, ou lisait les
œuvres de quelque poëte. Elle avait une prédilection
particulière pour Schiller; lui préférait Gœthe. Cette
dissidence suscita quelquefois entre eux d'aimables
discussions, pareilles à des querelles d'enfants. Ils
se plaisaient à être ensemble; mais, chose singulière!
lorsque Charlotte était dans une disposition de gaieté,
il devenait morose, et, lorsqu'il reprenait un air pétu-
lant, la jeune fille à son **tour** s'attristait. Puis parfois
ils se réunissaient tous deux dans les mêmes impressions, et alors leur cœur se dilatait dans un sentiment
de bonheur inexprimable, et la joie petillait dans leurs
yeux. Le baron n'y comprenait rien. Chaque jour pourtant un attrait invincible le ramenait chez ses bons
voisins, chaque jour il passait de doux moments à regarder Charlotte, puis il rentrait chez lui et s'appli-

quait à l'étude. Ce fut là le plus heureux temps de sa
vie, et peut-être que si cette situation se fût prolongée,
elle lui aurait complétement réformé le caractère ; mais
un événement subit le jeta tout à coup dans une autre
direction. Il hérita d'un domaine considérable; il fut
mis en possession d'un important majorat. A cette
époque, ses cours académiques étaient finis, et la vie
universitaire lui paraissait très-fastidieuse.

Richesse ! richesse ! mobile de nos études, de notre
activité de citoyen, de notre bonheur de famille, ou de
notre frivole existence, si pour quelques-uns tu es le
génie de la science, pour combien d'autres n'es-tu pas
le démon des mauvaises pensées ?

Le baron commença à faire ses préparatifs de voyage
avec un froid égoïsme. Le tintement métallique de l'argent résonnait de loin à son oreille, la perspective des
honneurs et des distinctions séduisait son esprit. En
deux jours tous ses apprêts étaient terminés, et il avait
pris congé de ses connaissances.

Quand il vint annoncer au professeur son changement de situation et son départ, le bon viellard parut
fort ému. Sa fille n'était pas à la maison ; le baron le
pria de vouloir bien lui transmettre ses paroles d'adieu
et de lui répéter que toute sa vie il se souviendrait d'elle.

— Sans doute, se dit-il, elle a disparu à dessein pour
échapper à un dernier entretien.

Il existe dans quelques-unes de nos universités une
coutume touchante. Lorsqu'un étudiant se sépare de
ses condisciples pour entrer dans le monde, lorsqu'il
abandonne à jamais sa vie joyeuse d'étudiant, ses camarades le conduisent à pas lents à travers les rues de

la ville, en chantant en chœur des chants plaintifs, des
chants de deuil qui résonnent comme le bruit lugubre
de la terre qu'on jette sur un cercueil. Et l'étudiant
qui s'en va n'ensevelit-il pas en effet dans le passé,
comme dans un cercueil, la meilleure part de sa jeunesse, de sa gaieté, de sa poésie?

Comme Firengeim était très-aimé de ses camarades,
dès le matin du jour fixé pour son départ, de tous côtés
on vit une quantité de jeunes gens se réunir sur la place
où la procession devait se former. Bientôt il apparut,
portant pour la dernière fois son costume d'étudiant.
Deux de ses amis le prirent par la main et ouvrirent
la marche; les autres se rangèrent derrière lui et en-
tonnèrent leurs chants funèbres. Le baron s'avançait
en silence, absorbé dans ses souvenirs.

Dans chaque rue, à chaque pas, il revoyait une de
ses connaissances : c'était le traiteur qui jouait de la
contre-basse, l'appariteur qui venait l'inviter à se rendre chez le recteur, le marchand qui lui faisait crédit,
le propriétaire qui lui louait une chambre, et les femmes, et les jeunes filles avec lesquelles il dansait. Tous
le saluaient de la main et lui adressaient avec leurs
adieux des vœux sincères. Mais voilà qu'il lève la tête,
il est devant la maison du professeur. A la fenêtre est
Charlotte, avec sa robe blanche, comme si elle avait
voulu se parer pour cette triste cérémonie. Ses joues
n'ont plus leur incarnat accoutumé. Ses mains tombent
languissamment à ses côtés. Le baron lui adresse un
salut mélancolique. Elle ne répond point à ce salut.
Son visage devient encore plus pâle, et, à voir comme
elle tient ses regards fixés sur cette procession, on di-

rait qu'elle voudrait pouvoir l'arrêter dans sa marche
par quelque miracle; puis soudain ses yeux se voilent,
et de grosses larmes ruissellent le long de ses joues.

Pour le baron, cette douleur était une tardive révé-
lation, et son âme en fut émue.

— Elle m'aimait, se dit-il.

Et il baissa la tête. Et la troupe d'étudiants continua sa marche, et longtemps encore on entendit ses
chants vibrer dans les rues, puis le bruit s'affaiblit peu
à peu et cessa à la barrière.

III

On a fait une plaisante observation qui, de même
que plusieurs autres plaisanteries, offre un sujet de réflexion assez curieux. On a dit que si le Russe prend
l'habitude de boire jusqu'à ses vingt-cinq ans, il restera toute sa vie un ivrogne. L'Allemand, au contraire,
peut avoir les mêmes habitudes jusqu'au dernier jour
de sa vingt-quatrième année, puis tout à coup il pren-
dra un autre régime, et jusqu'au terme de sa carrière
ne boira plus que de l'eau. La veille, il se livrait à toutes sortes d'extravagances; le lendemain, il entre comme
un homme sérieux parmi les hommes sérieux. La veille,
c'était un bursche turbulent, insoucieux, jetant l'argent à tort et à travers; le lendemain, c'est un Allemand
réfléchi, économe, qui tire parti de tout. En un mot,
les passions des Allemands sont réglées comme des ren-

tes imprescriptibles et enregistrées exactement à leur
échéance.

Cette différence entre les deux nations est surtout
remarquable parmi les étudiants à la fin de leur cours
universitaire. J'ai eu un camarade qui s'était battu tant
de fois, que son corps était couvert de cicatrices, qui
jouait jusqu'à ses vêtements, et qui buvait de telle sorte,
que le cabaretier lui-même en était stupéfait. Le jour
de son départ, il commit des folies à faire dresser les
cheveux sur la tête. Puis, lorsqu'il prit son dernier verre
de vin, les larmes s'échappèrent de ses yeux, et trois
fois de suite il s'écria: *Lebe wohl, meine goldene Iu-
gend!* Adieu, ma jeunesse d'or! Le lendemain, c'était un
vénérable pasteur. Il apprenait à prononcer des béné-
dictions, il préparait des homélies, et ne pensait à sa
vie d'étudiant si récemment achevée que comme à une
lointaine époque de sa carrière.

Il en arriva à peu près de même à Firengeim. L'impétueux étudiant devint tout à coup un prudent diplo-
mate. Il résolut de se rendre à Pétersbourg, et vit deux
régions ouvertes devant lui pour son agrément et pour
son ambition: le grand monde et l'administration.
Peu lui importait de rendre quelque service à l'État,
il voulait faire son chemin, voilà tout.

Nous autres Russes, nous accusons souvent les Allemands de prendre la place que nous avions rêvée,
d'atteindre au but que nous ambitionnions. N'est-ce
pas notre faute? Ils persévèrent dans leurs projets, tandis que nous chancelons; ils poursuivent sans relâche
leurs efforts, tandis que nous épuisons en un instant
toute notre ardeur pour retomber ensuite dans une

molle indifférence. N'est-il pas tout simple alors qu'ils nous barrent le chemin, et s'emparent sous nos yeux de l'emploi et des distinctions que nous désirions obtenir?

Le baron avait cette faculté allemande. Il entra dans ses fonctions en renonçant à tout traitement, pour mériter par là un plus prompt avancement. Il s'appliqua, dès son installation dans les bureaux, à se mettre en bons rapports avec ses collègues; il flatta son directeur, il fit la cour à son ministre. A le voir assis à son pupître, il semblait né pour porter l'uniforme. Il n'oubliait pas un seul employé dans ses attentions. Il donnait des gratifications au concierge et aux domestiques. Bientôt, quoiqu'il travaillât fort peu, il réussit à se faire considérer comme un très-digne fonctionnaire.

Dans le monde, il suivit la même tactique. Seulement, pour y aller, il remplaçait l'uniforme par le frac et par les gants jaunes. Il prit à tâche de se rendre agréable aux veillards, il les écoutait d'un air respectueux, avec une profonde attention, leur présentait leurs pelisses ou leurs manteaux, leur rendait des visites ponctuelles, et ne manquait pas, à leur jour de naissance, de déposer chez eux une carte et un présent. Puis il faisait leur partie au jeu, et souvent perdait. Bien entendu que ses présents et ses pertes étaient proportionnés à l'importance du personnage dont il voulait conquérir la bienveillance. Mais tous étaient charmés de lui. En même temps, le baron eut soin de se faire présenter aux beautés à la mode; quoiqu'elles n'eussent pas, à vrai dire, un grand attrait pour lui, il tenait pour sa gloire d'homme du monde à montrer

qu'il était en bonnes relations avec elles. Il se plongeait
près d'elles dans un large fauteuil élastique, se penchait
de leur côté pour leur parler à l'oreille, et leur mur-
murait à voix basse toutes sortes de fadeurs. Elles souriaient invariablement, bien que la plupart du temps
ce qu'il leur disait n'eût rien de récréatif. Mais, dès que
l'une avait commencé à rire, toutes les autres suivaient
son exemple ; de même que toutes voulaient porter des
manches courtes, des gants glacés et des mantelets de
velours. Chaque matin, il arrivait chez le baron de jolies petites lettres parfumées, avec des invitations à dîner et des billets de concert. Enfin, il eut l'honneur
non-seulement de danser avec les femmes les plus re-
cherchées, mais ces femmes mêmes manifestaient le désir de l'avoir pour cavalier dans un quadrille nouveau,
parce qu'il dansait d'une façon distinguée et qu'il allait
à la cour. Il s'éleva ainsi rapidement à une position notable dans le monde. Il excitait l'envie de tous les pauvres, timides, maladroits provinciaux qui, pour com-
pléter les nuances du tableau, figuraient dans les salons
de Pétersbourg. Avec les hommes, il se montrait poli
sans devenir obséquieux, et ses politesses et ses avances
étaient scrupuleusement proportionnées au rang et aux
signes de distinction des personnes avec qui il se trouvait. Ainsi il saluait en souriant d'un air dégagé le
simple cordon de Sainte-Anne, il s'inclinait avec un
profond respect devant la première classe de l'ordre de
Saint-André. Et il agissait ainsi non point par l'effet
d'une nature révérencieuse, mais par la conviction intime
qu'il accomplissait un devoir en rendant à chacun cet
exact hommage. En quelques années, il devint un

homme du monde accompli, affamé de distraction,
ennemi du travail, et calculant froidement tout ce qui
pouvait lui être de quelque utilité, tont ce qui pouvait
aider à son avancement. Ce fut dans ces circonstances
qu'on le chargea de remplir une mission officielle dans
la petite ville dont nous avons donné la description au
commencement de ce récit.

Mais pendant ce temps qu'est devenue la fille du professeur?

Mon aimable lectrice, je ne doute pas qu'avec votre
pénétration vous n'ayez déjà reconnu dans la femme
du pharmacien la jolie Charlotte, qui aimait sans espoir le baron. Comment avait-elle quitté le toit pater-
nel pour venir demeurer dans cette vilaine petite ville,
et comment, en songeant au baron, avait-elle épousé
un pharmacien? Comment? C'est un vilain trait, dites-
vous. Mais, permettez-moi de vous le demander, votre
noble époux a-t-il toujours été l'unique objet de vos
pensées? A l'heure même où il vous conduisait à l'au-
tel, n'auriez-vous point vu flotter devant vous une autre image que la sienne? D'autres traits ne se seraient-ils
point gravés dans votre cœur? Recueillez un peu vos souvenirs. Ne vous est-il pas arrivé de vouloir à jamais rester fille, ou de vouloir vous ensevelir dans un monas-
tère? Et puis... après... vous pleuriez l'un et vous
souriez à l'autre. La nécessité vous a imposé un sacri
fice; ce sacrifice, vous l'avez accompli, et, grâce à Dieu,
vous paraissez assez heureuse, quoique les pantoufles
et la robe de chambre de votre mari remplacent votre
idéal. Nous accusons souvent les autres pour nous justifier nous-mêmes, et il peut se faire que ce qui nous

semble une action répréhensible soit pour d'autres fort excusable.

Tandis que Charlotte, en vraie fille d'Allemagne, s'abandonnait à ses mystérieuses rêveries, un petit jeune homme à cheveux roux passait et repassait régulièrement deux fois par jour sous ses fenêtres. Firengeim était parti depuis longtemps, et l'on n'avait appris que ses succès dans le monde. On ajoutait qu'il était fort galant, qu'il cherchait à se marier, et qu'il riait ironiquement quand on lui parlait de son ancienne existence. Une partie de ce récit était vraie ; l'autre, comme de coutume, inventée à plaisir. La pauvre Charlotte commença par pleurer, puis se révolta, puis s'apaisa, et enfin reporta toutes ses affections sur son père. Les natures aimantes ne se laissent point écraser par une trahison. Elles consacrent leur généreuse faculté à un être plus digne d'elles. La noble fille s'efforça de s'oublier elle-même et ne pensa plus qu'à se dévouer à son vieux père, à lui adoucir les derniers moments de la vie. Cependant le petit jeune homme à cheveux roux continuait à passer sous ses fenêtres avec une telle régularité, qu'elle finit par s'habituer à sa physionomie comme à un point de vue inévitable.

Il est des gens d'un caractère résigné qui savent attendre, et par leur patience arrivent à leur but. L'étudiant que nous venons de signaler était de cette nature. Lorsqu'il crut le moment favorable, il se présenta chez le professeur, fit connaissance avec lui en lui parlant latin, et se mit avec lui à boire du vin du Rhin et à fumer des cigares. Le vieillard se prit d'une vive affection pour ce nouveau visiteur, quoiqu'il soupirât en-

core involontairement au souvenir de son ancien ami
emporté dans le tourbillon de Pétersbourg. L'étudiant
multiplia ses visites, et Charlotte, sans lui accorder une
grande attention, s'habitua à son entretien comme elle
s'était habituée à ses promenades journalières. Bientôt
il vint s'établir dans le quartier même où Firengeim
avait séjourné; mais il ne parlait à Charlotte ni d'a-
mour, ni de poésie, ni de ses espérances, craignant de
nuire par un trop prompt aveu à ses desseins. Cependant il aidait la jeune fille dans les travaux de son ménage, il indiquait de nouveaux assaisonnements pour sa
cuisine, il distillait avec elle des liqueurs et quelquefois
il achetait pour elle des légumes. Peu à peu il se rendit
nécessaire dans la maison, et le temps, dans son vol
rapide, apportait sur ses ailes les souffrances, les infirmités, la mort. Le professeur tomba malade. Ses livres
furent délaissés, ses cigares mis de côté, son vin du
Rhin oublié. Il languit quelque temps, puis vit venir
la mort avec la dignité de l'homme qui a vécu d'une vie
consacrée à la vertu et à l'étude. L'étudiant le veilla
avec l'affection d'un fils. Il lui préparait ses potions, il
les lui apportait. A ses derniers moments, le vieillard
le bénit en l'appelant son gendre, et lui confia sa malheureuse fille.

Cet événement produisit sur Charlotte une si cruelle
impression, qu'elle accepta avec une morne indifférence
sa nouvelle situation. Son fiancé, du reste, ne l'impor-
tunait point par l'expression d'une passion intempes-
tive; il s'occupait de diriger sa maison et de faire les
préparatifs du mariage. Ce fut ainsi que Franz Ivanovitch atteignit son but.

Bientôt le mariage s'accomplit, triste, froid, comme un sacrifice offert à une tombe fraîchement ouverte. Franz Ivanovieth était ému de cette cérémonie ; mais il ne fatigua pas sa jeune femme de ses protestations et de ses serments. Il avait un grave devoir à accomplir, il falait qu'il assurât sa position matérielle. Déjà il avait fait ses études, il avait subi ses examens en pharmacie, et, après de longues combinaisons, il résolut de se rendre en Russie pour gagner de l'argent. Il avait appris que dans la petite ville de C... il n'existait pas de pharmacie ; ce fut là qu'il se dirigea, en comptant qu'il vivrait dans cette ville à bon marché et qu'il s'y ferait une fructueuse clientèle. Tout ce qu'il possédait, joint au pauvre héritage du professeur, fut employé à l'achat de ses vases, de ses alambics et à son organisation dans cette vieille maison où jadis la noblesse avait dansé, et où il mit son enseigne.

La tendre Charlotte ! quelle existence nouvelle ! quel désenchantement ! La pauvreté sans la poésie, les inquiétudes sans la consolation, la solitude sans l'espérance ! Et pas un être à qui elle pût confier ses douleurs, parler du passé ! Franz Ivanovitch, n'ayant pas le moyen de payer un auxiliaire, travaillait lui-même du matin au soir à rouler ses pilules, à sécher ses plantes, à composer ses mixtures. Du reste, toujours actif, alerte, il allait et venait, secouant sa chevelure rousse, heureux aussi de voir sa jeune femme. Il faut lui rendre cette justice qu'il ne l'obsédait point de doucereuses galanteries, qn'il n'exigeait pas d'elle de grands témoignages de tendresse. Il se contentait de lui donner modestement l'exemple de la soumission et de la patience. Elle se réjouissait de penser qu'il ne comprenait pas ce dont elle souffrait, et s'appliquait soigneusement à lui cacher ses souvenirs et ses regrets. Elle avait fait dans la ville peu de connaissances, et, de toutes celles qu'elle avait faites, il n'en était pas une à laquelle elle n'eût volontiers renoncé. C'étaient le maire passionné pour les Polonaises, le juge passionné pour le vin mousseux, l'ispravnik qui ne pensait qu'aux redevances et aux nombreuses assemblées, puis la fâcheuse baronne Petrowna Krivogorcka, qui n'était occupée qu'à médire et à prendre soin de ses chiens. Ces gens faisaient de temps à autre une visite chez le pharmacien, dans l'espoir d'obtenir à meilleur marché, et peut-être gratuitement, les divers ingrédients dont ils avaient besoin.

Plus fréquemment que tous les autres, l'ex-propriétaire, pour se distraire dans son oisiveté, arrivait le matin avec sa redingote à la brandebourg, saluait le pharmacien, puis s'approchait de Charlotte en lui adressant invariablement les mêmes paroles :

— Bonjour, madame, comment vous portez-vous?

— Bien, répondait en soupirant la jeune femme.

— Puis-je fumer ma pipe ?

On lui apportait une pipe. Il se mettait à fumer comme une cheminée, puis racontait les nouvelles de la ville : un marchand venait de recevoir un baril de harengs frais, une vielle femme était tombée sur le trottoir nouvellement construit, et autres histoires du même genre.

Sa chronique épuisée, il recommençait pour la centième fois avec la pharmacienne quelques-unes de ses aimab les plaisanteries. — Eh bien, Charlotte Karlovna,

disait-il, quand vous mettrez-vous à apprendre le russe?
Voyons, prononcez quelques mots. Vous ne pouvez
pas? C'est pourtant bien simple. Il faut que vous vous
y appliquiez, sinon vous m'obligerez à apprendre l'allemand, et je ne connais encore d'autres mots de cette
langue que *gut* et *lieb danken*.

Charlotte souriait tristement. Le sot propriétaire dé-
posait sa pipe dans un coin, puis se retirait très-satis-
fait de sa visite. Dans une capitale, se disait-il, oui,
dans une vraie capitale, on trouverait cette femme très-
jolie.

Et Charlotte restait seule, tout le jour seule. Que de
longues heures elle passait quelquefois assise à sa fenêtre, plongée dans ses sombres réflexions, regardant
les nuages gris amassés à la surface du ciel, ces nuages
qui n'annoncent ni la tempête ni le soleil, ces nuages
froids, tristes, lourds comme sa propre existence. Puis,
plus bas en face d'elle, que voyait-elle? Des mares
d'eau et des canards, des rues boueuses, des femmes
en haillons, de misérables maisons dont les vitres
brisées étaient rejointes par des lambeaux de papier.
Tout ce qu'il y a de plus laid dans l'aspect de l'hu-
manité semblait réuni pour empoisonner les plus belles années de sa vie.

Puis son imagination était pour elle une autre cause
de tourment. Les rêves qui jadis l'avaient occupée se
représentaient plus vivement à son esprit; et, dans sa
solitude, elle voyait scintiller, flamboyer l'image de l'a-
mour, mais d'un amour passionné qui enflammait ses
sens. Pour un instant de cet amour, de ce bonheur,
elle aurait voulu donner toute sa vie.

Dans ses douloureuses agitations, elle ne pouvait cependant ni haïr ni mésestimer son mari. A vrai dire, il
ne la comprenait pas, mais c'était un bon et honnête
homme, qui s'efforçait constamment d'adoucir pour elle
le fardeau des soucis domestiques, qui sans cesse travaillait avec l'unique ambition de lui préparer quelque
bien-être dans l'avenir.

Deux années s'étaient ainsi écoulées, quand le baron
se présenta à la pharmacie pour acheter des poudres
de soda.

IV

— Il y a longtemps, dit Charlotte, que nous ne nous
sommes vus, monsieur le baron.

— Il y a longtemps, à mon grand regret ; et vraiment je ne pensais guère que ce voyage, que j'ai maudit du fond du cœur, aurait pour moi un tel résultat.

— Quel résultat ?

— Le bonheur, l'inexprimable bonheur de retrouver celle qui a si vivement intéressé ma jeunesse.

Le baron s'arrêta, et jeta sur la pharmacienne un
regard inquisiteur.

Franz Ivanovitch s'inclina, ne comprenant pas probablement les ingénieuses paroles du jeune voyageur.

— Voudriez-vous bien, répliqua-t-il, entrer au salon ? Il n'est pas brillant, mais il appartient à de
bonnes gens. Pendant ce temps, je vous demande-

rai la permission d'aller expédier mes petits clients.

Le baron suivit avec émotion Charlotte dans sa chambre. Une foule de souvenirs se réveillèrent subitement à la fois dans son esprit. Les paisibles entretiens du soir dans la maison du professeur, les visions qu'il avait entrevues quand il était malade sur son lit, se représentaient vivement à sa pensée.

Cependant il n'avait plus devant lui la petite fille d'autrefois, avec son humble chapeau, sa démarche timide, son regard craintif, mais une femme épanouie dans toute la fleur de sa beauté. Peut-être qu'elle avait perdu la pure, la sainte expression de sa candeur première; mais il se manifestait dans ses yeux, dans sa physionomie, une indéfinissable douceur, un caractère de souffrance, de passion, qui lui donnait un charme tout nouveau, un charme dangereux.

Le salon où elle introduisit le baron n'était, en effet, point brillant. Quelques chaises très-ordinaires, un divan près du poêle, une table recouverte d'un méchant tapis, un piano devant la fenêtre, le tout placé dans un ordre symétrique, tel était le mobilier. Dans un angle s'élevait une armoire à vitres, où l'on entrevoyait une douzaine de tasses en porcelaine, et quelques cuillers en argent, rangées selon les lois de la précision allemande et de l'élégance bourgeoise. Ce luxe germanique frappa désagréablement le dandy de la capitale; involontairement il se prit à songer aux splendides demeures de Pétersbourg; mais cette impression ne fut pas de longue durée. A mesure qu'il avançait dans la vie, le baron s'habituait à observer avec plus d'indifférence les décorations de la vie.

— Aurais-je jamais imaginé, dit-il à voix basse, que je vous reverrais ici?

Charlotte soupira.

— Et que je vous reverrais mariée?

Un regard languissant, qui exprimait un timide reproche, répondit à ces paroles.

— Votre père se porte bien?

— Mon père est mort.

Le baron inclina la tête. Il n'avait pas même su que son vieil ami était mort. Son cœur ne put se défendre d'un sentiment pénible. Mais bientôt son égoïsme d'homme du monde le détourna de ses fâcheuses réflexions.

— Le père est mort, se dit-il; c'est une crainte de moins. Son mari est un bon homme facile à mener. Elle m'aime, et ici, dans cette misérable bourgade, je ne pense pas que je doive rencontrer beaucoup de rivaux... En tout cas, cette galanterie m'occupera.

— Vous devez, reprit-il, vivre ici bien tristement.

— Oui, répondit la jeune femme avec des larmes dans les yeux. Mon père m'a laissée orpheline. Mon pauvre père! Il parlait souvent de vous. Du jour où je l'ai perdu, mon existence a été bien changée. Tout m'est apparu sous un autre aspect, et je ne sais vraiment comment j'aurais pu exister sans le charme de mes souvenirs.

— Très-bien, pensa le baron, voilà des indices. Elle est malheureuse, donc elle est préparée à une autre situation, et je ne serais qu'un absurde écolier si tout ne s'arrangeait pas au gré de mes vœux.

— Et voilà pourquoi, dit-il, vous vous êtes mariée;

— Je me suis mariée pour faire plaisir à mon père. Il croyait que je serais heureuse avec un homme qui m'aimait, et qui probablement ne changerait pas.

— Ceci ressemble à un reproche, se dit encore le baron. Positivement elle m'aime. Et comme elle est jolie !... infiniment plus jolie que toutes ces grandes dames de Pétersbourg auxquelles j'ai inutilement consacré tant de soupirs, de temps et d'argent.

Il se rapprocha de Charlotte et lui dit avec un profond soupir :

— Ah ! votre mari est heureux. Rien ne s'est opposé à sa félicité : ni les parents, ni les circonstances, ni vous-même : car sans doute vous l'aimez ?

La jeune femme lui répondit **avec** un triste sourire :

— Mon mari est très-bon, il m'est fort dévoué, et je serais bien ingrate si je ne rendais pas justice à ses qualités.

— Bah ! se dit le jeune séducteur, la tactique habituelle ! On veut se créer des raisons de résistance, des remords dramatiques, pour tout sacrifier ensuite, et en revanche exiger une complète reconnaissance.

Enhardi par ces réflexions, il ajouta :

— Oui, votre mari est un être heureux. Il peut passer tous ses jours près de vous. Il peut vous donner les noms les plus tendres, vous serrer sur son cœur, et oublier le monde entier à vous entendre parler, à contempler votre beauté.

La pharmacienne était très-agitée.

En ce moment, Franz Ivanovitch rentra.

—Quelle ville! s'écria-t-il avec chagrin. On ne peut pas même y gagner sa subsistance. Celui-ci marchande sans cesse, celui-là n'achète qu'à crédit. Ce qui me coûte un rouble, il faudrait que je le donnasse pour un demi-rouble et que j'attendisse encore le payement. Comme si je ne devais pas aussi boire et manger ? Quelle maudite ville !

— Mais pourquoi y restez-vous ? demanda le baron. Il me semble que vous auriez bien plus d'avantage à vous établir dans une grande cité, à Pétersbourg, par exemple?

— Oui, cela vaudrait mieux peut-être, mais la vie est chère là-bas; et pour un homme marié!... Si pourtant je trouvais une autre place...

— Je puis m'en occuper.

— Mille remercîments! Mais n'y songez pas. Vous faites un trop bon usage de votre temps, vous autres gens du monde! Comment pourriez-vous en accorder une partie à un pauvre apothicaire?

— Pardon; vous êtes injuste. Je suis toujours disposé à être utile à mes amis.

— Je vous rends grâce de vouloir bien m'accorder ce titre.

— J'espère le justifier.

— En attendant, monsieur le baron, vous devez vous trouver bien mal dans notre chétive petite ville.

— Non, au contraire.

— Ah ! voilà de vos politesses. Nous n'avons point de distractions extraordinaires à vous offrir, point de théâtre, point de bal. Si pourtant une soupe, une bou-

teille de vin et une tasse de thé pouvaient vous être
agréables, c'est à votre service.

— J'accepte volontiers.

— Eh bien, voulez-vous demain dîner avec nous ?
C'est probablement la première fois de votre vie que
vous aurez dîné dans une pharmacie.

— Je viendrai avec grand plaisir.

— Ne soyez pas trop exigeant. Nous n'avons à vous
offrir qu'un modeste repas, mais nous vous l'offrons de
bon cœur. N'est-il pas vrai, Charlotte ?

Charlotte inclina la tête en silence.

— Pense donc, poursuivit Franz, à traiter notre
hôte de façon à ce qu'il ne soit pas trop mécontent.

La jeune femme salua et sortit.

— A quelle heure dînez-vous ordinairement ? demanda le baron.

— A midi ; mais pour un élégant habitant de Pétersbourg nous remettrons, si vous le voulez, le dîner à
une heure ; est-ce assez tard ?

— Parfaitement.

Le baron se retira, profondément occupé de Charlotte. De retour dans sa demeure, il se rappela toutes
les scènes de séduction de tous les romans qu'il avait
lus et résolut de mettre sérieusement en pratique le
savoir qu'il avait acquis par ces lectures.

Le lendemain, il attendait l'heure du dîner avec impatience Il se para de son plus brillant gilet, de sa
plus riche cravate, de son habit parisien, et se mit en
marche par le sentier bourbeux qui conduisait à la
pharmacie. Franz vint le recevoir à la porte, lui tendit
la main affectueusement, et le fit entrer dans le salon

où il l'avait introduit la veille. Les cuillers d'argent
ne brillaient plus dans l'armoire vitrée. Elles devaient
servir au festin. Tout était nettoyé, frotté avec soin, et
quatre couverts étaient déjà symétriquement placés
sur la table. Dans un coin du salon l'ex-propriétaire
fumait sa pipe.

— Et où est votre femme? demanda le baron.

— Elle est à la cuisine, occupée de notre dîner. Nous
n'avons point de cuisinière; nous ne sommes pas
riches.

Le jeune Lovelace éprouva une impression désagréable en pensant que celle à qui il voulait faire la cour
tournait en ce moment des casseroles et travaillait
peut-être à rôtir une poule pour plaire à celui qui avait
été le premier objet de ses affections.

— Votre serviteur, dit l'homme à la casquette, de
l'air familier d'une vieille connaissance; vous vous
portez bien?

— Très-bien.

— Comment vous êtes toujours élégant! C'est un gilet
de Pétersbourg que vous avez là?

— Non, de Paris.

— De Paris! Permettez-moi de le regarder. Cela
doit coûter cher?

— Je ne sais.

— Ces beaux messieurs de Pétersbourg, ils s'habillent comme des princes et ne savent pas ce que cela
leur coûte.

Au même instant, Charlotte entra avec son ancienne
robe blanche. Deux boucles de cheveux arrondies au-

tour de ses oreilles tombaient sur ses épaules, et sur
son front se déroulait un cordon de soie garni de ver-
roteries de Venise. Ce cordon, parure inévitable des
pauvres filles d'Allemagne, choqua encore les regards
du baron. Il s'inclina devant elle en silence et se mit
à parler de la pluie et du beau temps. Cependant la
soupe fut servie, et les convives s'assirent à table. Ce
n'était pas une soupe aux pommes de terre, ni une
soupe aux choux, mais la mémorable bouillie d'avoine
au lait dont le baron avait joui régulièrement tous les
mercredis et les samedis quand il était à l'université.
Il jeta un regard sur Charlotte, qui sourit et rougit. Il
est des femmes qui savent mêler la poésie de leur cœur
aux plus vulgaires détails de la vie. L'aristocrate Firengeim comprit l'intention que Charlotte avait eue en
lui offrant ce mets rustique, et pour la première fois
s'inquiéta peu de ce qui était sur la table. La conversation s'anima; on parla de Pétersbourg et des moyens
d'y transporter la pharmacie. Franz se montrait effrayé
de la difficulté de subsister dans une grande ville.
L'homme à la casquette ajoutait que Pétersbourg était
surtout une résidence redoutable. Vers la fin du dîner,
le pharmacien se leva d'un air important, entra dans la
chambre voisine et en rapporta une bouteille de vin de
Champagne, la seule qui eût jamais paru dans son éta-
blissement. C'était pour honorer grandement son hôte
qu'il se livrait à un tel luxe. Le vin avait un goût étrange,
mais l'intérieur de la bouteille et l'écume qui en jaillit
étaient d'une apparence très-convenable.

— A la santé de M. le baron ! s'écria le bon Franz.
Puisse-t-il vivre cent ans !

— Et monter au rang de général ! ajouta l'ex-propriétaire.

— Et avoir beaucoup de bonheur ! murmura Charlotte.

— Allons, encore un verre ! dit le pharmacien.

Quand la précieuse bouteille fut vide, les convives se
levèrent de table et se mirent à fumer. Il était quatre
heures. Deux heures s'écoulèrent encore en une causerie sans suite. Le pharmacien pensait probablement
à ses affaires, le baron regardait à sa montre avec impatience. Charlotte semblait très-agitée. L'ex-propriétaire jouissait seul d'un doux repos et contemplait le
plafond. Enfin il se leva pour aller voir, dit-il, le maître de poste. Franz se retira dans sa boutique. Firengeim resta seul avec la jeune femme. Au dehors s'étendait l'obscurité d'une soirée d'automne.

Les deux amants étaient l'un près de l'autre en silence. Subjugué par une timidité qu'il maudissait, le
brillant séducteur se trouvait tout à coup arrêté dans
ses projets de conquête. Il songeait ; il s'accusait de faiblesse et de sottise ; puis enfin, respirant comme s'il
venait de prendre une héroïque résolution :

— Voulez-vous, dit-il, jouer quelque chose ?

— A quatre mains ?

— Oui.

— Mais je joue si mal !

— Je vous en prie. Vous souvenez-vous comme nous
jouions ensemble autrefois ?

— Je m'en souviens.

— Eh bien, de grâce !

— Si vous voulez...

Ils s'assirent l'un à côté de l'autre, devant le piano.

— Que vous jouerai-je? demanda Charlotte.

— Ce qu'il vous plaira.

— Tout m'est égal.

— Voici un cahier. Choisissez.

— Choisissez vous-même?

— Nous jouerons ensemble.

— Comme autrefois; — comme dans l'ancien temps, murmura la jeune femme en soupirant; mais pardonnez-moi si je fais quelque faute.

— Et moi, je vous demande la même indulgence.

Ils se mirent à jouer ensemble; mais ils n'étaient pas d'accord : tantôt l'un allait trop lentement, tantôt l'autre trop vite. Et le salon devenait de plus en plus obscur.

— Charlotte, dit tout à coup, à voix basse, le baron, Charlotte, vous avez donc été irritée contre moi?

— Irritée !... Que Dieu vous pardonne! — Ne pas m'avoir écrit seulement une fois !

— Soit. Accusez-moi, condamnez-moi. Peut-être parviendrai-je à me justifier.

— Pardon; il me semble que je viens de faire une fausse note.

— Je souffre tant en pensant que je vous ai affligée !

— Tournez donc le feuillet.

— Votre bonheur m'est si cher... si cher... Hélas! et moi je suis si malheureux!

— Vous malheureux!

Tous deux cessèrent de jouer.

— Oui, Charlotte, je suis vraiment malheureux. Le

monde dans lequel je vis m'oppresse et me refroidit
l'âme. Nulle part je ne puis me dilater le cœur. Dans les
salons que je fréquente, je vis seul, je n'accorde à personne mon affection, je ne crois à aucune affection.

— Pauvre jeune homme!

Encouragé par cette exclamation, le baron continua :

— Savez-vous, Charlotte, quelle consolation j'ai
trouvée dans l'amour, quelle ardente pensée j'ai con-
servée dans la froide atmosphère du grand monde? Le
savez-vous?

La jeune femme ne répondit point. Son cœur battait
vivement.

— Tout ce qui me reste, c'est le souvenir du passé,
c'est votre image. C'est là mon plus précieux trésor. Que
de fois, fatigué du vide de mes futiles relations, je me
suis retiré en silence à l'écart! Dans cette solitude, je
vis de nouveau près de vous, avec vous; je regarde vos
fenêtres, et je vous entrevois comme autrefois derrière
vos rideaux blancs. L'imagination alors me tient lieu
de la réalité. Je suis heureux de mes rêves, et l'amour
et la joie raniment mon cœur.

— Hélas! et moi, dit Charlotte, que je suis triste
aussi! Mon père mort, pas un ami pour m'aider. Je
m'abandonne aussi à mes souvenirs, et la réalité m'é-
crase.

— Ainsi nous souffrons cruellement tous deux.
Personne ici ne peut ni vous apprécier ni vous comprendre; et moi, je sais que vous êtes faite pour aimer,
pour être aimée, pour éprouver toutes les joies et toutes
les agitations du cœur.

— Ne me dites pas ceia!

— C'est la vérité.

— Oui, c'est une fatale vérité. J'ai longtemps espéré le bonheur, je l'ai entrevu de loin ; mais il n'a fait que briller à mes yeux, et m'a fui en me laissant à peine dans ma solitude une consolation.

— Non ! s'écria le baron. L'amour est plus fort que l'adversité. Nous serions heureux ensemble. Vos regards me le disent. Qui donc nous empêche de jouir d'une autre existence?

— Comment?

— Ne pouvons-nous pas nous élever au-dessus des misérables conventions qui nous séparent? Ne pouvons-nous pas nous aimer librement et savourer dans notre amour la récompense des peines que nous avons subies ?

— Mais le monde?...

— Que nous importe le monde? L'amour ne sera-t-il pas notre univers? En face de l'amour, tout n'est que néant. Qu'elle est grande, qu'elle est sainte, l'âme qui est remplie d'amour !

En prononçant ces mots, le baron prit la main de Charlotte, et cette main tremblait.

— Et le devoir ! murmura d'une voix faible la jeune femme.

— Le devoir! c'est une invention des froids calculateurs; c'est une convention terrestre, et pour nous le ciel est ouvert. Voyez : ce n'est pas en vain que le sort nous a de nouveau réunis. Nous sommes nés l'un pour l'autre ; ne voulez-vous pas le reconnaître? Par la puissance de mon amour, moi je dis que vous devez m'aimer.

— Et vous ne vous trompez pas, balbutia Charlotte en mettant une main sur ses yeux.

Une expression de bonheur indicible anima le visage du baron à cet aveu, et le salon était alors plongé dans une profonde obscurité.

— Oh! maintenant, s'écria-t-il, je suis prêt à mourir pour vous. A présent, je suis sûr que nous pourrons être heureux. Mais ajoutez encore une de ces douces paroles. Dites-moi s'il y a longtemps que vous m'aimez, et comment.

— Oui, je vous le dis, car je n'ai pas la force de garder plus longtemps le silence. Oui, je vous aime et n'ai jamais cessé...

En ce moment la porte s'ouvrit, et une grosse servante, vêtue d'une méchante robe de coutil et les pieds nus, entra dans le salon, apportant deux flambeaux avec deux chandelles de suif. La main de la jeune femme s'écarta de celle du baron, et la vue de ces chandelles et du misérable accoutrement de la servante rendit à Firengeim une de ses fâcheuses impressions.

En même temps, ce vulgaire incident rappelait Charlotte à la raison.

— Non, non, dit-elle d'une voix émue, une femme doit vivre pure et sans reproche. L'illusion s'en va, et le repentir reste. Je vous en conjure par tout ce qui vous est cher, ne recommencez plus un tel entretien.

A l'entrée du salon apparut Franz.

— A présent, dit-il, me voilà libre. Je crains que vous ne vous soyez ennuyés. Voulez-vous prendre un verre de punch, ou faire une partie de boston?

Mais le baron ne voulut accepter aucune de ces pro-

positions. Trompé dans son attente, déconcerté dans
ses projets, il se retira dans sa demeure et passa la
nuit dans une violente agitation. Le léger séducteur aimait la pauvre pharmacienne de province, il l'aimait
avec ardeur et sans espoir.

V

Bientôt les visites assidues de Firengeim à la pharmacie donnèrent lieu, dans la petite ville, à une foule
de réflexions et de commentaires fort peu charitables.
L'ex-propriétaire racontait à ce sujet de curieux détails
dans les visites qu'il faisait aux marchands; la conseil-
lère Krivogorcka s'en entretenait très-aigrement avec
ses amies; l'ispravnik en raisonnait d'un ton cynique
avec l'assesseur dans le cours des audiences. Le juge,
rencontrant le maire, lui dit :

— Eh bien, vous savez ce qui se passe chez le pharmacien ?

— Avec l'étranger ? Oui, on m'en a parlé.

— La chose me paraît claire, et c'est très-incon-
venant, extrêmement inconvenant. A votre place, j'in-
terviendrais dans cette affaire. L'autorité, comme une
tutrice vigilante, est tenue de veiller au maintien des
bonnes mœurs parmi les citoyens et de ramener dans
la bonne voie ceux qui s'en écartent. C'est là votre
devoir.

— Vous croyez ?

— Sans doute. N'êtes-vous point par vos fonctions le gardien des mœurs dans cette ville?

— C'est vrai.

— Ce baron est, à ce qu'il paraît, un de ces hommes qu'on appelle des esprits forts. Il n'a pas été vous voir?

— Non.

— Il ne s'est pas non plus présenté dans ma maison. Il pouvait se dispenser de cette politesse à mon égard..., mais envers vous, maire de la ville... Et vous avez été le voir?

—- Oui.

— En uniforme?

— Oui.

— Et il ne vous a pas rendu votre visite?

— Non.

— Quelle idée a-t-il donc de lui, ce beau monsieur? Il serait bon de lui donner une leçon.

— Vous croyez donc que je devrais parler à Franz Ivanovitch?

— C'est votre affaire. Pensez-y vous-même.

Quelques jours après, le drowschki du maire s'arrêtait à la porte de la pharmacie. Franz, peu soucieux de toute vaine marque de distinction, fronça le sourcil à l'approche de cette visite. Cependant il s'avança à la rencontre du magistrat et le reçut respectueusement.

Le maire, qui désirait vraiment faire le bien, mais qui était un peu borné, avait pris à cœur le conseil du juge, et s'était décidé à intervenir dans les relations domestiques du pharmacien.

— Je voudrais, lui dit-il en prenant un air grave, vous entretenir d'une chose très-importante.

— En quoi puis-je vous être agréable? répondit Franz.

— Mon devoir comme maire n'est pas seulement de m'occuper de la police de la ville. L'autorité, ajouta-t-il en répétant les paroles du juge, est tenue de veiller comme une tutrice vigilante au maintien des bonnes mœurs parmi les citoyens et de ramener dans la bonne voie ceux qui s'en écartent.

— Sans doute.

— Je remarque avec joie que nous sommes d'accord. Nous sommes l'un et l'autre des hommes sérieux et nous pouvons traiter une question avec calme, n'est-il pas vrai?

— Assurément.

— Entre nous, je n'ai pas toujours été si sage. Lorsque j'étais au régiment, dans la Russie blanche, vous savez, aux environs de Dinabourg, j'étais jeune, et souvent amoureux, et j'ai fait bien des folies. Mais quelles femmes charmantes je voyais là ! Madame Drombikœkaia, madame Tschemboulitzkaia. Je n'en ai vu nulle part de pareilles.

— Où voulez-vous en venir?

— Patience. Je voulais seulement vous dire que j'espérais vous voir accepter comme il convient ce que j'ai à vous communiquer.

— Au sujet de madame Tschemboulitzkaia?

— Non, de votre femme.

— De ma femme ! s'écria le pharmacien d'une voix qui fit reculer le maire de deux pas.

— Calmez-vous. C'est dans votre intérêt que je désire vous faire part des rumeurs...

— Quelles rumeurs ?

— Allons... allons... Ce n'est rien...; seulement il y a des gens qui s'étonnent des visites fréquentes du baron dans votre maison, et qui font là-dessus de fâcheux commentaires... Vous comprenez... Moi, je n'ai nullement de telles idées..., mais ce sont des choses auxquelles il faut prendre garde.

Franz tremblait de tous ses membres.

— Vous voyez cette fenêtre ? s'écria-t-il d une voix stridente : dites à ceux qui veulent bien m'adresser de tels avertissements que je les jetterai par là comme un flacon brisé ! Ma femme est pure comme la colombe ; ma femme est au-dessus de toutes les inventions, de toutes les calomnies qui alimentent votre ville stupide ; entendez-vous, monsieur le maire ?

Si quelqu'un s'avise de porter atteinte à sa réputation par un mot, par un signe, vous voyez ces mains : avec ces mains, je l'étranglerai comme un chien, quand je n'aurais plus une goutte de sang dans les veines ! Outrager ma femme ! oh ! il me semble qu'on me prend le cœur avec des tenailles brûlantes ! Sachez donc qu'à côté d'elle toute votre ville ne vaut pas une pilule avariée. Et je vous le dis, je déchirerai, je pilerai en petits morceaux quiconque oserait lui faire la moindre offense !

En parlant ainsi, Franz semblait grandir d'une coudée. Le maire secoua les épaules et gagna doucement la porte.

Charlotte était dans la chambre voisine, et avait

tout entendu. Elle entra dans la pharmacie et vit son mari installé comme de coutume à son bureau et réglant tranquillement ses comptes.

— Pourquoi donc, demanda-t-elle timidement, te disputais-tu avec le maire?

— Parce qu'il prétend que je dois faire nettoyer le trottoir à mes frais. Et pourquoi donc le ferais-je?

La jeune femme se retira vivement émue de la conduite de son mari. Sa conscience commençait à s'agiter.

— Ah! se dit-elle, si mon mari était mauvais, je serais plus tranquille! Fatale destinée! Malheureux cœur! Je ne puis aimer celui qui m'a consacré sa vie entière, et je suis prêt à tout sacrifier pour celui qui a fait la désolation de ma jeunesse! Pourtant je ne trahirai pas au delà d'une certaine mesure celui qui a tant de confiance en moi. Je ne violerai point les lois qui me sont sont imposées.

Trois semaines se passèrent pour elle dans une sorte de vertige. Entraînée par ses illusions, Charlotte s'abandonnait à un sentiment coupable. Dès le matin, elle était à sa fenêtre, épiant l'arrivée du baron. Dès qu'elle le voyait apparaître de loin, ses regards étincelaient, et, à mesure qu'il approchait, son cœur battait plus vivement, ses joues se coloraient d'un plus vif incarnat; puis, lorsqu'il entrait, elle était heureuse, et la pauvre petite ville et la pauvre pharmacie devenaient pour elle un paradis terrestre.

Et lui? Qui peut pénétrer dans les replis d'un cœur noblement doué par la nature, et vicié par le contact du monde? Lui, il était entraîné aussi par des charmes

qui l'enthousiasmaient. Cependant il eût voulu jouer le
rôle de Faublas, et n'avait nul penchant pour celui de Wer-
ther. Il était amoureux, en réalité, amoureux comme un
étudiant. Il aurait pu disserter sur l'amour comme un
lion de la nouvelle école. Quelquefois il se reprochait
la sincérité de ses sentiments, il s'efforçait de se remettre
au niveau de quelques monstres à la mode. Mais l'a-
mour, cette goutte de rosée céleste, malgré lui, pénétrait dans son astuce, et le vaillant séducteur, déconcerté
à tout instant dans ses perfides combinaisons, était
forcé de plier la tête, de jouer des morceaux à quatre
mains et d'écouter une quantité de digressions sur les
amis d'autrefois, les jeux de l'école, les premières années d'une modeste vie de jeune fille, tandis que son
imagination lui ouvrait une tout autre source d'émotions. En vain il essaya de renouer l'entretien qu'il
avait eu avec Charlotte après son mémorable dîner : la
jeune femme employait toute son adresse féminine à
écarter ce langage périlleux ; et, lorsqu'il s'emportait
et maudissait sa faiblesse, elle lui souriait d'une façon
si charmante, elle fixait sur lui un regard si doux, que
son front de nouveau s'éclaircissait, et qu'il sentait l'espoir renaître dans sa pensée. Quelquefois aussi l'infortuné baron retombait dans les trivialités qui le désen-
chantaient Quelquefois Charlotte s'approchait de lui
avec un air d'embarras et les manches retroussées. Ce
jour-là on faisait la lessive dans la maison. Quelquefois l'élégant jeune homme réfléchissait que les vêtements de sa bien-aimée outrageaient effrontément la
mode. Quelquefois, enfin, elle l'interrompait dans une
de ses tendres protestations pour courir à la cuisine et

voir où en était un quartier de mouton qu'elle faisait rôtir. Alors le baron se mettait en fureur contre
lui-même, contre son indigne passion et ordonnait à
Jacob de faire ses malles pour partir. Puis il réfléchissait qu'il serait impoli de s'éloigner ainsi sans prendre
congé de Charlotte, et il revenait à la pharmacie. Charlotte était à sa fenêtre. Dans ses regards éclatait l'expression d'un profond sentiment. Elle lui souriait, elle
lui parlait, et sa voix caressante, mélodieuse, lui entrait dans le cœur. De nouveau il oubliait ses sinistres
impressions, de nouveau il était aussi arrêté dans ses
projets de séduction, et il se remettait à parler du passé,
ne pouvant se lasser de contempler ni d'entendre la
ravissante jeune femme.

VI

Un matin, l'homme à la casquette, l'ex-propriétaire,
entra chez le baron au moment où l'élégant gentil-
homme se levait et décachetait une lettre que la poste
venait de lui apporter.

— Pardon, dit-il, je ne ne vous dérange pas?

— Nullement.

— Si vous permettez..., je fumerai une pipe.

— Jacob, apporte une pipe.

Jacob prépara en grommelant une pipe et se retira.

Le baron lisait sa lettre et souriait.

— Des nouvelles de Pétersbourg? dit l'insatiable curieux.

— Oui

— De votre famille?

— Non, d'une femme de ma connaissance.

— On vous écrit sans doute en français?

— Non, en russe.

— Oh! que j'aimerais à voir le style des dames de Pétersbourg! Est-ce un secret?

— Pas du tout.

— Voulez-vous me permettre de voir?

— Pourquoi?

— Par curiosité.

— Lisez.

L'ex-propriétaire prit la lettre et la regarda de tous les côtés.

— Quel parfum! dit-il. Rien qu'en le respirant, on reconnaît que cela doit venir de la capitale. Et qu'y a-t-il là dans le coin?

— Les armes d'une comtesse.

— Ah! voilà des choses dont nous n'avons pas d'idée. Du papier armorié! C'est là une couronne de comtesse?

— Oui.

— Je n'ai encore rien vu de semblable. C'est très-joli.

Il commença à lire :

« J'ai promis de vous écrire; mais comme une lettre est une chose périlleuse, permettez que je vous écrive en russe. C'est moins compromettant, et personne, que je sache, ne s'est encore avisé de voir une mauvaise pensée dans une lettre écrite en cette langue. Après avoir ainsi assuré les convenances, je m'abandonne au plaisir de causer avec vous. Nous sommes fort ennuyées ici de ne pouvoir plus vous entendre, ni rire, ni plaisanter avec vous comme de coutume. Que faites-vous donc, terrible lion, dans votre vilaine province? Vous êtes ici partout très-regretté. Hier, nous avons dansé. Mais nos regards ne rencontraient que d'affreuses figures. Les cavaliers aimables deviennent rares. Les îles [1] sont entièrement désertes. A peine s'il nous reste quelques femmes. Le temps est beau. Que vous dirai-je encore? Mon mari est parti pour ses terres et m'a offert de m'emmener avec lui. Mais la province me fait peur. Je m'en fais un horrible tableau. Quels bonnets et quels chapeaux on doit voir là! quels petits-maîtres! quelles femmes! quelles prétentions! Revenez donc bientôt nous raconter ce que vous avez vu, pour nous amuser; et ensuite un voyage à Paris. Voilà ce que je désire : avec vous nous aurons de l'agrément. Ici, rien de nouveau. Vos amis sont aux genoux de leurs belles. Moi, je suis délaissée, peut-être parce que je vous attends. Prenez garde de ne pas devenir là-bas amoureux de la femme d'un de ces monstres que j'ai vus figurer dans le *Réviseur*. Nous avons fait ces jours derniers une partie de plaisir. Nous avons été au théâtre russe. En vérité, on n'y joue pas mal. Figurez-vous que c'est la première

---

[1] Iles de la Neva, près de Pétersbourg, parsemées d'une quantité de charmantes maisons, et habitées dans la belle saison par la haute société.

fois de ma vie que j'allais à ce théâtre. Il a paru une
comédie, le *Réviseur*, d'un M. Gogol. C'est assez drôle,
mais *mauvais genre*, comme vous le remarquerez vous-
même. Adieu, et n'oubliez pas que je vous attends avec
impatience. Écrivez-moi, et, comme vous me l'avez
promis, dépeignez-moi les caricatures au milieu des-
quelles vous vivez. »

— Une jolie lettre ! s'écria l'ex-propriétaire. Il semble que ce ne soit rien, et c'est très-joli. Ces femmes du
monde ont une façon de dire les choses ! Celle-ci est
belle, sans doute ? ajouta-t-il avec un malin sourire.

— Pas mal.

— Allons ! vous êtes modeste. Je suis sûr qu'elle est
très-belle. Ah ! monsieur le baron, vous êtes un homme
heureux.

— Non, vraiment, il n'y a rien là d'extraordinaire.

— Si je ne vous gêne pas, voulez-vous me permettre de prendre encore une pipe ?

Il fuma deux pipes ; puis, voyant qu'il n'avait plus
rien de nouveau à apprendre, il se leva, salua et se rendit à la pharmacie. Là tout était dans un doux état de
quiétude. Charlotte était assise à sa fenêtre, et Franz se
délectait dans la lecture d'un journal allemand.

— Je viens de voir le baron, dit l'ex-propriétaire.
Quel heureux garçon !

Charlotte détourna la tête. Franz fit un signe d'assentiment.

— Oui, et un bon garçon, et gai, et franc ! Nous
sommes très-bons amis.

— En vérité !

— Savez-vous une chose ? mais entre nous, je vous

prie : il m'a avoué qu'il avait à Pétersbourg une certaine connaissance... Vous entendez? hein ?

— Cela n'est pas vrai! s'écria la jeune femme en pâlissant.

— Cela n'est pas vrai! Ah! mais je viens de lire une lettre... une lettre charmante.

— D'une femme? demanda Charlotte.

— De qui donc? Et quelle femme! Il m'a avoué qu'elle était très-belle. Une beauté de la capitale, près de laquelle il ne peut plus être question de nos pauvres provinciales.

— Et que dit cette lettre? demanda Franz.

Charlotte devint très-attentive.

— Voyons que je cherche à me rappeler; mais, je vous en conjure, n'en dites rien. Cela m'a été confié sous le sceau du secret.

— Soyez tranquille.

— D'abord, cette dame a employé un mot que je ne comprends pas... le mot de convenance, je crois.

Franz expliqua ce que signifiait cette locution française.

— A merveille, reprit l'ex-propriétaire. Eh bien, ce baron sait joliment mener les affaires. Il faut voir comme les femmes lui écrivent.

— Mais la lettre! la lettre! dit Charlotte d'une voix suppliante.

— Je tâche de me la rappeler. Ah! j'y suis.

« ..... Comme je ne puis garder les convenances, je m'abandonne au plaisir de vous écrire. Pourquoi êtes-vous parti? Je vous regrette amèrement. Vous, notre lion.... » — Il paraît qu'il ne se sera pas conduit très-

délicatement envers elle, puisqu'elle lui donne un tel
nom. — « ... Allons au delà de la frontière; là nous se-
rons heureux... Dans cette province où vous êtes, il
doit y avoir d'horribles caricatures...» — Cela me paraît
fort impoli. — « ... Revenez au plus tôt pour me faire rire
en me disant quelles étranges figures et quels affreux
bonnets vous avez vus. Je vous attends. Mais n'allez
pas devenir amoureux de la femme d'un de ces
monstres !... » — Je ne sais à qui cela s'adresse. —
« ..... Nous vous attendrons toutes... »

Voilà à peu près cette lettre. Mais comprend-on que
Firengeim, ainsi regretté, reste dans notre méchante
petite ville, comme s'il était un des nôtres, et vienne
vous voir et me traite en ami?

Le méchant oisif, à qui le sentiment de Charlotte
pour le baron n'avait pas échappé, se complaisait dans
le détail de ces conquêtes imaginaires. Mais sa confi-
dence eut un tout autre résultat que celui qu'il en attendait. Franz l'attira à l'écart, et lui signifia d'avoir à
cesser désormais ses visites à la pharmacie. Charlotte
était restée à sa fenêtre, immobile, muette, et comme
perdue dans un abîme de douloureuses réflexions.

L'ex-propriétaire sortit sans répliquer et se rendit
chez l'ispravnik, chez le juge, pour leur faire part de
le fameuse lettre.

VII

Toute la nuit, la pauvre Charlotte la passa sans pouvoir clore les yeux. Qu'était-elle à côté de ces grandes dames parées de dentelles et de plumes, elle, la pauvre femme inculte, sans ornement, tantôt blanchisseuse et tantôt cuisinière? Qu'était-elle pour le baron? une distraction d'un moment, un jouet dans son ennui. Peut-être encore devait-elle lui savoir gré de ce qu'il voulait bien lui adresser quelques paroles flatteuses. Mais tout cela n'était pour lui qu'une plaisanterie. Comment pourrait-il aimer une pharmacienne, lui qui aimait une belle dame parée de splendides brillants et de riches bracelets? Et cette femme lui écrit, elle l'attend avec impatience; et, quand il sera près d'elle, il se moquera de la pharmacie et de la pharmacienne, à laquelle il a adressé des galanteries entre des flacons de rhubarbe et de quinine.

La jalousie, l'ardente jalousie, suffoquait la malheureuse Charlotte. Son imagination lui représentait des contrastes qui la désolaient. Il en aime une autre, se disait-elle, et cette autre n'est pas belle comme moi; elle n'a ni ce frais incarnat ni ces longues boucles de cheveux. Mais les hommes se laissent-ils séduire par là? Près d'elle est la richesse avec son éclat; près de moi, la pauvreté avec tous ses désagréments. Elle a des fleurs dans son appartement, des fleurs sur la tête, des fleurs partout, pendant l'automne et l'hiver, pendant toute l'année. Et ici, près de moi, il n'y a que les attributs de ma chétive condition, de la monnaie de cuivre, des chandelles de suif, la vie de province, l'odeur de la pharmacie, les haillons et la solitude. M'est-il permis d'aimer un homme qui ne peut éprouver qu'une profonde répulsion pour ma misérable existence? Puis-je oublier comme son front s'est assombri à l'aspect de notre pauvre maison, et quelle expression de dédain s'est trahie dans son sourire? Et moi, cependant, je n'attendais, comme une humble esclave, qu'un regard de commisération et non d'amour ; et moi, j'ai oublié ma fierté de cœur et la dignité de mon sexe, pour me livrer aux risées d'une femme orgueilleuse, pour servir d'amusement à un homme qui a toujours méprisé ma pauvreté et qui rougirait d'être heureux avec moi !

Le lendemain, Charlotte était pâle et pensive. Son mari la regarda avec inquiétude, lui donna quelques potions calmantes, et parut préoccupé.

A midi, selon sa coutume, apparut le baron. La jeune femme le reçut froidement, répondit à peine à ses questions, et le quitta pour s'occuper, disait-elle, de son ménage. Il retourna dans sa demeure très-mécontent. Franz ne disait rien.

Le lendemain, il revint et ne jouit pas d'une autre réception, ni le surlendemain, ni le jour suivant. Charlotte était pâle et concentrée en elle-même. Pas un sourire n'animait son visage, pas un soupir ne s'échappait de ses lèvres. Sur sa figure, il n'y avait qu'une expression de froideur mortelle. Franz ne disait rien.

Une semaine se passa ainsi. Un soir, le baron était dans sa chambre, la tête appuyée sur sa main, l'esprit absorbé dans de tristes réflexions. Par sa froideur, Charlotte excitait en lui la passion bien plus qu'elle n'eût pu le faire par une habile coquetterie. Il avait renoncé à ses astucieuses combinaisons. Il aimait avec ardeur, sans trêve, sans repos, et avec un immense désespoir. Pour lui, ce changement subit de la jeune femme était incompréhensible. S'il eût pu passer un instant seul avec elle, tout se serait expliqué. Mais, pour comble de malheur, le maudit pharmacien ne la quittait plus...

Tout à coup il releva la tête; la porte venait de s'ouvrir, et Franz Ivanovitch était devant lui.

— Vous ici ! s'écria Firengeim.

— Oui, répondit Franz, qui était excessivement pâle. Je viens vous parler d'une affaire sérieuse. Vous aviez une mission à remplir dans notre ville ?

— Oui.

— Elle est terminée ?

— Oui.

— Alors, pourquoi restez-vous encore ici ?

Le baron devint inquiet. Le pharmacien joignit les mains et continua : — On m'a rapporté des propos calomnieux auxquels j'ai répondu comme il convenait. J'ai tellement confiance en ma femme, que je ne l'offenserai pas même par un soupçon. Pourtant, dans une petite ville, les inventions de la méchanceté peuvent avoir de fâcheux résultats; et c'est là ce que je voudrais prévenir.

— Vous demandez une satisfaction ?

— Une satisfaction! reprit d'une voix imposante le pharmacien. Comment osez-vous, monsieur le baron, m'adresser une telle proposition? Je ne suis plus un étudiant, et je ne suis pas un homme du monde. Vous pouvez croire que, pour un désagrément personnel qui touche à peine à mon amour-propre, je n'irai pas exposer tout mon avenir; et je ne vous permets pas de faire de la générosité avec moi. Non, monsieur le baron, nous ne sommes pas des enfants, et j'ai une autre question à résoudre avec vous.

— Que désirez-vous?

— Je désire que vous partiez pour Pétersbourg.

— Soit..., dans quelques jours.

— Non, aujourd'hui même.

— Cela ne se peut.

— En vérité!

— Non, pas aujourd'hui.

— En ce cas, je m'assois, et je vais vous raconter une petite histoire. Dans une ville d'Allemagne vivait un bon vieux professeur qui n'avait qu'une fille. Chez lui s'introduisit un jeune homme sans conscience.

— Permettez! s'écria le baron.

— Ne m'interrompez pas. Oui, ce jeune homme était sans conscience; car, sachant qu'il ne pouvait épouser cette jeune fille, il n'aurait pas dû jeter le trouble dans un cœur inexpérimenté, il n'aurait pas dû donner une fatale illusion à cet honnête vieillard, il n'aurait pas dû sacrifier à une de ses fantaisies le repos de toute une famille.

Le baron baissa la tête.

— Dans cette même ville se trouvait un autre jeune homme, qui n'était pas brillant, qui n'avait point un extérieur agréable et qui n'avait point de fortune. Dans son humble situation, il travaillait sans relâche à se procurer quelque moyen d'existence pour l'avenir. Il avait le cœur jeune, et il pouvait réellement aimer; — mais là n'est pas la question. — J'ajouterai seulement qu'il aimait sans oser rien demander, et sans oser rien attendre. Comprenez-vous? A présent, je puis parler plus ouvertement.

A votre départ de l'Université, tout le monde disait que Charlotte vous aimait, et l'on croyait naïvement que, parce que vous aviez fréquenté sa maison comme un fiancé, vous reviendriez bientôt vous y marier. Mais seul je vous devinais, et j'entrai en relations avec le professeur. Le vieillard me dit combien il vous aimait, combien il avait espéré en vous, et combien il s'était trompé. Je lui offris de me rendre à Pétersbourg pour savoir si l'on pouvait encore compter sur votre retour. Je partis. A cette époque vous faisiez la cour à la princesse Kracnocelskof.

— Comment le savez-vous? s'écria le baron.

— Je le sais. La princesse ne répondit point à vos vœux. Mais, pour Charlotte, il n'y avait plus d'espoir. Alors je l'épousai, et Dieu m'est témoin que je ne l'importunai point par les témoignages d'une passion qu'elle ne pouvait partager. Je me jurai à moi-même de n'être pour elle qu'un guide et un protecteur. Son père étant mort, je vins m'établir ici, pour arracher Charlotte a un séjour où il n'y avait pour elle que de lugubres souvenirs. Mais je la voyais toujours triste et

souffrante ; cela me désolait. Vous ne savez pas ce que
c'est que de paraître insoucieux et riant tandis qu'on
garde un profond chagrin dans le cœur. Tout à coup je
vous vois apparaître. Je pensais que, si ma femme vous
aimait encore, je m'en irais au loin, je ne sais où, car
j'ai toujours été résolu à me sacrifier pour son bonheur ; mais je me disais aussi que peut-être, en ne re-
trouvant plus en vous que l'homme du monde, elle re-
couvrerait son repos. J'ai vécu dans cette alternative
depuis votre arrivée, attendant toujours une solution.
Aujourd'hui elle est venue à moi, elle m'a demandé
pardon, comme si je ne savais pas tout, comme si elle
était coupable. Elle m'a chargé, entendez-vous, elle
m'a chargé de venir près de vous pour vous prier de
vous éloigner, parce que, entre le brillant habitant de
Pétersbourg et la pauvre pharmacienne, il ne peut y
avoir aucun rapport. Pardon si je vous fais de la peine;
mais j'ai rempli mon devoir. Ne pouvez-vous remplir le vôtre?

— Jacob, s'écria le baron, va commander des chevaux à la poste.

A cet ordre succéda un profond silence; après quoi
le pharmacien, reprenant la parole, dit au baron :

— Je vous remercie; vous êtes bon. Le monde ne
vous a pas entièrement gâté.

— Et c'est vous qui me remerciez! répondit le baron
avec attendrissement; vous devant qui je devrais m'in-
cliner avec reconnaissance!...

La conversation, qui avait commencé entre ces deux
hommes d'une façon peu cordiale, prit tout à coup une
autre direction. Ils se mirent à rappeler leurs souve-

nirs de l'Université ; ils parlèrent de leurs amis et de
leur amour. Peu à peu, ils en vinrent à s'apprécier. Ils
étaient comme deux hommes qui, se rencontrant pour
la première fois, éprouvent l'un pour l'autre une irrésistible sympathie. Pour la première fois, ils remar-
quaient qu'il y avait dans la similitude de leurs penchants et de leurs répulsions une sorte de parenté et
de confraternité. Il leur semblait qu'il était dans leur
destinée de vivre de la même vie intellectuelle, comme
il avait été dans leur destinée d'aimer la même femme.

Pendant ce temps, Jacob bouclait avec joie les valises
et préparait la calèche de voyage.

Les chevaux arrivèrent. Tout était prêt. Le baron et
Franz s'embrassèrent.

— Faites-lui mes adieux, murmura Firengeim avec
des larmes dans les yeux.

— Ne nous oubliez pas, répondit tristement le pharmacien.

Les deux amis s'embrassèrent encore.

Le postillon fit claquer son fouet. La voiture s'é-
loigna.

Quand le pharmacien retourna chez lui, il vit sur
le seuil de la porte, une chandelle à la main, sa femme
qui l'attendait, le visage pâle et les cheveux épars.

— Eh bien ? s'écria-t-elle avec un accent de douleur.

— Il est parti, répondit Franz en secouant la tête
et en se frottant les mains. A présent, j'espère que nous
allons être tranquilles.

— Il est parti ! répéta lentement Charlotte. Il est
parti !

Et le flambeau s'échappa de ses mains, et elle tomba inanimée sur le sol.

———

Un an s'est écoulé. La petite ville est toujours à peu près la même. Seulement son bazar est encore en plus mauvais état, ses trottoirs ne sont pas réparés, et çà et là le toit d'une autre maison menace de s'écrouler.

Un matin, notre ami l'ex-propriétaire est sorti pour aller goûter, chez un marchand, de nouveaux pruneaux et de vieux pains d'épice. Cette intéressante visite finie, il se dirige vers la poste pour savoir s'il n'est rien arrivé de nouveau. Sur le sentier qu'il suivait, il voit venir de son côté un étranger dont il croit reconnaître les traits. Il accélère le pas, et soudain s'écrie :

— Eh quoi ! c'est vous, monsieur le baron !

— Votre serviteur.

— Vous voilà donc de nouveau dans notre ville ?

— En passant seulement.

— Et votre calèche ?

— Elle est à la poste. En attendant qu'on l'attelle, j'ai voulu faire une petite promenade.

— Au ! vous avez un nouveau mouchoir, un foulard, je crois ?

— Oui.

—Voulez-vous me permettre de regarder? Il est très-joli.

Tout à coup le baron s'arrêta, et son visage devint pâle.

— Dites-moi, je vous prie, balbutia-t-il en tremblant, pourquoi ne vois-je plus là l'enseigne de la pharmacie?

— Ah! vous ne savez pas?

— Non.

— Nous n'avons plus de pharmacie.

— Et Franz Ivanovitch?

— Il est allé au chef-lieu du gouvernement.

— Vraiment! Et pourquoi donc?

— Il ne pouvait rester ici, après le malheur qu'il a éprouvé.

— Quel malheur?

— Vous ne savez donc pas?

— Non.

— Charlotte...

— Eh bien?

— Elle est morte.

— Morte!

— Voilà quatre mois environ. Je croyais que vous le saviez. Oui, elle est morte, la pauvre femme. Vous vous rappelez, elle était jolie, n'est-ce pas?

— Elle a été longtemps malade?

— Huit mois. Son mari ne l'a pas quittée un instant. Mais que faire? A la phthisie il n'y a pas de remède. Vous allez passer la journée avec nous. Notre maire s'est marié, nous pourrons dîner chez lui. Il a épousé une Polonaise, et depuis ce jour-là il a cessé de faire l'éloge des Polonaises. Voulez-vous venir le voir.

— Non, non ; il faut que je parte pour Pétersbourg

— Adieu.

Et un instant après le baron était en voiture.

TABLE

—

ÉMILE COLIN. — IMPRIMERIE DE LAGNY

NOUVEAUX OUVRAGES EN VENTE

Format in-8°.

Format grand in-18, à 3 fr. 50 c. le volume.

Paris. — Imprimerie J. CATHY, 3, rue Auber.